CECILIE ENGER

Aufs Meer hinaus

ROMAN

Aus dem Norwegischen
von Gabriele Haefs

PENGUIN VERLAG

Die Originalausgabe erschien 2021
unter dem Titel *Det hvite kartet*
bei Gyldendal, Oslo.

Der Verlag dankt NORLA, Norwegian Literature Abroad,
für die finanzielle Unterstützung der Übersetzung.

MIX
Papier | Fördert
gute Waldnutzung
FSC® C014496

Penguin Random House Verlagsgruppe FSC® N001967

1. Auflage

Redaktion: Friederike Arnold
Umschlaggestaltung: Favoritbüro
Umschlagabbildungen: ullstein bild – United Archives;
O. Vaering/Bridgeman Images; Mary Wethey/Arcangel
Satz: Uhl + Massopust, Aalen
Druck und Bindung: GGP Media GmbH, Pößneck
Printed in Germany
ISBN 978-3-328-60314-6

www.penguin-verlag.de

ERSTER TEIL

1

An einem Sommerabend des Jahres 1873 lief Bertha Torgersen über die neue Brücke vom Festland zur Insel auf der anderen Seite des Sundes.

Bisher unterschied sich Berthas Leben nicht wesentlich vom Leben anderer Kinder in Haugesund. Sie war mutterlos, seit der Geburt, die auch ihre kleine Schwester das Leben gekostet hatte, ihr Vater war mit einer siebzehn Jahre jüngeren Frau eine neue Ehe eingegangen, die Wohnung war voll von Kindern, älteren Verwandten und Untermietern. Von Kleidern, die zum Trocknen aufgehängt waren, Essensgeruch und Menschengeruch, Husten und Lachen. Von Gottesglauben und Träumen von besseren finanziellen Verhältnissen.

Bertha konnte es wohl kaum wissen, aber Pflichten und Menschen in der Wohnung zu vernachlässigen, um hinaus nach Bakarøynå zu laufen, bedeutete die freiesten Augenblicke ihrer Kindheit. Nichts konnte sich mit diesen Ausflügen zur anderen Seite der Insel messen, atemlos, allein zu sein und auf dem flachen Stein dort draußen zu stehen, Wellen und das Meer vor sich, und kleine und große Schiffe zu zählen.

Und später, wenn sie die Kerze ausgeblasen hatte und die kleine Halbschwester, mit der sie das Bett teilte, eingeschlafen war, konnte sie sich jedes der Schiffe vorstellen, die sie dort draußen gesehen hatte. Wenn sie davon träumte, wohin ein Segelschiff unterwegs war, hämmerte ihr Herz manchmal heftig, sie schwelgte in der Vorstellung, wie ein hochgewachsener Matrose in exotischen und geschäftigen Häfen Jagd auf ein schönes Schmuckstück für seine geliebte Tochter machte, und diese Tochter war sie selbst. Oder sie dachte sich an Bord eines Dreimasters, in der Rolle der Kapitänstochter, die größere Kenntnisse über Windrichtungen und Meeresverhältnisse besaß als die Matrosen.

Natürlich erzählte sie niemandem von diesen Träumen, denn sie wusste über Meeresströmungen und Windrichtungen nicht mehr als andere Kinder in Haugesund, und ihr Vater stand nicht am Steuerruder eines Schiffes, sondern bohrte die Hände in Blut, Innereien und Fleisch. Als junger Mann war er von Egersund nach Norden gewandert, um für einen älteren Bruder zu arbeiten. Nach vielen Jahren als Kaufmann hatte Josef Torgersen sich nun als Schlachter etabliert.

Nun lief sie also über die Brücke, sodass ihre Schuhsohlen auf die Bretter knallten.

Auf der Landkarte hieß die Insel, die sie erreichte, Hasseløy, aber sie wurde niemals anders genannt als Bakarøynå, weil vor langer Zeit einmal dort draußen ein Bäcker gehaust hatte.

Bei Haugeverven wurde sie langsamer, am Hang oberhalb des Gerüsts, das um das große Schiff herum errichtet worden war; in der Werft wurde eine Bark gebaut. Das Gerüst erinnerte an ein riesiges, schützendes Skelett. Zwei Männer unten am Hang sahen neben dem halb fertigen Koloss aus wie kleine Holzmännlein.

Dass sie mit ihren fast zehn Jahren tatsächlich weglief und ihre Stiefmutter mit Kinderhüten und Haushaltsarbeit allein ließ, hätte ihr ein schlechtes Gewissen machen müssen, aber dem war nicht so, auch wenn sie gehört hatte, wie Serine sich beim Vater darüber beklagte, wie erschöpft sie sei. Normalerweise wäre sie auch nicht weggelaufen, ohne Bescheid zu sagen, ohne dass sie zuerst Wasser geholt, bei der Betreuung ihrer Schwester geholfen oder ihre Hausaufgaben gemacht hätte, aber an diesem Nachmittag war Bertha unaufmerksam gewesen und über irgendetwas gestolpert, und dabei hatte sie die grünrote Glasvase umgerissen, die ihr Vater und Serine zur Hochzeit bekommen hatten. Obwohl sie die Scherben aufgelesen und immer wieder um Entschuldigung gebeten hatte, war Serine wütend geworden und hatte geschrien, die Stieftochter solle sich sonst wohin scheren.

Zum ersten Mal näherte Bertha sich also dem Aussichtspunkt und dem Stein – ohne dass es irgendwer wusste, dass sie hierhergelaufen war.

Sowie sie den höchsten Punkt erreicht hatte, blieb sie abrupt stehen, denn etwas hier stimmte nicht.

Eine Gestalt an *ihrem* Platz.

Da hätte niemand stehen dürfen.

Es war ein Junge, vielleicht zwei Jahre älter als sie. Mit selbstsicherer Haltung stand er dort, bewegungslos auf dem Stein, mit dem Rücken zu ihr. Er schaute hinauf in den abendgelben Himmel, der sich im Meer spiegelte. Sie verspürte eine wachsende Verärgerung, aber zugleich schämte sie sich, denn sie wusste natürlich, dass weder Aussicht noch Grund und Boden ihr gehörten. Aber es war noch nie vorgekommen, sie hatte sich nicht einmal vorstellen können, dass noch andere auf die Idee kamen, genau diese Stelle aufzusuchen, die sie als ihre eigene betrachtete.

Während sie noch immer vielleicht ein Dutzend Meter von dem Jungen entfernt war, fiel ihr auf, dass er eine weiße Schirmmütze aus Segeltuch trug, die aus der Entfernung an eine Postmütze erinnerte, dazu ein blaues Hemd über einem verschlissenen Pullover. Vielleicht war er ein Postbote, der sich verirrt hatte? Seine dunkle Hose war zu groß, wurde aber von Hosenträgern festgehalten. Also war er wohl doch kein Postbote, denn er stand barfuß auf dem Stein, und Bertha bemerkte neben ihm auf dem Boden zwei völlig ausgelatschte Schuhe.

Unschlüssig blieb sie stehen. Was, wenn er sich umdrehte und sie hier entdeckte, als wäre sie dumm oder schrecklich neugierig? Sie hustete und ging mit kleinen Schritten auf seinen Rücken zu. Nun trat er einen Schritt nach rechts, um ihr auf dem Stein Platz zu machen. Sie kletterte neben ihn.

Er sagte nichts, deshalb starrte auch sie wortlos zu den länglichen Inseln im Westen hinüber und suchte nach Schiffen. Sie sah weder Galeassen noch Vollschiffe, die am allerschönsten waren, aber sie entdeckte zwei kleinere Jachten und drei unterschiedlich große Boote. Einige waren auf dem Weg in den Smedasund, andere fuhren hinaus in die Welt, aber die ganze Zeit richtete sie ihre Aufmerksamkeit auf den Jungen neben ihr.

Dann sagte er: »Ich fahr raus.«

Sie wandte sich um und sah ihn an, doch er starrte noch immer auf das Meer hinaus. Der Mützenschirm überschattete seine Augen, aber er hatte eine markante Nase und einen ernsten Mund.

Was, wenn er darauf wartete, dass sie etwas sagte? Er bewegte sich, vielleicht wurde er ungeduldig?

Deshalb sagte sie: »Ich auch.«

Er reagierte nicht, und Bertha fragte sich, ob sie zu weit gegangen war, weil sie dasselbe wollte wie ein junger Mann mit Plänen für ein Leben auf See.

Dennoch wiederholte sie: »Ich will auch raus.«

Aus dem Augenwinkel sah sie, dass er nickte, und deshalb fügte sie hinzu: »Ich werd natürlich nicht fischen. Aber was anderes. Vielleicht in einer anderen Stadt. Wirst du Fischer? Oder … bist du das schon? Mein Bruder wird das nämlich. Torger. Er will sich ein eigenes Boot zulegen.«

Sein Schweigen brachte ihre Gedanken durcheinander, und sie hatte ihn geduzt. Aber er machte sie neugierig und eifrig, obwohl sie eigentlich hätte schweigen müssen.

»Nein«, sagte er nach einer Weile. »Nicht Fischer. Aber ich fahr raus.«

»Nach Amerika?«

»Kann schon sein.«

»Ist dein Vater in Amerika?«

»Nein.«

»Ist er Fischer?«

»Was du alles wissen willst.«

Aber dann antwortete er doch: »Er *war* Fischer.«

»Aber jetzt nicht mehr?«

»Nein. Tot.«

»Ach so. Meine Mutter auch.«

»Tot?«

»Ja.«

»Ach so.«

Wieder schaute sie zu ihm hoch. Er blickte noch immer mit ernster Miene auf das Meer und den Himmel.

Eine Möwe draußen auf dem Wasser schlug mit den

Flügeln, vielleicht fünfzehn, zwanzig Meter von ihnen entfernt. Sie schien plötzlich aufgetaucht zu sein und jetzt irgendwo festzuhängen. An einem Netz oder einer Reuse.

»Die kommt nicht los!« Sie zeigte auf den weißen Vogel, der in Sekundenschnelle das Meer mit Flügelschlägen und Panik gefüllt hatte. Ein Möwenschrei klang wie der eines Menschen, schrill und klagend.

Sie hatte das Gefühl, dass die Panik des Vogels auch in ihr aufstieg. Als ob sie von etwas Unbekanntem unter Wasser gezogen würde.

Alle Ermahnungen der Erwachsenen, niemals ins Wasser hinauszugehen, ertranken im Mitleid mit der Möwe, denn wenn sie gerettet werden sollte, musste Bertha sich ins Wasser zwingen, auch wenn sie nur wenige Züge schwimmen konnte. Sie sprang vom Stein, lief zum Wasser und hatte gerade die Schnürsenkel an ihrem braunen Lederschuh geöffnet, als der Junge plötzlich hinter ihr stand. Er streifte Hose, Pullover, Hemd und Mütze ab und watete in seiner verwaschenen und verschlissenen Unterwäsche hinaus.

Aber nicht auszudenken, wenn der Vogel nun dort draußen lag und schrie, um den Jungen anzulocken und ihn mit sich in die Finsternis hinabzureißen? In denselben Tod, der Seeleute verschlang!

Was sollte sie machen, wenn der Junge unter der Wasseroberfläche verschwand? Dann müsste sie versuchen, ihn zu retten. Gebannt beobachtete sie, wie er mit fünf, sechs raschen Zügen hinausschwamm.

Ja! Sie würde es schaffen, sie könnte ihn und den Vogel vor dem Ertrinken retten, wenn sie die beiden auch nicht für den Bruchteil einer Sekunde aus den Augen ließ!

Aber dann drehte er sich um, und sie sah, dass er die Augen weit aufgerissen hatte. Sie starrte ihn an, bis er keuchend an Land kroch.

»Es ist zu kalt.« Er schnappte nach Luft, und die Worte kamen stoßweise aus seiner Kehle.

Aber wo war sie jetzt, die Möwe? Bertha konnte sie nicht sehen.

»Die ist weg!« Seine Stimme klang schrill.

Hatte er auch gedacht, gerade diese Möwe sei etwas Besonderes, weil er versucht hatte, sie zu retten? Denn alle, die an der Küste wohnten, wussten doch, dass an jedem einzelnen Tag Menschen und Tiere im Meer den Tod fanden.

Sie wagte nicht zu fragen.

»Bestimmt von einem größeren Tier erwischt«, sagte er und bat sie, sich umzudrehen.

Sie gehorchte, während er die nasse Unterwäsche abstreifte und seine trockenen Sachen anzog.

»Wir können zusammen zurückgehen«, sagte er.

Bertha nickte. »Ja«, sagte sie.

Sie gingen zurück über die Felskuppen, wo die Sträucher einen ewigen Kampf mit dem Wind führten. So langsam und kriechend wuchs alles dort draußen, dass ihnen kein Gewächs nur halb bis zur Wade reichte. Vorbei an den riesigen Speichern mit den Heringstonnen, vorbei an Holzhäusern, Bootsschuppen, Schweinekoben und mehreren eng nebeneinanderstehenden Wohnhäusern.

Sie sprachen erst wieder, als der Junge vor einem kleinen Haus gleich bei der Brücke stehen blieb. Grauer, dichter Rauch quoll aus dem Schornstein und trieb zum Nachbarhaus hinüber, einem schlichten Bretterhaus, das an einen Schuppen erinnerte. Vor einer Wäscheleine, an der einige Kleidungsstücke hingen, stand eine kräftige Frau, die den Rauch aus dem Schornstein des Nachbarhauses verfluchte.

Der Junge drehte sich nicht um, als er auf zwei Brettern über den Schlamm zwischen dem Weg und der Haustür balancierte. Aber er hob die Hand zu einer Art Gruß.

2

1878

Bertha betrachtete ihr Spiegelbild in der Fensterscheibe im Gang, der zum Hinterhof mit den Schweinen, der kleinen Backstube und dem Abtritt führte. Im Schein einer Öllampe zog sie die Mundwinkel langsam nach unten, um zu sehen, ob das sie auf erwachsene Weise streng machte oder ob es ihr nur ein kindliches, schmollendes Aussehen gab. Sie schaute an dem langen Wollkleid hinunter, aus dem ihre Stiefmutter Serine herausgewachsen war, und dachte, dass sie zumindest dadurch etwas erwachsener wirkte. Es war dunkelblau und hatte einen Kragen, jedoch keine betonte Taille. Sie schob die Hände in die praktischen Vordertaschen des Kleides und starrte wieder ihr beleuchtetes Gesicht an. Sie fand es zu rund, es war nicht klar gezeichnet und nicht mandelförmig, wie das von Amalie aus ihrer Klasse. Sie dachte, dass sie sich nun zum ersten Mal für ihr Aussehen interessierte, dafür, dass andere sich eine Meinung über sie bilden könnten. Nicht so, wie sie es zu Hause und in der Schule lernte, dass sie für ihr täglich Brot danken, hilfsbereit und gehorsam und so etwas sein sollte. Es war etwas anderes, etwas Vageres, das der Welt der Erwachsenen angehörte. Als liege hinter einer herannahenden Welle eine andere Bertha auf der Lauer, und wenn diese Welle sich auftürmte, würde Bertha Dinge an sich selbst wahrnehmen und verstehen, die ihr jetzt noch nicht zugänglich waren.

Bertha war normal kräftig gebaut, nicht dick oder dünn, und größer als viele andere in ihrem Alter, ihre Haare waren hellbraun und in der Mitte gescheitelt und oft zu einem Zopf geflochten, der ihr über den Rücken fiel. Sie schielte ein wenig auf dem rechten Auge, aber darüber dachte sie nicht weiter nach.

Mit einem kritischen Blick musterte sie sich als angehende Frau. Hatte sie Ähnlichkeit mit ihrer Mutter? Das wusste sie nicht, es gab weder eine Fotografie noch ein gemaltes Porträt von Karen Marie Løvaas, und wenn sie ein seltenes Mal den Vater gefragt hatte, hatte er kurz und abweisend gemurmelt, dass er sich nicht mehr erinnere.

Ihre Wohnung machte deutlich, dass die Familie keine Not litt. Der Vater hatte hart gearbeitet und sich Geld zusammengespart, und deshalb hatte er sich eine Wohnung kaufen können, im Erdgeschoss in einem der Häuser auf der rechten Seite in der südlichen Strandgate. Mithilfe seiner Brüder hatten sie aus einer großen Wohnung drei kleinere gemacht, um das Darlehen bei der Bank durch die Vermietung der beiden anderen abtragen zu können.

Sie hatten immer genug zu essen, Holz für die Öfen, Flickenteppiche auf dem Fußboden, und in dem Teil der Stube, der nicht für Betten und Matratzen gebraucht wurde, standen ein Esstisch, rot gestrichene Stühle und ein großes hellgrünes Büfett. Der schöne Läufer mit vier Dompfaffen auf einem kahlen Zweig, den Berthas Mutter vor langer Zeit gestickt hatte, hing an der Wand im Gang zwischen den beiden Türen zu den vermieteten Wohnungen: von Schuhmacher Hans Fastingsen und Frau Berthe mit den kleinen Töchtern Jorgine und Thea und von Bäcker Theodor Anda, Frau Marthe Marie und deren Kindern. Anda betrieb die kleine Backstube im Hinterhof.

In der Wohnung wimmelte es immer von Menschen, die kamen und gingen, die nachts dicht an dicht in allen Zimmern schliefen und sich stritten und Klatsch erzählten und es im Grunde für Bertha unmöglich machten, sich davonzuschleichen und sich in ihr Spiegelbild zu vertiefen. Oder davon zu träumen, eine Heldin an Bord eines Schiffes zu sein oder sich durch ihre besonderen Eigenschaften eine Ausbildung zu verschaffen.

Jetzt hörte sie auch schon Serine rufen: »Bertha! Kein Wasser mehr!«

Am nächsten Morgen wurde sie vom Knirschen von Karrenrädern auf dem gefrorenen Boden draußen geweckt, wusste aber, dass es noch nicht Zeit zum Aufstehen war. Sie lag im Bett und wusste nicht so recht, ob sie wirklich wach war oder noch träumte. Denn das kam manchmal vor: Sie konnte wach sein und trotzdem Traumbilder vor sich sehen. Aber dicht neben ihr lag ihre schlafende kleine Schwester Josefine. Also war sie wach, doch der ziehende Schmerz im Rücken, der Schmerz aus ihrem Traum, war trotzdem vorhanden.

Sie drehte sich auf die Seite und schaute die Wandtäfelung an, die nur wenige Zentimeter von ihrem Gesicht entfernt war. Große und kleine Astlöcher, wie Augen. Sie kannte sie in- und auswendig, sie starrten sie immer mehr oder weniger weit aufgerissen an, ohne je mit der Wimper zu zucken.

Eine Woche zuvor war Bertha vierzehn geworden, und obwohl sie noch immer zur Schule ging, stand sie an zwei der sieben Wochentage im Fleisch- und Wurstladen. Ja, jetzt wusste sie es wieder: Sie hatte vom Laden geträumt, ihr Rücken fühlte sich so müde an, weil sie große, rote Fleischstücke, triefend vor Blut, an Haken unter der Decke gehängt hatte.

Als sie das nächste Mal aufwachte, eine halbe Stunde später, war die Decke unter ihr braun und klebrig. Bald darauf kam die Stiefmutter herein, und Bertha erzählte schluchzend, dass sie jetzt sicher sterben müsste. Serine entdeckte das Blut und riss die Decke vom Bett, während sie kurz erklärte, diese Blutung sei durchaus nicht tödlich, sondern im Gegenteil ein Zeichen dafür, dass Bertha jetzt erwachsen sei und selber Kinder bekommen könne.

Diese Auskunft wirkte lähmend auf Bertha. Dann würde es ihr also gehen wie ihrer Mutter: Jederzeit könnte sie ein Kind bekommen, das ihr zuerst das Leben nehmen und danach selbst sterben würde. Sie fühlte sich ungeheuer einsam. Noch nie hatte irgendwer mit Bertha über diese Dinge gesprochen.

Wäre sie auf andere Weise vorbereitet worden, wenn ihre Mutter noch gelebt hätte? Hätte die Mutter ihr erzählt, dass sie selbst einmal überrascht gewesen sei und sich gefürchtet habe, dass die Blutung aber natürlich sei und keine Krankheit, wie viele meinten?

Vieles war anders an diesem Morgen, als Bertha mit kurzen Schritten zum Laden hinüberging.

Sie musste sich Platz verschaffen, als sie durch die frisch

gepflasterten quadratischen Straßen und am Hafen entlanggging. Der Hering war gekommen und hatte die Stadt in ein Chaos aus Menschen und Booten verwandelt. Um sie herum erklangen unverständliche Sprachen und Dialekte, und vor den Häusern lagen Flaschen und andere Hinweise darauf, dass Zugereiste dort die Nacht verbracht hatten. An Bord der Schiffe waren ununterbrochen Rufe zu hören, Fisch wurde eingesalzen, Tonnen gezimmert, Waren und Getränke wurden verkauft. Hier gab es überall Geld zu verdienen, der silbrig glänzende Fisch brachte Einkünfte für zwanzigtausend, die jedes Jahr zwischen Januar und März in die Stadt strömten.

Zwei Männer riefen ihr grobe Worte hinterher, aber Bertha drehte sich nicht um, sie hatte nicht die geringste Angst vor ihnen. Die Frauen, die sich zur Heringsarbeit verdingten, waren so kräftig, und es waren so viele, dass sie sich von einer unsichtbaren Gemeinschaft beschützt fühlte, wenn sie dort standen und Schuppen und Eingeweide entfernten, ehe sie Heringe und Salz übereinanderschichteten, bis die Tonne voll war. Tonne um Tonne um Tonne. Im Laufe dieser hektischen Winterwochen füllten die Frauen Tausende von Tonnen. Bertha dachte, dass vielleicht mehrere von ihnen gerade ihre Blutung hatten, während sie dort standen und den Rocksaum wegen Schlamm, Salz und Fischabfällen hochgesteckt hatten. Ihr Blut würde jedenfalls niemand bemerken. Manche bezeichneten den Smedasund im Frühling als Matschsund, weil so viele Abfälle dort trieben.

Sie ging an Jungen in ihrem Alter vorbei, die Tonnendeckel zimmerten. Wenn das eines Tages auch Mädchen erlaubt wäre, würde sie auch lieber Deckel zimmern, als hinter dem Ladentisch zu stehen, weil der Lohn besser war. Alle Schulkinder hatten jetzt *heringsfrei,* weil es auf jedem Quadratmeter in der Stadt Arbeit und Verdienstmöglichkeiten gab.

Bertha begrüßte zwei Jungen, die sie aus der Schule kannte, dann blieb sie vor der Tür des Metzgerladens stehen und wischte sich die Salzränder von ihrem dunklen Rock. Überall war Salz. Weiß lag es auf den Anlegestegen, die Kopftücher der Frauen in den Sälzereien wurden dadurch steif und ihre Haare grau. Bertha spürte das Salz, wenn sie sich über die Lippen leckte und sich die Augen rieb.

Im Laden waren Alette und Fräulein Marie Dahl schon seit sieben bei der Arbeit.

Alette war sechzehn und fragte sofort, ob etwas passiert sei.

»Hast du einen geküsst?«, fragte sie leise und aufmunternd, während Fräulein Dahl, die schon älter war, etwas aus dem Hinterzimmer holte.

»Geküsst? Nein!«, flüsterte Bertha, als sie ihre bodenlange Kittelschürze und das Kopftuch anzog.

»Hast du denn einen kennengelernt? Einen Seemann?« Alette lachte übertrieben laut.

Für Alette schien alles so leicht zu sein. Sie schien auf ungeheure Erfahrung zurückgreifen zu können, auf ihre eigene und auf die anderer. Sie konnte erzählen, welche Paare am Vorabend dicht nebeneinanderher gegangen waren, und ab und zu redete sie grob über irgendeinen Seemann.

»Nein«, sagte Bertha. »Ich bin vierzehn.«

»Dann vielleicht Prügel gekriegt?«

Bertha schüttelte den Kopf.

»Ist es etwas, das vorübergeht?«

Darauf hatte Bertha keine klare Antwort. Es würde ja vorübergehen, aber sie wusste nicht so genau, wie lange es dauern würde.

Fräulein Dahl kam zurück mit zwei riesigen Leberwürsten, die sie auf das Eis im Tresen legte. Sie arbeiteten eine Weile, ohne etwas zu sagen, aber sowie Fräulein Dahl zur Schlachterei ging, um Pökelfleisch zu holen, meinte Alette: »Etwas, das vielleicht vorübergeht, aber es sind keine Prügel und kein Kuss?«

Bertha nickte.

»Ich gebe auf.«

Aber jetzt wollte Bertha plötzlich, dass Alette weiter spekulierte.

»Es ist etwas, das alle Frauen bekommen«, sagte sie. »Aber ich weiß nicht, wann es aufhört.«

»Ah! ›Bauchweh‹!« Alette lächelte selbstsicher, und Bertha nickte bestätigend.

»Hat dich denn niemand davor gewarnt?«, fragte Alette.

»Wovor denn gewarnt?«

»Johanna sagt, manche Männer können riechen, wenn eine Frau …«

Bertha hatte keine Ahnung, wovon Alette sprach. Alette hatte fünf ältere Schwestern, und eine von ihnen, Johanna, hatte Kinder von zwei verschiedenen Männern. Und auch Alette besaß Erfahrungen mit Jungen, und unter ihrem Kittel verbargen sich große Brüste.

Nachdem sie beide mehrere Kunden bedient hatten und nun wieder alleine im Laden waren, schnitt Alette eine geräucherte Mettwurst ab und lächelte dabei geheimnisvoll.

»Weißt du, dass du jetzt Kinder kriegen kannst?«, sagte sie.

»Kinder kriegen?«

Bertha begriff, dass es da einen Zusammenhang gab, den sie nicht kannte, und sie fühlte sich unterlegen. Sie hatte sich nie etwas anderes vorgestellt, als eines Tages Mutter zu werden. Sie wusste, dass Gott den Menschen erschaffen hatte. Und sie hatte den Pastor sagen hören, dass die Frau für den Mann geschaffen worden sei. Aber was Gott machte, ganz konkret, darüber hatte sie sich keine Gedanken gemacht oder danach gefragt.

»Du hast keine Ahnung, von was ich spreche«, sagte Alette. Es klang wie eine Behauptung.

Bertha schüttelte den Kopf.

Im Laufe der nächsten halben Stunde erfuhr Bertha, dass ein Mann plötzlich den Geruch von der Dame mochte, mit der er verheiratet war, und manchmal mochte er auch den Geruch von Damen, mit denen er nicht verheiratet war, und dann lief sein Gesicht rot an, und er wollte ihre Brüste berühren.

Dann ließ Alette die Hand mit der Wurst ein wenig sinken, sah Bertha mit hochgezogenen Augenbrauen an und wies danach auf deren Bauch.

So wurden Kinder gemacht.

So war die Welt. Wie bei Tieren.

Bertha hatte Hunde bei der Paarung gesehen und den Stier auf der Weide. Einmal hatte sie zwei Pferde beobachtet. Die Katzen im Hafen, die sich zurechtlegten und das Hinterteil hoben, während sie den Schwanz aufgeregt bewegten. Dennoch jammerten und schrien die Katzen, wenn der Kater den Rücken krumm machte, sich erhob und sich dann über sie senkte.

»Das muss eben sein, damit sich die Welt weiterdreht«, sagte Alette und zuckte mit den Schultern.

Danach dachte Bertha, sie hätte sich die Ohren zuhalten

sollen. Aber es war zu spät, denn jetzt hatte sie etwas gehört, das so viele wussten. Sie war kindlich und unwissend gewesen, und offenbar passierten diese geheimen Dinge überall, bei den Menschen, sogar bei den überaus normalen Menschen, die sie kannte.

Und manchmal ging es dabei auch um Lust.

3

Die Tage folgten aufeinander in einer langen und leuchtenden Reihe eines verlängerten Sommers. Gras, Heide und Felder waren braun versengt, die Bauern klagten über Mangel an Viehfutter und elende Ernten. Dennoch hoffte Bertha, das Wetter werde sich noch einige Wochen lang halten, denn sie sollte Anfang Oktober konfirmiert werden, und Serine und ihr Vater hatten ihr versprochen, dass sie sich das erste mit der Maschine genähte Kleid ihres Lebens bestellen dürfte. Und das wollte sie dann unbedingt anziehen, ohne es unter dem alten Mantel verstecken zu müssen, den sie von ihrer Mutter geerbt hatte.

Jetzt war sie auf dem Weg zur Haraldsgate, zur Manufaktur von Erik Jacobsen. Sie kam an engen Gassen mit kleinen und dunklen Läden vorbei, wo auf vergilbten Anzeigen, die auf den Fenstern klebten, Waren angepriesen wurden, und sie dachte an das Kleid aus dem Katalog, das Serine für sie im Voraus ausgewählt hatte und für fein und nicht gewöhnlich hielt. Jetzt würde Bertha es anprobieren.

Nie zuvor war sie bei Erik Jacobsen gewesen, wo auch Konserven und Werkzeug verkauft wurden, vor allem jedoch Textilien und fertig genähte Kleider. Hier kauften die wohlhabenderen Damen ihre Kleider, die Herren bestellten Gehröcke und Zylinder, es war überhaupt eines der Geschäfte in der Stadt, wo ein deutlicher Unterschied zwischen einer bürgerlichen Familie und einer eher durchschnittlichen Familie gemacht wurde, die selbst nähte und Dinge voneinander erbte, die niemals etwas aus dem Haus gab, da die Kleider getragen wurden, bis sie nicht mehr als Kleider zu gebrauchen waren. Bertha blieb vor der Tür zur Manufaktur stehen. Das Schild mit der Aufschrift *Geöffnet* hing im Fenster. Bertha hatte sich eigentlich nie Gedanken über ihre Kleidung gemacht. Sie trug das, was Serine anschaffte, und die Röcke, die sie von Frau Fastingsen erbte, die noch keine dreißig war.

Als sie die Tür aufmachte, bimmelte ein Glöckchen.

Später dachte Bertha, dieses Geräusch sei fast wie der Übergang in ein anderes Leben gewesen. Denn drinnen war alles anders. Dass es überhaupt möglich war, eine Tür in der Straße zu passieren, durch die sie ihr Leben lang gelaufen war, und die Geräusche von Karrenrädern und Pferdehufen, von rufenden Stimmen und den Geruch von Fischabfällen und von in der Hitze stinkenden Pferdeäpfeln hinter sich zu lassen.

Es war wie ein Zauber. Drinnen roch es nach etwas, von dem Bertha später erfuhr, dass es sich um mit Seife behandelte Wolle handelte, und sie nahm den heißen, fast aufreizenden Duft gebügelter Baumwolle wahr. Und die Geräusche, leise, konzentriert. Männer und Frauen, die miteinander redeten, einige mit Stecknadeln zwischen zusammengekniffenen Lippen, als wären diese Nadeln ein lebendes Werkzeug, ihre Schritte klangen freundlich auf den breiten, gescheuerten Brettern.

Hier spucken bestimmt nicht viele auf den Boden, dachte Bertha.

Ein Stück weiter hinten im Laden, hinter dem Tresen,

wo Konserven und Werkzeug verkauft wurden, stand eine Frau mittleren Alters vor dem größten Spiegel, den Bertha jemals gesehen hatte. Sie sprach leise mit einem Mädchen neben ihr, das ebenfalls in den Spiegel blickte. Die Frau trug ein straffes Korsett, ihre Taille war so schmal wie die von den Frauen auf den Bildern im Fenster des Fotografen Nils Hendriksen. Das Kleid war schön, grün, mit Krinoline, Schleppe und Rüschen am Hals. Solche Kleider waren Bertha schon einige Male auf der Straße aufgefallen. Am Sonntagnachmittag, wenn wohlhabende Ehepaare mit Sonnenschirm und Knöpfstiefeln spazieren gingen. Sie hatte Männer mit Gehrock und Zylinder auf dem Markt gesehen, Frauen mit prachtvollen, eleganten Hüten mit Stoffblumen. Aber niemals zusammen, in einer eigenen, abgeschlossenen Welt wie dieser hier.

Sie hielt noch immer die Türklinke fest, als ob sie gleich wieder gehen wollte. Der Sonnenschein strömte durch die großen Fenster herein und legte sich in riesigen Quadraten auf den Boden und den Tisch, der mitten im Laden stand. Als sie die Klinke losließ und ins Ladeninnere ging, trat sie auch in das Licht. Weil der Tisch so voll war, wirkte das auf den ersten Blick wie Unordnung, aber alles erwies sich dann als ordentlich und organisiert. Ein großes aufgeschlagenes Buch für Bestellungen. Kleine Kissen mit Nähnadeln, Schubladen mit Zetteln, auf denen stand, was darin aufbewahrt wurde, ein Gestell für Scheren. Pappschachteln mit Namen und Nummern für bestellte Hüte oder Stoffe. Unsichtbare Stiche, Präzision, Anpassung.

Sie wusste nicht, dass sie mitten im Raum stand und breit lächelte, während sie mit der rechten Hand ein Stück ihres grauen alten Rocks zerknitterte.

»Sind Sie Fräulein Torgersen?«

Eine junge Frau stand hinter einem Mädchen in Berthas Alter, oder vielleicht etwas älter, und schaute zu Bertha herüber.

»Ja«, sagte sie.

»Geht es um das Konfirmationskleid?«, fragte die Frau, während sie konzentriert den Rücken des Kleides betrachtete.

»Ja.« Bertha nickte.

»Das ist eingetroffen. Einen Moment noch. Dann helfe ich Ihnen.«

Die Frau rief mit klarer und deutlicher Stimme in Richtung eines goldenen Samtvorhangs, dass Fräulein Ellen die Schachtel mit dem schönen dunklen Kleid bringen solle, das aus Stavanger geliefert worden sei.

Bertha freute sich darüber, dass das Kleid als schön bezeichnet wurde, auch wenn es schlicht war. Ihr gefiel es, dass die andere so selbstbestimmt wirkte, wie sie dort stand und das Mieder der Kundin zuschnürte. Aber das Aufsehenerregendste war die Kleidung der jungen Frau: ein weißes Hemd mit Stehkragen. Um den Hals hatte sie ein rotes Tuch gebunden, dort, wo ein Mann eine Halsbinde getragen hätte. Ihr Rock hatte die normale Länge, ging bis zu den Knöcheln, fiel aber anders. Er hing glatt nach unten, ohne Volants, Falten oder verzierte Knöpfe. Die junge Frau trug schwarze flache Schuhe.

Bertha war fasziniert. Das Aussehen dieser Frau war einfach umwerfend.

Und die Haare, offen, gewellt und um das betonte Kinn glatt abgeschnitten. Bertha hatte erst einmal eine Frau gesehen, die ähnlich gekleidet war wie ein Mann, sie hatte auf dem Marktplatz gestanden, in langem Mantel und Herrenhut, und mit lauter Stimme und mit Bergenser Akzent etwas über ein Treffen eines Frauenvereins verkündet. Serine hatte gesagt, in der Bibel stehe, dass Frauen keine Männerkleidung tragen dürften.

Von der jungen Frau bei Jacobsen hatte sie weder etwas gehört noch sie je gesehen, obwohl die andere genauso redete wie Bertha.

Denn es war so: Hanna Brummenæs hatte sich ein Jahr zuvor mit siebzehn bei Jacobsen als Verkäuferin beworben und war widerwillig genommen worden. Der Widerwille vonseiten Jacobsens hatte darauf beruht, dass Fräulein Brummenæs so maskulin und dadurch nicht gerade eine die Kundinnen ansprechende Reklame war. Aber ziemlich bald hatte er feststellen müssen, dass sie sich durch etwas ganz anderes auszeichnete, nämlich durch ein ungewöhnliches Verkaufstalent. Woher sie das hatte, wusste er nicht. Denn sie wohnte in einem der kleineren Häuser bei der Brücke, die hinüber nach Bakarøynå führte, offenbar zusammen mit vielen anderen, niemand trug dort Kleider oder Anzüge aus Jacobsens Laden. Ihre Stimme war tief und direkt, und sie hatte ein angenehmes Interesse daran, für jede Kundin genau das richtige Kleid zu finden, etwas, das die anderen Ladenmädchen bei Weitem nicht in diesem Ausmaß besaßen. Fräulein Brummenæs war weder unterwürfig noch aufdringlich, sie schien über einen eigenen Blick für die Körper zu verfügen, die sie ankleiden sollte, und mit dessen Hilfe die Kleider, Röcke oder Blusen perfekt saßen. Außerdem hatte sie eine beeindruckende Fähigkeit, Teile des Wortschatzes und der eleganteren Ausdrucksweisen der Kundschaft zu übernehmen. Sie fragte die Kundin nicht mehr: »Was bissn du für eine?« Und es war lange her, dass sie ihre Unhöflichkeit einer Kundin gegenüber so zum Ausdruck gebracht hatte: »Hier komm' ja mit'm Hering sonne Massen rin, dass man nich weiß, wer die sin, wenn se Kledasch probieren wolln.«

Wenn sie einen Ausdruck nicht verstand, fragte sie Jacobsen, der seinerseits ihre sprachliche Entwicklung voller Befriedigung mitverfolgte.

Nachdem die Kundinnen mit einem neuen Kleidungsstück den Laden verlassen hatten, begegnete Jacobsen ihnen manchmal in der Haraldsgate oder bei irgendeinem gesellschaftlichen Anlass. Dann legten sie ihm die Hand auf den Unterarm und bedankten sich von ganzem Herzen für die Bedienung. Und diese Freude – und die Lobesworte – über einen neuen modernen Rock, ein perfekt passendes Tuch oder ein Paar Handschuhe breitete sich immer weiter in der Stadt aus.

Hanna Brummenæs war mit acht Wochen Probezeit eingestellt worden, aber schon nach den ersten drei Wochen mit ungewöhnlich großem Umsatz hatte Jacobsen beschlossen, diese etwas zu selbstsichere junge Frau zu behalten.

Denn obwohl Haugesund eine ziemlich kleine Stadt war, war man dort durchaus an unterschiedliche Menschentypen gewöhnt. Schließlich lebten hier Waisenhauskinder Seite an Seite mit Reedern, hier gab es Originale, die durch die Straßen wanderten und laute Selbstgespräche führten, es gab die Schauerleute mit den riesigen Kinderscharen. Kurz gesagt, wenn man sich innerhalb der Grenzen Gottes und des guten Benimms aufführte, ging ziemlich viel als normal durch. Für Jacobsen wurden die kurzen Haare und die Herrenhemden von Fräulein Brummenæs zu einer Ausnahme im Vergleich zu dem, was bei ihm sonst unter den Begriff *normal* fiel.

Aber für Bertha war dieser Anblick so erstaunlich, dass sie sich zusammenreißen musste, um sich abwenden und aus dem Fenster schauen zu können. Sie hatte noch nie eine Frau gesehen, die so aufsehenerregend anders war, auf eine so undefinierbare, schöne Weise.

»Setzen Sie sich doch einfach solange«, sagte Hanna Brummenæs und zeigte auf einen dunklen Plüschsessel mit Troddeln in der hintersten Ecke des Ladens. Ihre Augen waren grün, mit winzigen grauen und gelben Punkten.

Bertha setzte sich und musterte die große, energische, aber junge Frau am Kleiderrücken des Mädchens, eines Mädchens, das vielleicht ihren ersten Ball besuchen würde, zu dem sich junge Menschen ihrer Klasse versammelten. Mit flinken Händen steckte Fräulein Brummenæs ein kleines Strohkissen unter den Rock und brachte ihn an der Stahlkonstruktion an, die um die Taille der Kundin befestigt war.

Nun kam hinter einem Gestell voller Jacken eine ältere Frau hervor. Ein kleiner Strohhut mit schwarzem Band saß schräg auf ihren kunstfertig hochgesteckten Haaren. Sie trat neben das Mädchen, das Bertha für ihre Tochter hielt. Sie kniff die Augen zusammen, neigte den Kopf zur Seite und betrachtete dasselbe Spiegelbild wie das fast erwachsene Mädchen.

»Ich denke, es sitzt ein bisschen zu eng«, sagte Fräulein Brummenæs und öffnete einige Häkchen am Rücken, um an die Schnürung zu kommen, die sie mit entschlossenen Handbewegungen lockerte.

Wie wurde man so sicher in seinen Bewegungen?

Bertha versuchte, sich zu entspannen, und ließ sich an die Rückenlehne zurücksinken, aber sie war trotzdem nervös. Sie legte vorsichtig die Arme auf die langen Armlehnen, dann ließ sie die Hände wieder in ihren Schoß sinken.

Wenn sie erwachsen wäre, würde sie gern der Mutter dort ähneln. Einer Frau mit genug Geld, die einen langen hellen Sommerrock und einen Strohhut mit Seidenband trug. Die eine Tochter in den Laden begleitete.

Bertha wurde aus ihren Gedanken gerissen, als Fräulein Brummenæs sich an die Mutter wandte und fragte, ob die junge Dame wirklich ein Strohkissen als Turnüre haben wollte.

»Ja, unbedingt«, sagte die Mutter. »Schließlich und endlich geht es um ihre Körperhaltung. Und abermals: um Disziplin und Kraft.«

»Vielleicht könnten wir es trotzdem mit einem anderen, etwas kleineren probieren«, sagt Fräulein Brummenæs und verschwand hinter einem Vorhang.

Sofort trat die Mutter dicht an die Tochter heran und machte sich an mehreren Mitessern auf ihrem Nacken zu schaffen. »Was ist das denn hier?«, fragte sie leise, fast angeekelt. Lauter sagte sie: »Mückenstiche.« Als ob sie sich für ihre Tochter schämte. »Nicht daran kratzen«, fügte sie hinzu. »*Aimabel* zu sein, bedeutet, zu lernen, was Anstoß erregt.«

Das letzte klang komisch. *Aimabel.* Ein so albernes Wort hatte Bertha noch nie gehört.

Nun kam Hanna Brummenæs mit einer kleineren und leichteren Turnüre zurück und ließ sich zugleich von dem weniger erfahrenen Ladenmädchen, von Fräulein Ellen, die Schachtel mit Berthas Kleid überreichen. Fräulein Brummenæs legte beides auf den Tisch. Sie hob den braunen Deckel an, nahm das Kleid heraus und nickte kurz, wie um den richtigen Inhalt zu bestätigen.

»Sie können es da drinnen anprobieren«, sagte sie und zeigte auf einen Samtvorhang vor einer kleinen Kabine.

Bertha nickte und streckte beide Arme aus, damit Fräulein Brummenæs das Kleid darüber legen könnte, wie über zwei Haken.

»Sagen Sie Bescheid, wenn Sie Hilfe brauchen. Aber es müsste leicht anzuziehen sein.«

Leise, fast vertraulich, sagte sie dicht neben Berthas Ohr: »Weder Knöpfe im Rücken noch anderer Schnickschnack.«

In der engen, nur schwach beleuchteten Kabine zog Bertha die Bluse und den abgenutzten Rock aus. Nachdem sie herausgefunden hatte, wie sie das Kleid anziehen könnte, stieg sie vorsichtig hinein, als ob es jeden Moment zu zerreißen drohte. Sie schob die Arme in die etwas engen, langen Ärmel und zog danach vorsichtig den Stoff über die Schultern, dann schloss sie die drei weißen Knöpfe vorn am Hals. Schließlich machte sie noch die Haken an der linken Seite zu.

Das Gefühl an ihrer Haut und dem dünnen Unterhemd glich fast einem Jucken, da der Stoff noch ungetragen war. Bertha ergriff den kleinen Handspiegel, der an einem Haken an der Wand hing, und dachte, dass sie in ihrem ganzen Leben noch nie so etwas Schönes angehabt hatte.

Sie schaute an ihrem Körper hinunter und konnte nicht begreifen, dass er ihr gehörte. Das Kleid war zweigeteilt und aus einem schwarzen Kreppstoff mit hellen und dunklen Schattierungen. Der Rock war mit beigem Baumwollstoff gefüttert, an der gerüschten Brust befand sich ein schwarzes Zierband. Am Halsausschnitt war eine kleine Schleife festgenäht. Bertha bereute ihre oft so kritischen

Gedanken über Serine. Denn schließlich hatte doch die Stiefmutter dieses Kleid für sie ausgesucht.

Als sie herauskam, drehte Hanna Brummenæs sich zu ihr um, nickte forschend und dann wie zur Bestätigung. Dann sagte sie zu dem Mädchen mit der Turnüre: »Entschuldigen Sie mich bitte für einen Augenblick«, und ging hinüber zu einem Regal mit feinen Schuhen. Sie betrachtete Berthas schlichte, abgenutzte Stoffschuhe und suchte ein Paar Lederschuhe mit Absatz heraus, die perfekt passten.

»Ich brauche keine Schuhe«, flüsterte Bertha.

»Die sind nur geliehen. Dann kann man das Ergebnis besser beurteilen«, war die leise Antwort.

Nachdem Fräulein Brummenæs ein weiteres Mal Mutter und Tochter einer Diskussion über die Farben eines Bandes, über die sie sich nicht einigen konnten, überlassen hatte, kehrte sie zu Bertha zurück.

»Das hier soll glatt über den Hüften liegen«, sagte sie und zog energisch an den schräg genähten Partien des Kleiderstoffes.

Wie war es möglich, dass sie das nicht gesehen hatte?

Bertha lächelte. Sie hatte gedacht, die Fältchen gehörten dazu, aber die kleine Verschiebung hatte den Stoff geglättet und betonte ihren Körper auf eine erwachsenere Weise.

»Jetzt können Sie sich wieder umziehen, und danach packe ich Ihnen das Kleid richtig ein. Ich muss nur eben da hinten fertig werden«, sagte Fräulein Brummenæs.

Bertha nickte. Natürlich war das kein Problem. Sie hatte alle Zeit der Welt.

Sie ging zurück in die Kabine. Langsam öffnete sie die Knöpfe am Hals, ehe sie vorsichtig die Ärmel abstreifte.

Statt aus dem Kleid zu treten, ergriff sie die beiden hängenden Ärmel und hob sie an ihre Wange. Wie weiche, fremde Hände.

Sie hörte hinter dem Vorhang die Stimme der Mutter: »Aber wird sie nicht zu … zu unsichtbar, zu belanglos in diesem Kleid aussehen? Sie soll doch ausnahmsweise einmal auffallen.«

Bertha hörte einen langen Seufzer.

Sie stand bewegungslos da und hielt sich noch immer die Enden der weichen Ärmel an die Wangen.

Jetzt hörte sie nicht mehr, was gesagt wurde, denn die Tochter hatte ihr den Rücken gekehrt. Aber dann war die Stimme von Hanna Brummenæs wieder da. Ernst und sicher sagte sie, es komme darauf an, das Belanglose vom Allgemeinmenschlichen unterscheiden zu können.

»Wir wissen ja, dass das Belanglose ziemlich langweilig und schwer zu entdecken ist, genau, wie Sie sagen. Aber so, wie das Kleid jetzt sitzt, sieht sie ja eher aus wie eine normale, schöne junge Frau. Und der normale Mensch ist doch anziehend. Wie ein lebendiges Mysterium.«

Bertha ließ sie Ärmel los und trat aus dem Kleid.

Der normale Mensch. Ein lebendiges Mysterium. Dass Hanna Brummenæs das in einer Anzeige für eine bestimmte Art von Seide gelesen und dann auswendig gelernt hatte, wusste sie nicht. Es spielte auch keine Rolle. Diese Ausdrücke entfalteten sich in Bertha wie eine Blume.

Nachts lag sie wach und dachte an das Kleid und an Hanna Brummenæs.

Weil es so warm war, standen die Fenster offen, und Bertha sah, wie die Vorhänge sich bewegten.

4

Bertha führte ihrem Vater und Serine am nächsten Tag das Kleid vor, nachmittags, als der Vater Feierabend gemacht hatte. Sie stand im Wohnzimmer und versuchte, die schrägen Nähte geradezuziehen, so, wie die Verkäuferin im Laden es gemacht hatte. Aber der Stoff warf Falten. Zuerst über dem Bauch, und als sie dort alles glatt gestrichen hatte, verschoben sich die Falten zur Seite. Die Ärmel kamen ihr zu eng vor.

Was hatte dieses Fräulein Brummenæs eigentlich gemacht, als sie mit einer einfachen Bewegung dem Kleid einen perfekten Sitz verpasst hatte?

Aber der Vater war voll des Lobes, weil das Kleid anständig und zugleich hübsch war.

»Was ist das denn da?« Serine zeigte auf Berthas linken Ärmel.

»Das?« Bertha betrachtete die Ausbeulung an ihrem Ärmel, kurz oberhalb des Handgelenks.

»Ja.«

»Das ist Mutters Taschentuch«, sagte Bertha und fischte ein weißes Tüchlein mit Spitzenkante hervor. Es war fadenscheinig und an einer Ecke eingerissen.

»Nimm das ja nicht mit zur Einsegnung«, sagte der Vater.

»Aber Tante Tomine hat gesagt, Mutter hatte es damals dabei«, sagte Bertha.

»Trotzdem«, sagte der Vater.

»Tante Tom«, sagte Serine.

Tomine Løvaas war die Schwester der Mutter, sie war unverheiratet und wohnte in Stavanger. Sie *Tante Tom* zu nennen, als hätte sie einen Männernamen, war Serines Idee gewesen. Nachdem Josef einmal gesagt hatte: »Wer zu lange mit dem Heiraten wartet, kann enden wie Tante Tom«, hatte Serine mehrmals Verwendung für diesen Spitznamen gefunden.

Während sich die Blicke von Vater und Serine immer noch auf Berthas Kleid und das Taschentuch richteten, klopfte Frau Fastingsen an die Tür und trat zu ihnen in die Stube. Sie wollte wissen, ob Bertha Jorgine bei einer Rechenaufgabe helfen könne.

»Wo du doch so gut mit Zahlen umgehen kannst«, fügte sie hinzu.

Bertha konnte wirklich gut mit Zahlen umgehen. Rechnen war ihr Lieblingsfach, und sie hatte Jorgine schon mehrmals bei Rechenaufgaben geholfen. Denn während es Jorgine schwerfiel, die Ziffern richtig untereinanderzuschreiben, schienen sich Berthas mit Leichtigkeit zu Kolonnen zusammenzufügen, sodass die Lösung immer richtig war, egal, ob sie sie voneinander abziehen oder zusammenzählen sollte. Rechnen bedeutete, im Unübersichtlichen Ordnung zu schaffen. Seit Bertha in die Schule gekommen war, hatte sie gelernt, die Zahlen zu benutzen, um in ihren Gedanken aufzuräumen. Wenn ihre Fantasie ihr vor irgendetwas Angst einjagte, zündete sie einfach eine Lampe an, nahm die Tafel oder ein Stück Papier zur Hand und stellte eine Rechnung auf. Das Rechnen verschaffte ihr eine ganz besondere Ruhe.

Serine trug Frau Fastingsen den Fall des alten Taschentuches vor, als wäre die Nachbarin eine Richterin.

»Ich glaube nicht, dass es deiner Mutter gefallen würde«, sagte Frau Fastingsen und sah dabei Serine an.

Dieses Argument stach immer, denn Bertha konnte sich an ihre Mutter nicht erinnern. Sie wollte auch Frau Fastingsen nicht widersprechen, denn die hatte Karen Marie Løvaas gekannt. Und wenn Frau Fastingsen getadelt wurde, lief sie vor Verlegenheit immer dermaßen rot an, dass dieser Anblick kaum zu ertragen war.

Nun rief Josefine nach ihrer Mutter und sagte, sie brauche Hilfe bei den beiden Kleinsten, die so entsetzlich mit ihrem Essen herumsauten. Serine verschwand im Nebenzimmer. Bertha drehte sich nach ihr um und schaute in die kleine blau gestrichene Küche, wo der Boden deutliche Spuren von zertretenen Kartoffelschalen aus dem umgekippten Korb für Gemüsereste aufwies, mit denen die Schweine gefüttert wurden.

Da Bertha Jorgine mit den Rechenaufgaben half und bald konfirmiert werden würde, wollte Frau Fastingsen ihr ein nagelneues Taschentuch schenken. Sie könne sich eins aussuchen und anschreiben lassen, in dem Laden, wo sie das Kleid gekauft habe.

»Nur kein allzu teures«, fügte sie hinzu und sah Bertha mit ihren großen und gleichsam vertrauensvollen Augen an.

Als Bertha zum zweiten Mal innerhalb einer Woche zu Erik Jacobsen ging, war es schon nach sechs Uhr am frühen Abend. Trotzdem machte sie einen Umweg, um sich eine einige Tage alte, rußschwarze Brandstätte anzusehen.

Es war schwül, und eine Wolkendecke schien sich vom Meer her über die Stadt zu schieben. Aber die Sonne wärmte noch immer über den staubigen Straßen. Als Bertha zu der schwarzen Wüste gelangte, wo vorher ein Haus gestanden hatte, roch es noch immer nach verbranntem Holz. Eine schmale graue Rauchsäule stieg langsam zwischen zwei rußigen Steinen auf, dort, wo sich vielleicht eine Feuerstelle befunden hatte. Das Haus hatte einer zwölfköpfigen Familie als Wohnung gedient, und alle hatten sich zum Glück retten können. Gerüchten zufolge sei die Familie in drei Gruppen aufgeteilt worden, um die Verwandten, bei denen sie nun wohnen mussten, nicht zu arg zu belasten. Vier schwarz verbrannte Stöcke ragten aus der Grundmauer auf, sie sahen aus wie verfaulte Zähne in einem verkommenen Kiefer.

Trotz der Wärme fröstelte Bertha bei diesem Anblick und fuhr sich über die Unterarme. Das weiße Haus nebenan schien nicht zu Schaden gekommen zu sein, aber Bertha fiel auf, dass die Querwand direkt neben der Brandstätte braune Flecken aufwies, als hätten Flammen an der Wand emporgezüngelt, um sich am Holz gütlich zu tun. Sie wusste, dass es schändlich war, das Leid anderer anzustarren, und als ein junges Mädchen mit einem Waschlappen in der Hand ein Fenster in dem weißen Haus öffnete, ging Bertha weiter, ohne zu grüßen oder hochzublicken.

Als sie zur Manufaktur kam, öffnete sie die Tür mit einer sichereren, energischeren Bewegung als bei ihrem ersten Besuch. Sie wusste, was sie erwartete, war aber dennoch neugierig.

Die Glocke bimmelte. Der Laden, dessen Boden beim ersten Mal von zwei großen, sonnenhellen Vierecken verzaubert gewesen war, war nun dunkler. Ein schmales, horizontales Fenster stand offen. Als Bertha die Tür hinter sich schloss, flatterten zwei Blusen an einem Gestell. Die sauberen Stoffe verströmten einen auffällig angenehmen Duft nach Gewürzen und Seife, obwohl es heute auch nach gemahlenem Kaffee aus den Jutesäckchen an dem kleinen Tresen für Nahrungsmittel roch. Außerdem nahm sie den süßlichen Geruch von, wie sie annahm, Eau de Cologne wahr. Hanna Brummenæs stand am Ende des Nähtisches und war in ein Gespräch mit zwei Frauen vertieft. Die beiden konnten keine festen Kundinnen sein, denn sie waren gekleidet wie ganz normale Frauen, in dunkle, weite Röcke und Blusen. Ohne Korsett, Cul de Paris oder Krinoline. Die eine, die ältere und kräftigere, trug über der Bluse eine Sommerjacke und einen kleinen flachen Hut. Hanna hatte einen langen, koksgrauen Rock an, der genauso gerade geschnitten war wie der, den sie vor einigen Tagen getragen hatte. Darüber trug sie eine moosgrüne Hemdbluse mit gestärkter Brustpartie und eine gestreifte, locker sitzende Weste. Dieser Anblick verblüffte Bertha noch immer, aber jetzt war sie darauf vorbereitet und glotzte nicht mehr, sondern schaute ein wenig zur Seite, an Hanna vorbei, auf einen großen Schrank aus dunklem Nussbaumholz. Auf diese Weise konnte sie sie schließlich betrachten, ohne unhöflich zu sein.

Hanna Brummenæs erinnerte sie einerseits an einen Mann, hatte aber andererseits die Gesichtsform einer Frau. Als wäre sie eine junge Frau unter der Haut eines Mannes. Vor allem jetzt, wo es im Laden etwas dunkler war, konnte Bertha sich vorstellen, die andere könnte die männlichen Züge ausziehen wie einen Strumpf, wenn sie das wollte.

Jetzt hörte sie, wie die ältere Frau sagte: »Ich habe meine Zweifel, aber wenn es stimmt, dann muss die Öffentlichkeit darüber aufgeklärt werden.«

Und in diesem Moment schaute Fräulein Brummenæs auf und entdeckte Bertha.

»Ich habe wohl vergessen, das Schild umzudrehen«, sagte sie. »Aber treten Sie doch einfach näher.« Sie lächelte.

Bertha machte einige Schritte in den Laden hinein. Abgesehen von den drei Frauen war niemand mehr da.

»Wir sind trotzdem der Meinung, dass diese Erkenntnisse hier im Laden nützlich sein könnten. Wenn es also stimmt«, fügte die Jüngere hinzu. Sie nickte immer wieder mit ernster Miene, wie um ihre Worte zu unterstreichen. Sie war zierlich gebaut und hatte die Haare zu einem lockeren Dutt hochgesteckt, von dem einige Haarsträhnen ihr fast bis zu den Schultern herabhingen.

»Es bringt nichts, die Kundschaft zu belehren«, sagte Fräulein Brummenæs. »Wenn sie so ein Kleid haben wollen, müssen sie es kaufen dürfen.«

»Natürlich, aber Aufklärung kann nicht schaden«, sagte die Jüngere.

Hanna Brummenæs erwiderte, da stimme sie zu. Dann dankte sie den beiden für ihren Besuch und fügte hinzu: »Den Artikel würde ich gern behalten.«

Sie versprach, ihn gründlich zu lesen.

Die Zeitung blieb auf dem Nähtisch liegen, und Bertha konnte die Überschrift lesen: *Zerstörerische Korsetts.* Und in kleinerer Schrift stand darunter, dass eng geschnürte Korsetts Lunge und Magen schädigten.

Ein Arzt aus Kristiania war interviewt worden.

»Diese beiden«, Hanna nickte in Richtung Tür, »behaupten, mehrere Doktoren in einem Krankenhaus in Kristiania hätten Frauen behandelt, die kein Essen mehr herunterbrachten, weil ihre Korsetts so eng waren.«

»Ich dachte, Korsetts sollten den Körper stützen«, sagte Bertha.

»Ja, aber wenn sie so fest geschnürt werden, dass man gerade noch Atem holen kann, und nur ganz oben, dann kann das doch nicht gut sein.« Sie hechelte ein bisschen wie ein Hund, und Bertha musste lachen.

»Ich habe noch nie ein Korsett benutzt«, sagte Hanna Brummenæs und nickte übertrieben, wie bei einer altmodischen Begrüßung.

»Ich auch nicht«, sagte Bertha.

Als sie das Lächeln von Fräulein Brummenæs bemerkte, musste Bertha kichern. Natürlich benutzte sie kein Korsett.

»Und sie meinen auch, dass Frauen sich durch hochhackige Schuhe erkälten.«

»Durch Schuhe?«

»Ja. Dass Damen, die viele Schichten Stoff tragen, immer am Rücken schwitzen. Zugleich tragen sie dünne Schuhe, also frieren sie an den Füßen. Im Winter, meine ich, nicht jetzt natürlich.«

Bertha nickte. Reiche Frauen trugen fast immer hochhackige Schuhe oder hohe Schnürstiefel aus dünnem, weichem Leder.

Rasch schaute sie auf ihre eigenen Füße hinab. Sie trug schon den ganzen Sommer dieselben alten Stoffschuhe. Sie betrachtete die Füße von Fräulein Brummenæs. Deren Schuhe waren aus schwarzem Leder, und die Absätze ließen sie größer wirken als neulich, als sie nebeneinandergestanden hatten.

»Also, womit kann ich behilflich sein?«, fragte Fräulein Brummenæs.

»Ein Taschentuch«, sagte Bertha. »Zum Konfirmationskleid.«

»Dann kommen Sie mal mit.« Fräulein Brummenæs ging hinüber zu einem großen Regal mit flachen und breiten Schubladen. »Hier, mal sehen.« Sie zog eine Schublade mit vielen kleinen Fächern heraus.

»Es darf nicht zu teuer sein.«

»Natürlich nicht. Für die, die zu viel für ein kleines Stück Stoff, mit dem man sich die Nase putzen soll, bezahlen wollen, machen wir diese hier auf.« Sie klopfte leicht gegen die Schublade darunter.

Die Schublade war voller Taschentücher, links für Männer, rechts für Frauen.

»Die schlichten weißen kosten vierzig Öre, die mit anderen Farben fünfundfünfzig. Und diese«, sie hob ein dickeres weißes Taschentuch mit kleinen Spitzen hoch, »kosten eine Krone.«

»Ist das schön?«, fragte Bertha und zeigte auf das billigste Taschentuch.

»Ich finde, das ist das schönste. Schlicht und funktionell. Und es passt zu allem.«

»Könnte ich das zurücklegen lassen? Ich bezahle das nicht selbst.«

»Natürlich. Ich lege es hierhin, mit einem Namenszettel.«

Als Hanna Brummenæs Berthas Namen mit Tinte auf einen Zettel schrieb, hatte Bertha für einen Moment das Gefühl, nicht nur ihren Namen zu sehen, sondern sich selbst. Später konnte sie das nur damit erklären, dass Hannas feste Schrift das einfache *Bertha Torgersen* zu mehr machte als nur zu einer Reihe von Buchstaben.

Als Fräulein Brummenæs die Schachtel mit dem Taschentuch in eine Schublade für die vorbestellten Waren gelegt hatte, nickte sie zum Fenster hinüber und sagte: »Endlich.«

Bertha sah große Regentropfen, die auf Fensterscheibe und Straße fielen.

Sie ging zum Fenster. Der feine Sand schien sich um jeden einzelnen Regentropfen zu krümmen, als ob er das Wasser für den Bruchteil einer Sekunde umarmte, ehe er einen neuen Tropfen entgegennahm. Bald regnete es heftig.

»Wo wohnen Sie?«

»Am südlichen Ende der Strandgate«, sagte Bertha.

»Dann leihen wir uns im Laden einen Regenschirm und gehen ein Stück zusammen«, sagte Hanna Brummenæs.

Sie holte einen großen schwarzen, imprägnierten Herren-Seidenschirm.

Als sie dicht nebeneinander durch den Regen gingen, prasselten die Tropfen wie kleine Steine auf den Schirmstoff. Die Feuchtigkeit stieg wie unsichtbarer Dunst vom Boden auf.

Sie blieben vor einer Kreuzung stehen, als sie ein von einem müden Pferd gezogener Umzugskarren passierte. Ein Mann mit einem zerfetzten Hut hielt die Zügel, und neben dem Karren ging eine ärmlich gekleidete Frau her. Auf der Wagenladung saßen mehrere Kinder mit triefenden Nasen und regennassen Arme-Leute-Kleidern. Das Umzugsgut bestand aus einer großen Truhe, zwei feuchten Matratzen, einem roten, wurmstichigen Bett, weiteren ramponierten Möbelstücken und Eisenschrott.

Vielleicht, dachte Bertha, sind sie aus dem Haus oder der Wohnung geworfen worden, weil sie die Miete nicht bezahlt haben. Oder sie sind unterwegs zu einem Schiff, das sie nach Amerika bringt.

»Meinen Sie, die wollen nach Amerika?«, fragte sie leise.

»Vielleicht. Oder an einen anderen Ort, von dem sie nicht wissen, wo er liegt«, sagte Hanna.

5

Im Februar des darauffolgenden Jahres erspähte Bertha Hanna Brummenæs in der Haraldsgate. Eine schwere Wolkendecke hing über der Stadt, es schneite jedoch nicht. Bertha hatte gerade zwei Paar Schuhe zu Schuster Fastingsen gebracht, und gleich darauf sah sie Hanna von hinten. Hanna Brummenæs ging neben einem Mann her. An Fotograf Nils Hendriksens gelb gestrichenem Haus drehte sie sich zum Fenster und zeigte auf irgendetwas, weshalb Bertha ganz sicher war, dass sie wirklich Fräulein Brummenæs vor sich hatte und nicht das Gehirn ihr einen Streich spielte. Zweimal hatte sie nämlich schon geglaubt, sie gesehen zu haben, aber beide Male hatte sie sich geirrt. Sie hatte auch bei Erik Jacobsen durch das Fenster geschaut, aber hatte Angst gehabt, entdeckt zu werden, und sie war weitergelaufen, ehe sie drinnen irgendetwas erkennen konnte.

Aber jetzt ging Hanna neben diesem Mann her, der ebenso gut angezogen war wie sie. Seine Hose war aus dem gleichen braunen Stoff wie ihr langer Rock, und beiden reichte der Mantel bis zur Mitte der Oberschenkel. Wenn Hanna keinen flachen, dunkelblauen Damenhut mit einer kleinen Stoffblume am Band und der andere keine klassische braune Melone getragen hätte, hätte man die beiden für Brüder halten können. Bertha blieb mitten auf der Straße stehen und schaute ihnen hinterher. Einige Leute, die ihnen entgegenkamen, starrten sie ganz offen an, aber die meisten gingen einfach an ihnen vorbei, in ihre eigenen Angelegenheiten vertieft, oder sie lächelten und hoben zum Gruß den Hut.

Was brachte eine Frau dazu, sich so männlich anzuziehen?

Bertha blickte den beiden hinterher, bis sie um eine Ecke verschwanden.

Konnte es ein Protest sein – gegen die Kleider, die Frauen krank machten? Aber Fräulein Brummenæs hatte auch bei Berthas erstem Besuch im Laden schon eine Hemdbluse und einen geraden Rock getragen, und da hatte das mit den Korsetts noch nicht in der Zeitung gestanden.

Plötzlich war es wichtig für sie zu wissen, was im Schaufenster des Fotografen die Aufmerksamkeit von Hanna Brummenæs erregt hatte. Bertha lief die Straße entlang und blieb vor dem Fenster links von der Eingangstür stehen. Dort stand auf einer Staffelei eine große Fotografie eines Baumes. Bertha wusste, dass es sich um einen Ahornbaum handelte, obwohl sie noch nie einen gesehen hatte. Aber in der Schule hatte sie gelernt, dass die Blätter dieser Bäume geformt waren wie Hände. Auf dem Bild schien die Sonne durch das Blattwerk und auf die kräftigen Äste. Die Strahlen leuchteten so sehr zwischen den Blättern, dass der Baum schwerelos aussah, als bestünde er nur aus Licht und Luft. Mit diesem Gefühl der Leichtigkeit schwebte sie gleichsam nach Hause und durch die Wohnungstür.

Durch die Tür der Familien Anda und Fastingsen hörte sie Stimmen, aber bei ihr waren Kammer und Stube leer.

Sie lächelte noch immer bei dem Gedanken an die beiden, die sie gesehen hatte, mit ihren dunklen Mänteln.

Was hatte Hanna Brummenæs an sich, dass sie weder wie ein Mann noch wie eine Frau aussah?

Und was würde mit Bertha passieren, wenn sie zum Beispiel eine Hose anzöge? Würde das sie zu einer anderen machen?

Bertha öffnete die mittlere Schublade der blauen Kommode, in der Torger seine Kleider aufbewahrte. Hosen, Hemden, einen Wollpullover. Sie überzeugte sich noch einmal davon, dass niemand von ihrer Familie zu Hause war, dann ließ sie ihren Rock auf den Boden fallen, legte ihn über eine Stuhllehne und stieg in Torgers dunkle, dünne Wollhose. Sie genoss das Gefühl des gewebten Stoffes an den Oberschenkeln und den straff sitzenden Teil über ihren Hüften und um ihre Taille, den sie über ihrem Unterhemd zuknöpfte. Sie schaute an ihren Beinen hinunter; wie fremd! Energisch stellte sie die Füße auseinander, richtete sich gerade auf und öffnete die Knöpfe der hellgelben Bluse. Danach schlich sie sich auf Strümpfen in den Gang hinter der Küche und holte sich Torgers Konfirmationshemd, das zu klein geworden und für einen der Brüder beiseitegehängt worden war. Der Stoff war abgenutzt und stammte ursprünglich von einem Hemd des Vaters, aber der abnehmbare Kragen und die Manschetten waren aus feiner weißer Baumwolle. Sie schob die Arme in die Hemdsärmel. Dort hing auch seine Weste, unter dem Jackett, das er getragen hatte. Sie nahm es vom Kleiderbügel und zog es über das Hemd, wagte aber nicht, zum Fenster zu gehen, um sich im Spiegelbild zu betrachten. Stattdessen benutzte sie den kleinen quadratischen Schrank, der in der Stube an der Wand hing, als Spiegel.

Der Schrank hatte eine Tür, die aus vier kleinen Glasscheiben bestand. Zuerst kam es ihr absurd vor. Sie stand auf einem Schemel und sah sich selbst aufgeteilt in vier Spiegelbilder. Durch das unebene Glas war ihr Bild verzerrt und wirkte fremd. Was sie sah, war nicht Bertha und gleichzeitig doch Bertha.

6

1884

Bertha wusste nicht, ob ihr Vater strenger war als andere Väter, aber streng war er. Obwohl sie ihn nicht oft sah, spürte sie stets seine Ermahnungen, Zurechtweisungen und Erwartungen, egal, ob er zu Hause war oder nicht.

Er sagte, er wolle für alle seine Kinder das Beste. Deshalb habe er so lange Arbeitstage, vermiete Zimmer und lege Geld auf die hohe Kante.

Er war auch nicht frömmer als andere Väter, die sie kannte. Es kam sogar vor, dass er, wenn sie aus dem Gottesdienst nach Hause kamen, manchmal sogar sagte, dem Pastor seien die Fischer im Lande Kanaan offenbar wichtiger als die, die sich in Haugesund abmühten. Aber er nickte beifällig, wenn der Pastor über die schlimmen Folgen der Verschwendung sprach. Josef Torgersen war jemand, der überall nach Möglichkeiten suchte, seine Finanzlage zu verbessern, und er hatte nicht versucht, seine Erleichterung zu verbergen, als Torger auf einem Frachter nach Amerika angemustert hatte. Das bedeutete doch einen Mund weniger, der gestopft werden musste.

Dennoch träumte er von einem modernen Herd für die Küche und von zwei Matratzen für sein Ehebett.

Zu Bertha hatte er gesagt, selbst wenn Serine erschöpft wirke, wolle er nicht, dass seine Tochter für den Rest ihres Lebens für ihn und seine Familie arbeite, sie solle selbst eine Familie gründen. Er hatte sie an ihren bevorstehenden zwanzigsten Geburtstag erinnert und erwähnt, der verwitwete Stellmacher Ommund Knudsen halte Bertha für ein patentes Frauenzimmer. Und das stimme ja auch. Bertha packe zu und schaffe alles viel schneller als Serine.

Aber ehe Bertha auch nur einen klaren Gedanken wegen Ommund Knudsen fassen konnte, trat ein anderer Mann in ihr Leben.

Es war im Februar 1884, und es schneite. Hier draußen an der Küste blieb der Schnee nicht oft liegen, aber an diesem Tag fiel und fiel er. Auf Pflastersteine und Pferdewagen, er fiel auf Hausdächer, Boote und Tonnenfabriken und Speicherhäuser. Am Nachmittag gegen zwei schaute Bertha aus dem Ladenfenster und bemerkte, dass es so kräftig schneite, dass Menschen, die sich eigentlich nicht kannten, sich auf dem Weg nach Torgbakken hinab die Hand reichten, um nicht auszurutschen.

Kurz darauf wurde die Tür geöffnet, und ein Mann mit einer dicken Schneeschicht auf Hut und Schultern kam herein. Er stampfte mit den Füßen, und als er sah, wie viel Schnee auf den Boden gefallen war, bat er Bertha um Entschuldigung, machte kehrt und ging wieder hinaus. Nachdem er sich den restlichen Schnee abgeschüttelt hatte, trat er abermals ein und stieg über den Schnee hinweg, der auf dem Steinboden bereits zu Wasser geworden war.

»Du meine Güte«, sagte er, fuhr sich mit einer Hand über den gepflegten, ergrauenden Bart und bat ein weiteres Mal um Entschuldigung, ehe er den Hut abnahm.

Bertha lächelte, denn der Mann wirkte ehrlich verzweifelt. Er war groß, ein wenig korpulent und hatte sanfte Augen. Ehe er den Hut wieder aufsetzte, bemerkte Bertha noch, dass seine Haare oben bereits schütter waren.

»Womit kann ich Ihnen behilflich sein?«, fragte sie.

Die Auswahl war an diesem Tag magerer als sonst. Sie hatten Pökelwurst und Räucherschinken, Lungenhaschee und geräucherte Rentierkeule. Und geräuchertes Schweinenierenfett.

»Räucherlamm, falls ihr das habt?«

»Tut mir leid. Das kriegen wir auch so bald nicht wieder rein.«

»Ich brauche nur ein kleines Stück. Meine Frau liebt Räucherlamm so sehr«, sagte der Mann.

»Wie wäre es mit Räucherschinken? Der schmeckt gut«, sagte sie.

»Ja, vielleicht. Es ist zu einem besonderen Anlass, müssen Sie wissen. Zu einem Gedächtnismahl.«

»Ach. Das tut mir leid.«

»Es ist kein eigentlicher Leichenschmaus. Aber wir wollen einen unserer Hunde ehren, der wie ein Familienmitglied war. Meine Frau trauert um ihn, und wenn ich jetzt nach Visnes zurückfahre, möchte ich ihr etwas mitbringen, das sie gern isst.«

»Ich verstehe.«

»Haben Sie oder Ihre Familie vielleicht einen Hund?«

»Nein, aber ich mag viele Arten von Tieren.«

»Ich habe zu meiner Frau gesagt, es sei nicht richtig, Tiere zu vermenschlichen. Sie sind Arbeitstiere und Nahrungsmittel.«

»Aber Sie würden doch sicher niemals einen Hund essen?«

»Wenn ich richtig hungrig wäre, ja. Wir brauchen nicht weiter zurückzugehen als bis zu meinem Großvater, der verhungert ist. Menschen haben von Rinden und Moos überlebt.«

Bertha nickte.

»Das ist das Beste an Visnes. Das Kupfer befindet sich im Berg, egal, ob Überschwemmung herrscht oder Dürre. Egal, ob der Hering ausbleibt oder nicht. Man kann Kupfer zwar nicht essen, aber es sorgt für finanzielle Sicherheit.«

Bertha fand den Mann ungewöhnlich redselig und offenherzig und hatte den Verdacht, dass er schon eine Schenke besucht hatte, ehe er sich zum Boot begeben würde.

Jetzt öffnete er seinen Mantel und schaute auf die Uhr, die er aus der Westentasche zog. Sein Boot gehe in einer halben Stunde, erklärte er. Und er wolle doch ein bisschen Räucherschinken. Aber sonst nichts.

»Waren Sie schon mal in Visnes?«, fragte er, während Bertha den Schinken einpackte.

»Nein. Aber ich würde schon einmal gern hinfahren«, sagte sie.

Das stimmte eigentlich nicht, denn das Kupferbergwerk auf Karmøy hatte noch nie eine besondere Neugier bei ihr geweckt. Natürlich hatte sie Bergarbeiter auf den Straßen von Haugesund gesehen. Aber diese Männer traten meistens in Gruppen auf, tranken zu viel und redeten in fremden Sprachen und Dialekten.

»Ja, aber das müssen Sie wirklich tun. Wir haben da draußen mehrere gute Läden.«

»Ach?« Sie legte den eingepackten Schinken auf die Theke.

»Ich betreibe selbst einen«, sagte er und nahm Münzen aus einer braunen Brieftasche. »Einen Lebensmittelladen samt Bäckerei. S. J. Stange.«

»Sind Sie das? Sind Sie Herr Stange?«

»Höchstpersönlich.« Er salutierte mit den Fingern an der Hutkrempe, und nun war Bertha sicher, dass er getrunken hatte.

»Da draußen wohnen viele Leute, habe ich gehört?«, sagte sie fragend.

»Ja. An die dreitausend. Ungefähr wie hier. Aber alles ist viel moderner, wenn ich das sagen darf. Wir sind schon vor vielen Jahren dort hinausgezogen.«

Auf dem Weg zur Tür drehte Stange sich um und dankte für das Gespräch. Dann sagte er, falls sie sich je in Visnes bewerben wolle, er brauche ein neues Ladenmädchen. Er komme gerade von der Redaktion der Zeitung *Haugesunds Budstikke*, wo er eine Anzeige aufgegeben habe.

»Bei mir würden Sie vermutlich besser verdienen als hier.«

Herrn Stanges Angebot ging ihr nicht aus dem Kopf. Und da sie im April zwanzig wurde, müsste sich doch eigentlich bald eine Veränderung auftun. Immer mehr aus ihrer ehemaligen Schule, Verwandte und Nachbarinnen in ihrem Alter verlobten sich, heirateten, bekamen Kinder. Oder sie nahmen anderswo Stellungen in einem Haushalt oder einem Geschäft an. Und die Frauen, die zu Hause wohnen blieben, bereiteten sich darauf vor, ihre Geschwister und Eltern zu unterstützen.

Was sie sich selbst wünschte, wusste sie nicht so genau, aber sie wollte jedenfalls nicht als alte Jungfer enden.

Deshalb sprach sie mit ihrem Vater über die Möglichkeit, sich um die Stellung als Ladenmädchen draußen in Visnes zu bewerben. Und Josef Torgersen sagte Ja.

Als Serine ihr einige Wochen später den Brief des Kaufmanns Sivert Stange überreichte, stand sie gerade in der Küche. Sie hatte Kartoffeln geschält und wollte den Brief lesen, ehe sie Sigfred bei den Hausaufgaben half. Sie ging zum Fenster. Stange schrieb, es sei ihm eine Freude, ihr die Stellung anbieten zu können, Logis sei im Lohn inbegriffen, und durch den Schinken, den er einige Wochen zuvor gekauft hatte, sei es eine *beglückende Mahlzeit gewesen*.

Eine beglückende Mahlzeit, dachte sie.

Den Brief faltete sie sorgfältig zusammen.

»Ich kann die Stellung haben«, sagte Bertha und lächelte.

Serine nickte kurz, machte aber ein düsteres Gesicht. Sie war wieder schwanger und hatte dicht am Wasser gebaut. Ihr graues Gesicht, der verzogene Mund, die Hände in die Seiten gestemmt.

Bertha hätte gern die Arme um sie gelegt. Stattdessen sagte sie: »Ich kann nach Hause kommen, oft. Das Boot geht doch mehrmals die Woche.«

»Dein Vater und ich schaffen das schon«, sagte Serine.

Bertha ging in die Kammer, zündete die Petroleumlampe an der Wand an und öffnete die Kommodenschublade. Dachte, dass sie bald Röcke und Blusen, Mantel und Schuhe einpacken würde. Sie stellte sich vor, wie es wohl wäre, Licht durch elektrischen Strom zu bekommen. Kaufmann Stange hatte geschrieben, sie hätten Elektrizität im Haus und könnten telefonieren. Letzteres war wohl nur Prahlerei, wie modern sie in Visnes doch seien, denn in Haugesund gab es noch niemanden, den Bertha anrufen könnte.

In der Nacht schmiegte sich Josefine dichter an Bertha als sonst. Vor dem Einschlafen sagte die Schwester, sie wolle Berthas Platz im Bett haben, den an der Wand, wenn Bertha auszog.

7

Bertha hatte sich so präsentabel wie möglich anziehen wollen, und Serine und Tante Tomine hatten ihr geholfen, sich Reisekleidung sowohl zu leihen als auch zu kaufen. Über ihrem Leibchen trug Bertha deshalb eine helle, figurbetonte und hochgeschlossene Satinbluse, die ihr bis zur Taille reichte, mit einem rechteckigen Vorderteil, was ihr etwas Formelles verlieh. Der Wollrock war alt und blau, war aber umgenäht worden und besaß nun eine moderne Form und Länge und umgab ihre Beine wie eine sanfte Welle. Obwohl Sommer war, trug sie am Leibchen befestigte Strümpfe und dunkle Schuhe mit normal hohem Absatz. Sie hatte sich nach Kleidern umgesehen, in denen sie erwachsen aussehen würde. Aber ihr war ein bisschen schlecht, und ihre Hände zitterten, als ob sie zu viel Kaffee getrunken hätte.

Aus unerfindlichen Gründen war das Boot verspätet.

Der Passagierdampfer Nidelven bediente die Route von Karmøy nach Skudeneshavn und lief unterwegs viele Häfen an. Die Überfahrt nach Visnes dauerte in der Regel etwas weniger als zwei Stunden.

Endlich erklang der Pfiff, und das Boot legte ab.

Es war fast nicht zu glauben, dass sie sich von der Familie verabschiedet hatte, dass sie umziehen würde. Das passierte natürlich immer wieder, aber jetzt, da es um sie selbst ging, konnte sie es trotzdem nicht begreifen. Sie wusste nicht so recht, wie sie sich fühlte, als sie dort saß; ob es Spannung angesichts des Unbekannten war, das vor ihr lag, oder eine Art Trauer darüber, dass etwas zu Ende war.

Der Vater hatte sie zum Anleger begleitet, aber weil das Boot sich verspätete, hatte sie gesagt, er könne nach Hause gehen, nachdem er ihr geholfen hatte, das Gepäck an Bord zu schaffen. Ein großer Koffer, eine Reisetasche und eine Decke mit einem Plaidriemen. Über die Schulter trug sie eine rote Stofftasche, in dem sich das Portemonnaie, ein Paar dünne, abgenutzte, aber saubere Handschuhe von Frau Anda und einige andere kleinere Sachen befanden.

Es war Ende Juni, Wind wehte, es war trocken. Sie hatte sich einen Schleier um den Hut gebunden. Jetzt wollte sie draußen auf einer Bank sitzen, um nicht seekrank zu werden und zugleich so lange wie möglich die Küste sehen zu können.

Sie sah Haugeverven, die Werft, wo an einer halb fertigen Schiffsseite gehämmert und geschweißt wurde, danach glitten sie vorbei an dem Aussichtspunkt, zu dem sie als Kind so gern hinausgelaufen war, vorbei an Felskuppen und kleineren, unbewohnten Inseln.

Haugesund verschwand, und bald tauchten kleine Häuser und Hütten auf, die sich an die Inseln im Norden von Karmøy klammerten. Sie tuckerten vorbei an Felsinseln mit wilden Schafen und Kälbern und auf dem Meer zwischen großen und kleinen Schiffen hindurch. Ab und zu stieß die Nidelven einen lauten Pfiff aus, und Männer an Bord von kleineren Booten legten sich in die Riemen, dass es um den Bug nur so schäumte, um nicht gerammt zu werden.

Schräg gegenüber von Bertha saß ein junger Mann und schaukelte im selben Rhythmus wie sie auf und ab. Sie sah ihn an, während er auf das Meer hinausblickte. Vor sich auf dem Boden, zwischen seinen Knien, stand ein Seesack aus grobem Segeltuch. Seine Hände waren groß und ruhten auf seinen Oberschenkeln. Vielleicht hatte er gemerkt, dass sie ihn anstarrte, denn nun lächelte er sie an. Sie lächelte zurück.

Als Bertha gerade den Schleier fester um ihren Hut binden wollte, wurde der Schleier vom Wind erfasst und legte sich für einige Sekunden wie ein Tuch über ihr Gesicht.

Sie lachte und schüttelte über sich selbst den Kopf, aber nun kam noch ein Windstoß, und der Mann musste seine flache Arbeitermütze festhalten, damit sie nicht von seinem Kopf geweht würde.

»Muss schon sagen«, meinte er an Bertha gerichtet.

»Ja!« Das rief sie. Sie musste ziemlich ihre Stimme erheben.

Nach kurzer Zeit fragte er: »Åkrehamn? Oder Skudeneshavn?«

»Visnes«, sagte sie.

Er nickte wie zur Bestätigung. »Ich auch«, sagte er.

Sie hörte, dass er aus der Gegend von Bergen kam. Bertha konnte nicht jeden Akzent erkennen, aber der von Bergen war ihr vertraut.

Sie wusste, dass es in allen Städten eine schmale, schöne Art zu sprechen gab und eine breite, weniger schöne. Dieser Mann sprach ziemlich breit, schien ihr, ebenso wie sie. Darauf hatte sie der Pastor vor der Konfirmation aufmerksam gemacht. Sie dachte nicht weiter darüber nach, sie redete eben wie die meisten in Haugesund.

»Wohnen Sie da? In Visnes?«, fragte er.

»Nein. Oder doch, ich ziehe dahin«, sagte Bertha. Sie legte die Hand auf ihre rote Reisetasche und die Decke mit den Riemen. »Mein übriges Gepäck ist unter Deck. Viel ist es nicht. Ein Koffer.«

Jetzt legte sich der Wind, obwohl sie ein Stück hinaus aufs offene Meer gefahren waren. Aber das Dröhnen der Schiffsmotoren zwang sie dennoch, laut zu sprechen, damit sie sich überhaupt verständigen konnten. Er rückte ein wenig näher zur Mitte der Bank, sodass er Bertha gegenübersaß, und stellte sich vor.

»Jostein Olsen«, sagte er.

Nachdem sie ihren Namen genannt hatte, fragte sie: »Wohnen Sie da unten?«

»Ja.« Er nickte. »Seit über einem Jahr.«

»Und Sie fühlen sich wohl?«

Er schien überlegen zu müssen. Verzog die Lippen und legte den Kopf ein wenig in den Nacken, dann sah er sie an und sagte, doch, ja, er fühle sich wohl.

»Aber es ist harte Arbeit.«

»Was machen Sie denn?«

Neugier war keine Tugend, sie hätte vielleicht nicht fragen dürfen. Jetzt änderte sich das Motorengeräusch, es wurde lauter und wütender, das lag vielleicht an Gegenwind oder Meeresströmungen. Er sagte etwas, das sie nicht hörte. Als sie keine Antwort gab, wiederholte er mit etwas lauterer Stimme: »Ich bin Untersteiger im Bergwerk.« Er vertrieb ein Insekt, das sein Gesicht umschwirrte, und Bertha musste lachen. Es hatte komisch ausgesehen.

Sie bemerkte, dass seine Augen blau waren und ganz

leicht schräg standen und dass seine Zähne vollzählig und nicht angefault waren. Also kam er vielleicht doch aus einer feineren Familie, schließlich hatte er eine Ausbildung. Er war nicht das, was sie hübsch genannt hätte, aber er hatte etwas Vertrauenerweckendes, vielleicht, weil er seine Züge nicht hinter einem Bart versteckte.

»Wissen Sie, was ein Untersteiger macht?«, fragte er.

Sie schüttelte den Kopf.

Er beugte sich ein wenig vor, um nicht schreien zu müssen. Er erzählte, ein Untersteiger stehe rangmäßig unter dem Steiger und dass ein Steiger der Vorarbeiter einer Arbeitsgruppe sei und …

Er unterbrach sich. »Sie kennen den Betrieb? Unter Tage?«

Es war ihr plötzlich peinlich, dass sie unterwegs zu Nordeuropas modernster Bergwerksstadt war, aber darüber eben gerade nur das wusste: dass sie modern war. Und dass dort Kupfer abgebaut wurde.

Sie schüttelte den Kopf.

»Es ist unmöglich, sich vorzustellen, wie es da unten ist, wenn man es nicht mit eigenen Augen gesehen hat«, sagte er.

»Ich werde im Laden von S. J. Stange arbeiten«, sagte sie.

»Ach ja. In Haugen. Da kaufe ich oft ein. Gute Leute, er und seine Frau.«

Dann erzählte er ihr mehr über das Bergwerk, die vielen Arbeitsgruppen mit den unterschiedlichen Aufgaben. Einige hauten, andere zerkleinerten, wieder andere brachten den Kupferkies in Loren zu denen, die ihn *über Tage* schafften. Ein Wirrwarr von Transportgängen, sechs Sohlen übereinander. Und die Sohlen waren ihrerseits in Lagen eingeteilt, einige waren nicht weniger als zwanzig Meter hoch, es kam darauf an, wie fest das Gestein dort war.

»Ich war noch nicht auf allen Sohlen«, sagte er. »Die, in der wir stehen, ist so groß wie eine Kirche. Oder noch größer. Aber es gibt so enge Gänge, dass man robben muss. Und ich muss wissen, was gefährlich und was nicht gefährlich ist, lange vor dem Hauer, sodass alle unversehrt wieder nach oben kommen können, jeden Tag. Die Turbinen sind rund um die Uhr im Einsatz, und seit wir Elektrizität haben, graben da unten immer welche. Steine müssen zerbrochen werden, Kies und Zink und Schwefel müssen in die Loren geladen werden. Über Tage werden sie von Pferden aus dem Förderkorb gezogen und …«

Er unterbrach sich mitten in der Erklärung und sagte: »Mir ist etwas eingefallen. Wir haben meine Großmutter begraben. Deshalb war ich zu Hause in Bergen.«

»Ach, das tut mir leid«, sagte sie.

»Sie hat mir damals gesagt, als ich zur Bergwerksschule nach Kongsberg gegangen bin, es sei absolut entscheidend, etwas wegzuwerfen, wenn man sein Elternhaus verlässt.«

»Wegzuwerfen? Egal, was?«

»Ja. Man muss etwas wegwerfen, das einem *gehört*. Einen Knopf oder eine Münze oder etwas anderes, das einen Wert hat. Und sich etwas für das nun beginnende Leben wünschen. Ich habe damals ein Halstuch weggeworfen. Und seitdem geht es mir gut.«

»Warum muss man das eigentlich?«

»Das ist symbolisch. Man muss ein Stück von sich selbst zurücklassen, um nicht zu vergessen, woher man kommt, glaube ich. Oder vielleicht ist das Gegenteil der Fall, um alles Alte zurückzulassen? Ich weiß es nicht.«

Es konnte nichts schaden, auch wenn Torger das sicher niemals getan hätte, wo er doch immer behauptete, sie sei genauso abergläubisch wie Serine. Aber sie öffnete die rote Stofftasche. Den Bleistift wollte sie nicht hergeben und den kleinen Notizblock auch nicht. Den weichen Stein aus ihrer Kindheit hatte sie immer schon gehabt. Ihr Blick fiel auf das Portemonnaie, das natürlich zu wertvoll war, und auf eine schlichte weiße Haarspange.

»Ist die wertvoll genug, was meinen Sie?« Sie hielt die Spange hoch.

»Aber sicher«, erklärte er mit plötzlicher Autorität.

Sie standen auf, gingen zur Reling und stellten sich nebeneinander. Bertha warf die Spange über Bord, und beide blickten ihr hinterher, wie sie da so auf den Wellen schaukelte.

»Haben Sie sich etwas gewünscht?«

Still sagte sie: ein gutes Leben, vier Kinder.

8

Als sich das Boot Visnes näherte, stellten sich immer mehr Fahrgäste an die Reling.

»Wollen wir auch schauen?«, fragte Jostein Olsen.

»Gern«, sagte Bertha.

Sie erkannte Wege, Büsche, ein Bootshaus und eine kleine Hütte. Ein Junge neben ihr klammerte sich an die Reling, er trug Ölzeug und einen Südwester.

Jostein warf Bertha ein Lächeln zu, trotz allem gab es nicht mehr als eine Brise.

Dann bemerkte sie das Geräusch, ein leises Dröhnen, das schrittweise lauter wurde und sie nach und nach einhüllte.

»Die Schmelzhütte, die sehen wir dann hinter der nächsten Landzunge«, sagte er.

Sie legte sich die Hand auf die Brust und hatte das Gefühl, zu summen wie eine Hummel. Dann tauchten die Schmelzhütte und eine danebenstehende Halle auf. Nun war es nicht mehr nur ein Summen, sondern ein allumfassendes Geräusch von Steinen, die in gewaltigen Öfen bearbeitet wurden. Nur unterbrochen durch das dumpfe Dröhnen einer Schlammpresse.

»Heiß wie in der Hölle«, rief Jostein und zeigte auf die Gebäude.

Bertha fuhr zusammen und lachte laut, ohne es jedoch selbst hören zu können.

»So laut ist es nur hier. Hinter der nächsten Landzunge wird es ruhiger!«

Er zeigte auf eine kleine Dampflokomotive, die eine Reihe von mit Steinen beladenen Wagen hinter sich herzog.

»Das *Pechross*!«, rief er. »Bringt alles zum Meer!«

Sie nickte, lächelte aber noch immer.

Er schien zu begreifen, dass Bertha sich auf etwas Neues und Fremdes freute. Auf diesen Lärm.

Einige Minuten später fuhr das Boot um eine Insel, und als Bertha nun Visnes zum ersten Mal sah, wurde ihr klar, auch wenn die Reise nicht besonders lange gedauert hatte, war nichts so, wie sie es sich vorgestellt hatte.

Sie erkannte Herrn Stange, schon ehe sie die Laufplanke betreten hatte. Er stand mit einer Schubkarre da und wartete im Gewimmel von Menschen, die Angekommene begrüßten, von Männern, die einander freundschaftlich auf die Schulter klopften, und einem Vater, der abwechselnd zwei lachende Kinder in die Luft warf, einen Jungen und ein Mädchen. Eine Mutter in einem ärmlichen schwarzen Kleid und mit vier, nein, fünf Kindern mit verschlissenen Taschen in den Händen manövrierte sich mühsam die Laufplanke hinab. Sie wirkte ratlos, aber dann entdeckte sie einen hochgewachsenen Mann, der die Hand erhoben hatte, und schob widerwillig die Kinder auf ihn zu. Vielleicht hatten die beiden sich mehrere Jahre lang nicht gesehen?

Kurz bevor sie an die Reihe kam, wurde sie von einem Gefühl der Unwirklichkeit überwältigt. Als ob die Bootsreise nicht stattgefunden hätte, als ob sie während der Überfahrt niemals leicht und unbeschwert mit Jostein Olsen geplaudert und nicht eben erst gesagt hätte, dass sie sich wiedersehen würden. Als ob sie sich nur in Gedanken hierher versetzt hätte.

Nun aber sah sie Hanna Brummenæs, die ein wenig abseits der dichten Menschenmenge stand.

Bertha starrte sie an. Sie hatte sie schon ewig nicht mehr gesehen, seit Langem nicht mehr an Hanna Brummenæs gedacht. Wohnte sie etwa hier? Ihre Erscheinung überwältigte sie fast so sehr wie bei ihrer ersten Begegnung in Jacobsens Manufaktur. Aufsehenerregend und anziehend. Wie konnte sie ruhig an dem geschäftigen Anleger stehen und aussehen, als wäre sie anders als alle anderen?

Hanna stand da in dem rötlichen Abendlicht und rauchte eine französische Zigarette mit einem kleinen schwarzen Mundstück. Sie trug einen offenen, flatternden Sommermantel über einem orangen Hemd, einen schwarzen Schlips und einen langen, dunklen Rock. Auf ihrem Kopf saß ein flacher blauer Hut.

Bertha fand, dass Hanna Brummenæs strahlte.

Nachdem sie Stange begrüßt, ein Junge ihr Gepäck auf den Karren geladen hatte und losmarschiert war, ging sie zusammen mit dem Ladenbesitzer durch das Kupferwerk. Er erklärte, er habe Bertha selbst abholen wollen, um ihr ein wenig über den Ort zu erzählen, während sie zum Laden und zum sogenannten *Haugen* hochgingen, dem Ortsteil, der um den Bereich der Bergwerksgesellschaft lag. Haugen war wie eine kleine Stadt mit vielen Hundert Einwohnern in dicht nebeneinanderstehenden kleinen Häusern und engen Arbeiterbaracken, in denen

Bergwerksangestellte, Handwerker und Krämer wohnten.

»Können Sie sich vorstellen, dass es hier noch vor zwanzig Jahren nur ein paar Bauern und einige wenige Fischer gab?«, sagte Stange. »Und dann fand so ein elender Heringsfischer eine Kupferader – und heute sind wir angeblich die modernste Bergwerksstadt in ganz Nordeuropa. Ist das nicht ein Wunder?« Er schaute Bertha an. Sie nickte.

Die Vorstellung, dass Visnes in einer felsigen Bucht gelegen hatte, bewohnt von einer Handvoll Menschen in armseligen Behausungen, ließ wirklich den Ort mit dem riesigen Gebäude, in dem Kontor- und Laborangestellte ihre Arbeitsplätze hatten, auf irgendeine Weise … auserwählt wirken. Und beim Anblick der prachtvollen Residenz des Direktors, Fransehus genannt, mit ihren zwölf Zimmern und dem Wintergarten, sah Bertha geradezu vor sich, wie Gott den bettelarmen Heringsfischer zur Kupferader hingeschoben hatte.

Auf der Anhöhe hinter der Residenz lag ein dreißig Dekar großer Park mit Reitwegen, Pavillons, Bänken und Billardtischen. Früher hatte sich Stange zufolge dort nur eine überwucherte Wüste befunden. Der Park war angelegt worden, damit die europäischen höheren Angestellten es an einem so einsamen Ort aushalten könnten. Am anderen Ufer der Bucht Grønnevika sah Bertha aus mehreren hohen Schloten gelbliche Abgase aufsteigen. Und dahinter lag die Volksschule, die von mehr als fünfhundert Kindern besucht wurde. Stange erzählte, dass die Kinder von Angestellten und Arbeitern dieselbe Schule besuchten, jedoch in getrennten Gebäuden unterschiedlichen Unterricht erhielten. Während die französischen und belgischen Kinder ihre eigene Schule hatten.

Als sie an einem reich verzierten Tor in der roten Mauer vorbeikamen, *König Oscars Portal,* und sie den Turm erblickte, wo sich der Abstieg in die Grube befand, begriff Bertha, warum der König ein so großes Interesse an Visnes gezeigt hatte. Und zwar, weil es hier, verglichen mit jeder anderen Bucht im Land, fantastische Möglichkeiten gab. Während sie über diese fantastischen und wundersamen Gegebenheiten nachdachte, kamen sie an zwei Ställen vorüber, wo auf dem Dachboden die Pferdeknechte wohnten. Bertha hatte den Geruch nach Stall immer schon gemocht, den Geruch nach den Mäulern der Pferde, die Geborgenheit, die die großen, geduldigen Tiere ausstrahlten. Hinter den Ställen stand eine Scheune mit Heu und eine mit Hafer, erfuhr sie nun, und weil sie noch immer von diesem feierlichen Gefühl erfüllt war, knickste sie, als ihnen zwei Männer in blauer Bergmannskluft entgegenkamen. Ein leises Lachen und eine freundliche Erklärung von Stange machten ihr klar, wenn sie hier vor jedem Kumpel einen Knicks machen wollte, dann würde sie einen Krampf in den Knien bekommen und nie ihr Ziel erreichen. Stange erklärte, viele in Visnes hätten Sprachen, die unmöglich zu verstehen seien. Bertha drehte sich um und sah den beiden Männern mit ihren ausgebeulten Jacken mit den riesigen Kragen hinterher. Beide trugen eng sitzende Gürtel und lockere Hosen. Der eine hatte am Gürtel einen Hammer hängen, der ihm bei jedem Schritt gegen das Bein schlug. Auf dem Kopf trugen sie hohe, runde, fremdartige Hüte.

Dieser Anblick wurde innerhalb weniger Tage für Bertha so alltäglich, dass sie nie wieder richtig darauf achtete.

Kurz darauf gingen sie durch ein niedriges Tor und verließen das eigentliche Bergwerksgelände. Sie überquerten eine staubige Straße, bogen bei einer Kreuzung nach links ab, kamen an einem kleinen See, an einem eingezäunten Hühnerhof und einem Küchengarten vorbei, dann blieben sie vor einem weiß gestrichenen dreistöckigen Haus stehen.

»Ja! Da wären wir bei Fräulein Bertha Torgersens neuem Arbeitsplatz angekommen«, sagte Stange munter und hob ihren abgenutzten Koffer von der Karre, die vor dem Eingang stand.

Bertha blieb stehen und betrachtete das Haus, wie um sich ein Bild von ihrer eigenen Selbstständigkeit zu machen. Hier würde sie arbeiten und wohnen. Das weiße Holzhaus wies einen länglichen Anbau mit Schrägdach auf, der Eingang zum Laden lag in der Mitte, und links und rechts der Treppe war jeweils ein Fenster. Stange zeigte auf den Schornstein auf der rechten Seite und sagte: »Die Bäckerei. Habe ich schon gesagt, dass wir der größte der drei Lebensmittelläden in Visnes sind?«

»Ja«, sagte Bertha. Aber es war keine freche Antwort. Herr Stange schien sich darüber zu freuen, dass sie hier war, und zweimal auf dem Weg vom Anleger hierher hatte er gesagt, sein Kolonialwarenladen sei der größte von Visnes, und in seinem Brief hatte er es ja auch schon geschrieben.

Er lachte kurz und rief nach Odin, einem schwarz-weißen Hütehund, der auf sie zugelaufen kam. Stange streichelte den Hund und sagte, ihr Eingang befinde sich auf der linken Seite des Hauses.

Aber Bertha blieb stehen. Vor einigen Stunden hatte sie sich noch von Serine, von ihrem Vater, von ihren Geschwistern verabschiedet. Und jetzt war sie hier.

»Kommen Sie«, sagte Stange und reichte dem Jungen,

der ihnen gefolgt war, ihren Koffer. Der Junge verbeugte sich vor Bertha und verschwand wieder hinter dem Haus.

Sie gingen durch die Tür und die Treppe zum ersten Stock hoch zu Stanges Wohnung.

Nachdem Bertha Frau Rønnaug Stange begrüßt und einige Worte mit ihr gewechselt hatte, wurde sie nach oben ins Mansardenzimmer geführt. Eine eigene Kammer, ohne andere Betten oder Matratzen!

Sie fuhr mit der Hand über das Kopfende des schmalen Bettes, das an der Wand stand. Dann legte sie sich vorsichtig auf die Bettdecke, unter ihr knackte es. Sie hoffte, es war unten nicht zu hören. Zu Hause würde Josefine sich bald an ihren alten Platz an der Wand legen. Sie stand auf und ging hinüber zum Kleiderschrank. Ein eigener abschließbarer Kleiderschrank, der in die Schrägwand der Kammer eingebaut war. Sie drehte den kleinen Schlüssel einige Male um, schloss ab, öffnete, schloss ab. Das Schloss war geölt, sie vernahm ein geschmeidiges Klicken, wenn sie den Schlüssel umdrehte.

Der Bretterboden war grob, aber sauber. Ihr Gepäck stand mitten im Zimmer. Die Papiertapete hatte blaurote Blütengirlanden. Unter dem Fenster stand ein kleiner weißer Tisch und an einer Wand eine kornblumenblaue Kommode. In der Ecke erblickte sie ein rotes Eisengestell mit Waschschüssel, Seifenschale und Wasserkanne. Sie ging zu dem gerahmten Farbdruck über der Kommode. Ein empfindsamer, bleicher, in goldene Gewänder gehüllter Jesus kniete vor einem umgekippten Baumstamm. Der Glanz eines Sonnenstrahls fiel über sein einem dunklen Himmel zugekehrtes Gesicht. Im Hintergrund drei Kreuze, und unter dem Bild stand: *HERR, HILF MIR!* Neben dem Bild befand sich ein dicker Rußfleck auf der Tapete, vielleicht hinterlassen von einer Gaslampe oder einer Kerze, die zu dicht davor gestanden hatte. Ansonsten waren die Wände nackt, und Bertha entdeckte ein dunkles Rechteck über dem Bett. Sie stellte sich vor, dass dort ein Bild mit demselben Gebet gehangen hatte wie über dem Bett zu Hause: *Vater unser, der du bist im Himmel!*

Das Hausmädchen öffnete Bertha die Tür und führte sie in die Wohnung in der mittleren Etage.

»Wir sind im Wohnzimmer!«, rief Frau Stange.

Als Bertha hereinkam, saß das Ehepaar Stange dort in zwei niedrigen Sesseln. Beide erhoben sich und gingen zu einem runden Wohnzimmertisch, den das Hausmädchen mit Brot, Butter, Multebeergelee, Teetassen und Tellern gedeckt hatte.

Das Wohnzimmer war nicht groß, aber vollgestellt mit Möbeln, Beistelltischchen mit Blumen, einem Piedestal und einem schmalen Polsterstuhl.

»Sie haben doch sicher Hunger nach der Reise, Fräulein Torgersen«, sagte Frau Stange und winkte Bertha, sich zu setzen. Nach dem Tischgebet aßen sie, ohne viel dabei zu reden.

Dann erklärte Frau Stange, sie wolle ins Schlafzimmer gehen, um ein wenig in der Bibel zu lesen.

Herr Stange erklärte Bertha, so leise, dass sie sich anstrengen musste, um es zu hören, dass Frau Stange in den letzten Jahren fromm geworden sei.

»Sie glaubt immer, dass die Menschen in die Irre gehen. Und sie ist die pure Gegnerin der Wissenschaft geworden.«

Stange seufzte resigniert.

»Warum das?«

»Sie findet, dass die Wissenschaftler die Schöpfung in Stücke reißen. Und sie ist empört, weil viele Darwins Behauptung weiterreichen, dass der Mensch von den Affen abstammt.«

Bertha nickte nur, unsicher, was sie zu diesen Mitteilungen sagen sollte.

9

Bertha arbeitete seit einer Woche im Laden, als sie Jostein Olsen wiedersah. Es war am Samstag, um elf Uhr vormittags, und sie bediente gerade zwei Männer, die Streichhölzer und Kautabak verlangten, als die Glocke über der Tür bimmelte.

Olsen nahm die Mütze ab und tippte sich lächelnd an die Schläfe, stellte sich neben eine Tonne voller Kartoffeln und zeigte mit aller Deutlichkeit, dass er viel Zeit hatte. Bertha lächelte zurück, erstaunlich froh über das Wiedersehen. Schon zweimal in dieser Woche hatte sie geglaubt, er habe den Laden betreten, und war dann enttäuscht gewesen, als er es doch nicht gewesen war.

Er war nachlässig gekleidet, trug dieselbe Mütze wie auf dem Boot, nun hatte er sie unter den rechten Arm geschoben. Mit der freien Hand rieb er sich das Knie. Vielleicht verschaffte er sich dadurch einen klaren Kopf. So, wie sie immer wieder mit den Handflächen über ihren Rock strich, als ob er Falten hätte oder sie Krümel wegwischen wollte.

Berthas erste Arbeitswoche war zumeist gut verlaufen. Die beiden anderen Ladenmädchen waren freundlich, und vor allem die, die Emilie Eikemo hieß, hatte ihr an den ersten beiden Tagen sehr geholfen. Aber schon bald erledigte Bertha fast jede Arbeit schneller als Emilie. Das Einzige, was diese zu Bertha gesagt hatte und was als Verteidigung oder Angriff aufgefasst werden konnte, je nach Standpunkt, war: *Es spielt keine Rolle, wie schnell man arbeitet, wichtig ist, was man für ein Mensch ist.*

Da stimmte Bertha zu.

Aber als nun Jostein Olsen an der Tür wartete, kam sie sich unbeholfen vor. Und nachdem sie die Portionspackungen mit dem Tabak hervorgeholt und die beiden Männer darauf aufmerksam gemacht hatte, dass es im Laden keinen Spucknapf gebe, weshalb sie sich des alten Tabaks erst vor der Tür entledigen könnten, drehte sie sich um und fegte dabei eine Tüte voller Dörrerbsen aus dem Regal hinter der Theke. Die Tüte platzte, und die Erbsen kullerten über den Bretterboden. Emilie überzeugte sich davon, dass Herr Stange nicht in der Nähe war, bevor sie sich kichernd die Hand vor den Mund hielt.

Zum Glück war keine andere Kundschaft im Laden.

»Ich fege das zusammen«, sagte Bertha und verdrehte die Augen über sich selbst, allerdings in Josteins Richtung. »Sie können gern draußen warten, ich komme gleich. Falls keine andere Kundschaft da ist«, fügte sie hinzu.

Jostein nickte und ging hinaus.

Die kann doch nicht einfach rausgehen und mit einem Mannsbild reden, schien Emilie zu denken, aber Bertha achtete nicht darauf, fegte die Erbsen zusammen und warf sie in den Kasten für das Schweinefutter, ehe sie die Tür öffnete und hinaustrat.

Er stand auf dem Kiesweg unterhalb der Treppe. Sie blieb auf der oberen der beiden Stufen stehen.

Er sagte, es sei neulich nett gewesen, und sprach vom

Wetter, das gut sei. Dann brachte er eine nervöse Erklärung vor, dass er zufällig vorbeigekommen sei und sie durch das Fenster gesehen habe, und ganz spontan sei er hereingekommen, aber er habe schon am Vortag im Werksladen eingekauft und brauche hier also nichts.

Der leichte Ton vom Boot war verschwunden. Bertha wusste nicht, wonach sie ihn fragen könnte, sie war noch nie mit einem Mann allein gewesen, mit solch einer Erwartung in der Luft. Das Schlimmste war, dass er ebenso unsicher zu sein schien wie sie.

»Es tut mir leid«, sagte sie, »aber ich muss wieder reingehen.« Sie schaute sich eilig zur Tür um.

Er sah sie an und sagte: »Ich mache das hier wohl nicht gerade gut.«

Sie lächelte.

»Dann werde ich …«

»Es liegt bestimmt daran, dass ich unsicher war – wegen der Sache mit den Erbsen. Und da standen Sie und haben alles mit angesehen. Und Fräulein Eikemo hat gelacht …«

Er sah sie dankbar an und schlug auf einmal die Hand vor den Mund, wie vorhin Fräulein Eikemo, und sagte, dass es klang, als ob er in eine Blechbüchse spreche: »Ist es Ihnen recht, wenn ich übermorgen wiederkomme? Nach Ladenschluss?«

Sie nickte. »Ja.«

In den folgenden beiden Wochen kam er mehrmals in den Laden. Dann saß er einige Minuten lang auf der Kramkiste, wenn er Zeit hatte, und sah ihr bei der Arbeit zu. Wenn keine Kundschaft da war oder wenn sie eine Pause machen durfte, plauderten sie. Sie sprachen über Ereignisse im Bergwerk und im Laden oder über etwas, das sie gesehen oder gedacht hatten. Alles ging langsam seinen Gang, und deshalb dachte Bertha mit Freude und einer gewissen Erwartung an ihn.

Aber obwohl sie zwanzig Jahre alt war, schien die erwachsene Sprache, in der sie ihre Gedanken zu formulieren versuchte, nun in kindliche Tagträume hinüberzugleiten. Dort ähnelte Jostein Olsen Jesus auf dem Bild über der Kommode, mit einem schönen, liebevollen Gesicht. Ab und zu hob er sie zu sich auf ein Pferd oder rettete sie aus einem brennenden Haus. Andere Male streckte er die Hand nach ihr aus und bat: *Bertha, hilf mir.*

An einem Abend im Juli saßen Bertha und Fräulein Eikemo nach Ladenschluss auf ihren Hockern im Hinterzimmer. Das dritte Ladenmädchen, Fräulein Alvilde Pettersen, war nach Hause gegangen.

Sie hatten Waren einsortiert, abgerechnet, Fräulein Eikemo hatte den immer mit Sand und Kies bedeckten Boden gefegt. Jetzt tranken sie Kaffee und teilten ein mit Butter bestrichenes Brot aus der Bäckerei.

In einem Moment der Vertraulichkeit sagte die andere, sie habe sich in Bertha geirrt.

»Wieso geirrt?«

»Ich dachte, du bist so eine, die nie und nimmer heiraten will.«

»Wie bist du denn auf die Idee gekommen?«

Emilie zuckte mit den Schultern. »Ich weiß nicht.« Sie kicherte, wie es ihre Art war, und schlug die Hand vor den Mund. Bertha hatte schon längst bemerkt, dass Emilie schlechte Zähne und an einzelnen Stellen nur noch dunkle Löcher hatte. »Vielleicht weil du eine eigene Art hast, zu gehen, Kohl und Kartoffeln aufzuheben?«

Sie sprang auf und ahmte Bertha nach. Beugte sich ein

wenig vor, hob mit beiden Händen einen unsichtbaren Sack hoch und warf ihn sich über die Schulter.

»So hebe ich doch nichts hoch«, sagte Bertha.

»Ich übertreibe ja auch. Sei nicht sauer. Aber hast du die gesehen, die im Werksladen hinter dem Tresen steht?«

Bertha schüttelte den Kopf.

»Wie ein Mann.«

»So hebe ich nichts hoch«, sagte Bertha noch einmal. Sie strich die Brotkrümel auf dem Tisch zusammen.

»Jetzt bist du sauer«, sagte sie.

Bertha ging in den Laden, ließ die Rollos vor den Fenstern herunter, hob den Mülleimer so vorsichtig und feminin wie möglich und leerte ihn hinter dem Haus aus. Emilie Eikemo erhob sich ebenfalls, aber eher plötzlich und wütend. Als ob in ihr eine Empörung erwacht wäre, etwas, das dort vielleicht schon lange schlummerte, da Herr Stange immer wieder erwähnte, was für gute Arbeit Fräulein Torgersen doch leiste. Vor wenigen Tagen hatte er sogar vor sich hin gemurmelt, aber so laut, dass beide es gehört hatten, dass die Tatkraft der einen die andere bald überflüssig machen werde.

»Du weißt offenbar nicht, welchen Eindruck du machst«, sagte sie.

»Wie meinst du das? Und warum erzählst du mir das?«, fragte Bertha.

»Weil es mir erst jetzt aufgefallen ist«, sagte Emilie.

»Hast du nicht gesagt, dass ich immer auf eine bestimmte Weise gehe oder irgendwas hochhebe? Das ist dir also erst jetzt aufgefallen«, sagte Bertha.

»Auch wenn es mir erst jetzt aufgefallen ist, kann es doch so gewesen sein. Gibt es die Dinge oder die Menschen nicht auch dann, wenn sie mir nicht auffallen? Vielleicht habe ich nicht *begriffen,* dass ich deshalb gedacht habe, du willst nicht heiraten. Außerdem kann man doch seine Meinung über andere ändern. Oder ist das verboten? Es kann dir übrigens auch egal sein, was ich meine, denn wenn ich geheiratet habe, werde ich ohnehin nicht mehr hier arbeiten.«

Als Emilie Eikemo Anfang August nicht von einem Besuch bei ihrer Familie auf Rennesøy zurückkehrte, war das eine Erleichterung.

10

Im September meldete Bertha sich zu einem Zeichenkurs für Anfänger an, nachdem mehrere der festen Kundinnen im Laden ihr erzählt hatten, wie wunderbar es sei, von dem charismatischen Erling Arnfindsen unterrichtet zu werden. Eine junge Frau in Berthas Alter hatte ihr sogar eine Zeichnung gezeigt, die sie als Weihnachtsgeschenk für ihren Mann hatte rahmen lassen – die Zeichnung stellte einen kleinen Mädchenkopf dar.

»Es überrascht ihn noch immer, was Herr Arnfindsen in mir für künstlerische Fähigkeiten entdeckt.«

Die Frau war rot geworden, als sie ihr die Zeichnung gezeigt hatte. Die war so miserabel, dass Bertha fast losgelacht hätte, sie sagte aber, es sei ein schönes Bild. Sie fand dadurch außerdem genügend Selbstvertrauen, um sich ebenfalls zu dem Kurs anzumelden.

Bisher hatte Bertha immer nur einfache kleine Kringelbilder in ihre Schulhefte gemalt, aber die Abende in ihrer Kammer konnten lang sein, und sie wollte gern auch noch andere Menschen treffen als die Kundschaft im Laden und Jostein Olsen, mit dem sie sich jetzt duzte. Und natürlich als Herrn und Frau Stange, mit denen sie die Mahlzeiten zusammen einnahm.

Gerüchten zufolge hatte Arnfindsen, der im Werk als

Ingenieur angestellt war, einmal an einer Kunstausstellung in Kristiania teilgenommen und war früher einmal verlobt gewesen. Im vergangenen Jahr hatte er seine Zeichnungen in Visnes ausgestellt. Jostein Olsen hatte ihr davon erzählt, von den Wänden in der Oscarshalle, voller Porträts von Mädchen in Visnes, eines davon zeigte die junge Gattin von Direktor Defrances, die Buchhändlerstochter aus Bergen, die sich zumeist in ihrer Heimatstadt aufhielt.

Bisher waren die Zeichenkurse für die Arbeiter des Kupferwerks reserviert gewesen. Aber wie bei den Abenden der Schützengilde, beim Turnkurs und den Veranstaltungen mit den Ratespielen konnten nun alle gratis an dem Zeichenkurs teilnehmen. Aus dem einfachen Grund, weil so viele wie möglich in Visnes bleiben sollten, statt anderswo ihren Lohn zu vertrinken.

Als Bertha zu der Schule ging, die mitten auf der Skjæret genannten Insel lag, erblickte sie Hanna Brummenæs. Sie stand etwas abseits neben drei Frauen, die sich offenbar schon kannten. Wie die meisten Arbeiterfrauen trugen sie strapazierfähige dunkle Kleider, die eine hatte einen flachen Hut mit einer kleinen Krempe auf, die anderen beiden trugen keinen Hut und hatten sich Tücher um die Schultern gelegt. Ein Stück daneben standen zwei Männer, beide mit Arbeitermützen und lose sitzender Kleidung.

Hanna Brummenæs trug eine lange, figurbetonte Jacke und einen grauen Wollrock. Auf dem Kopf hatte sie denselben flachen Hut wie damals am Anleger, als Bertha mit der Nidelven angekommen war. Eine weiße Feder auf der linken Hutseite ragte wie ein Ausrufezeichen auf. Hannas Haare waren kurz und schmiegten sich sanft an ihre

Wange. Das schöne ovale Gesicht thronte über einer hochgeschlossenen dunklen Bluse.

Bertha hatte nicht gewusst, dass sich Hanna Brummenæs zu dem Zeichenkurs angemeldet hatte, es überraschte sie aber auch nicht, sie dort zu sehen. Eigentlich hatte sie es seltsam gefunden, dass sie sich nicht schon längst begegnet waren.

Nun kam auch der Lehrer, Erling Arnfindsen, und öffnete die Tür für den neuen Kurs. Er sagte, wer wolle, könne den Hut ablegen und die Jacke an einen Haken auf dem Gang hängen. Hanna nahm ihren Hut ab und legte ihn ins Regal, die Jacke hängte sie an den darunter angebrachten Haken. Bertha hatte keine Kopfbedeckung, sie hängte ihre kurze Wolljacke neben Hannas Jacke.

Im Klassenzimmer waren die Tische zum Halbkreis aufgestellt, und Bertha wartete, bis sich die anderen gesetzt hatten, dann suchte sie sich einen Platz. Auf jedem Tisch lag ein sorgfältig zurechtgeschnittener Bogen, ein kräftiger und ein dünner Kohlestift und ein Bleistift. Bertha hatte noch nie so feines Papier gesehen. Weiß, glatt. Sie fuhr mit dem Zeigefinger darüber und spürte unter ihrer Fingerkuppe nicht eine einzige Wellung.

Es sah nicht so aus, als ob Hanna Brummenæs sie erkannt hätte.

Bei der Vorstellungsrunde hatte diese nur ernst in Berthas Richtung genickt, als ob sie einander noch nie gesehen hätten.

Das ist eigentlich kein Wunder, dachte Bertha. Ihre Konfirmation lag schließlich sechs Jahre zurück. Bertha war seither erwachsen geworden.

Auf einem Tisch, den alle sehen konnten, stand eine kleine Skulptur eines Mädchenkopfes.

Arnfindsen hatte einen Akzent, den Bertha für den von Kristiania hielt, er erzählte jedenfalls, dass er seine Ausbildung in der Hauptstadt gemacht habe.

Nachdem er kurz beschrieben hatte, was sie in dem Kurs erwartete, sagte er: »Aber vor allem geht es beim Zeichnen darum, *sehen* zu lernen. Und zu versuchen, mit dem Bleistift zu denken.«

Er berichtete, dass der Wissenschaftler Charles Darwin vor seinen entscheidenden Studien auf ein Blatt Papier geschrieben hatte, *ich denke*, um dann zu zeichnen, woran er dachte.

»Wenn man *sieht*, denkt man wirklich«, sagte Arnfindsen.

Er gefiel Bertha. Er war vielleicht vierzig, hatte eine üppige graue Mähne, die er immer wieder zurückstrich. Um den Hals trug er ein blaues Seidentuch, und seine Hose mit dem hohen Bund zeigte, dass er keinen nennenswerten Bauch hatte.

Er ergriff die Skulptur vom Tisch, wiegte sie in der Hand wie ein Kilo Butter, bevor er sie der Klasse wie ein Geschenk entgegenstreckte. Das Mädchen hatte große Augen, einen kleinen und vollen Mund, wellige Haare umflossen ihren Kopf.

»Das Weibliche ist schön«, sagte Arnfindsen. »Deshalb wollten Künstler ihre Modelle immer schon schön darstellen, egal, wie sie in Wirklichkeit aussahen. *Die schönen Künste.* Ich halte diesen Kopf gern in den Händen, studiere ihn. Aber eure erste Aufgabe ist es, euch etwas anderes vorzustellen, als ihr seht. Ihr sollt dieses Mädchen als alte Frau zeichnen.«

Sollten sie nicht zeichnen *lernen*?, dachte Bertha. Erfahren, wie die Striche zum Leben erweckt werden konnten, wie die Skulptur auf das Blatt Papier übertragen wurde?

»Dann werden wir Stillleben und Landschaften zeichnen«, sagte er. »Ich werde euch zeigen, wie wir Luft und Farben und Linien verwenden, um Perspektive und Tiefe zu schaffen. Und wie wir Licht und Schatten einsetzen. Aber jetzt sollt ihr euch in eurer Vorstellungskraft üben«, sagte er mit Nachdruck. »Hier ist sie jung. Aber da das hier aus dem Jahre ...«, er drehte die Skulptur um und sah nach, »1826 stammt, ist sie heute eine alte Dame, falls sie überhaupt noch lebt. Also stellt euch vor, das tut sie, sie lebt. Was hat sie erlebt? Hat sie neun Kinder geboren? Hat sie vielleicht ein Geheimnis? Ein uneheliches Kind? Hat ihr Mann Bankrott gemacht? Hatte sie Krankheiten? Träume, die nie in Erfüllung gegangen sind?«

Er bat sie, nicht zu streng mit sich zu sein, sondern Bleistift oder Kohle auf dem Papier freien Lauf zu lassen, ohne Hemmungen.

Die meisten sahen zuerst verwirrt aus, sahen einander mit unsicherem Lächeln an, ehe sie sich ans Werk machten.

Aber Bertha gelang es nicht, sich etwas vorzustellen. Sie, die immer alles Mögliche vor sich gesehen hatte, die immer von Albträumen und Ungeheuern gequält worden war. Wieso konnte sie sich dieses junge Mädchen nicht alt vorstellen?

Sie sah Hanna an, die sich über ihre Zeichnung beugte. Sie betrachtete die anderen, die Männer und die Frauen, die ihrerseits die Skulptur auf dem kleinen Tisch ansahen und dann wieder auf ihre Blätter blickten. Sie zeichneten ein wenig, starrten dann aus dem Fenster oder in sich selbst hinein und zeichneten weiter.

»*Heimlich*«, sagte Arnfindsen und ging durch den Raum, »kommt aus dem Altnordischen. Der Sprache, die es vor unserer eigenen gab. *Heimiligr* …« Er hielt inne, ging zum Fenster und schaute hinaus. »Das, was vor anderen verborgen ist. Das Wort kann auch *vertraulich* bedeuten. Das ist ein schöner Gedanke. Dass man das Heimliche mit jemandem teilen kann.« Er drehte sich zu ihnen um und sagte, dass auf Deutsch, einer Sprache, die er nach einem halben Studienjahr in Berlin beherrschte, das Wort *heimisch* das bezeichnete, was zum Haus oder zur Familie gehörte.

Als sie nach Hause ging, hatte Bertha gar nichts gezeichnet. Sie hatte den Abend vergeudet und dachte, Zeichnen sei doch nichts für sie.

Auf einmal erkannte sie in der Frau, die ein Stück vor ihr herlief, Hanna Brummenæs. Hanna ging schnell und machte große Schritte. Wohnte sie auch in Haugen? Sie hatte sich eine Zigarette angezündet und hinterließ eine grauweiße Rauchwolke, die gleichsam in der Luft hing, bis Bertha sie erreicht hatte.

Sie hatte noch nie eine Frau in der Öffentlichkeit rauchen sehen, die rauchte, während sie durch die Straßen lief. Bertha war aufgefallen, dass Arnfindsen und die anderen im Kurs ihr gegenüber ganz natürlich auftraten. Als sei nichts Besonderes an einer Frau, die mit rauer Stimme sprach. Vielleicht fanden sie sie ja seltsam, aber auch nicht seltsamer als viele andere hier in Visnes. Hier gab es doch alle möglichen Menschen, Seeleute aus Amerika, Finnen und Russen, Bergbauingenieure aus Deutschland in ihrer fremdartigen Lederkleidung, Franzosen in Seide, die direkt von der französischen Gesellschaft *Société des Mines de cuivre de Vigsnaes* angestellt worden waren.

Sie stellte sich vor, wie einige aus dem Kurs von Hanna erzählten, wenn sie zu Hause bei ihren Familien saßen.

Einmal hatte Frau Stange Bertha gefragt, nachdem sie in dem Laden eingekauft hatte, wo Hanna Brummenæs angestellt war. Frau Stange hatte sie als *Mannsdame* bezeichnet und gefragt: »Was ist denn los mit denen?« Aber dann hatte sie die Sache wohl wieder vergessen. Denn es tauchten andere auf, über die man sich ebenfalls aufregen konnte. Über einen, der rief, das Ende sei nahe, oder über einen, der mit aller Welt Schlägereien vom Zaun brach. Und dann wurde ein Mädchen unverheiratetenweise schwanger, und da war eine Frau mit Schlips und Weste keine Sensation mehr.

11

Bertha wusste nicht weshalb, aber sie wollte so gern von Hanna wiedererkannt werden. Wollte mit ihr über ihre Begegnungen in Erik Jacobsens Manufaktur sprechen. Es war, als ob sie sich nach dem Gefühl von damals sehnte. Nach der Sonne, die sich rechteckig vor ihr auf dem Boden im Laden ausgebreitet hatte. Nach dem Kleid, das mit einem Ruck perfekt an ihrem Körper gesessen hatte. Nach den schönen, Hoffnung machenden Worten, dass *der normale Mensch ein lebendiges Mysterium* sei. Nach dem imprägnierten Regenschirm, unter dem sie gegangen waren, während der Regen wie kleine Steine auf die Seide prasselte.

Das alles hatte sie nicht vergessen.

Anfang November stellten sich einige der seltenen warmen Tage ein. Feuchte braune Blätter trockneten in der Vormittagssonne und raschelten, wenn der Wind sie an der Mauer entlang in die Grubengänge führte. Die Natur gab den Menschen in Visnes vor dem Winter gleichsam noch ein letztes Mal Wärme.

In den Wochen seit Beginn des Zeichenkurses hatte Bertha nicht wieder mit Hanna gesprochen. Einige Male hatte sie sich gefragt, ob Hanna ihr bewusst aus dem Weg ging, aber diesen Gedanken beiseitegewischt. Sie war ein wenig irritiert über sich selbst, weil sie Hanna nicht einfach von ihren beiden Besuchen in der Manufaktur erzählte, die damals einen solchen Eindruck auf sie gemacht hatten.

Jetzt zog sie sich für den abendlichen Kurs um. Hängte den Ladenkittel an den Haken auf der Innenseite der Tür, stieg aus dem blauen Rock und streifte die Bluse ab. Dann zog sie einen langen braunen Wollrock mit einer dunkelroten Blumenborte am Saum und eine schlichte moosgrüne Rüschenbluse an, darüber eine kurze, taillierte Jacke.

Als sie jedoch die Tür hinter sich zugemacht hatte und oben am Absatz der steilen, dunkle Treppe stand, machte sie kehrt und ging zurück in ihre Kammer. Als ob sie einfach nur ihren Füßen gehorchte.

Warum war sie selbst niemals mutig und außergewöhnlich? Heute wollte sie Hanna geradeheraus fragen, ob sie sich an den heißen Sommer des Jahres '78 erinnerte.

Sie öffnete den Kleiderschrank und nahm ihr Konfirmationskleid heraus. Serine hatte angeboten, es für Josefine umzunähen, aber Bertha hatte gebeten, es mitnehmen zu dürfen, um es eines Tages an ihre eigenen Kinder weiterzureichen. Nun zog sie Rock und Bluse aus und versuchte, sich in das Kleid mit den schrägen Stoffbahnen zu zwängen. Aber ihr Körper war zu einem anderen geworden. Sie bekam nur einen Haken an der Seite zu, und dennoch saß das Kleid über der Brust so stramm, dass die aussah wie ein platt gepresstes, ungleichmäßig gestopftes Kissen. Auch die Ärmel waren viel enger als beim letzten Mal. Wenn sie die anderen Haken und die kleinen Knöpfe am Hals nicht schloss, saß es etwas weniger eng.

Ihre Arme waren trotzdem starr wie die einer Puppe, und sie konnte sie nur ein klein wenig beugen. Doch sie behielt das Kleid an und bedeckte die Öffnung mit einem breiten Wollschal.

Bertha war von einer prickelnden Spannung erfüllt, als sie durch den dunklen, warmen Herbstabend nach Skjæret hinunterging.

Sie legte ihren Schal nicht ab, als sie sich an ihren Tisch setzte, sondern lockerte ihn nur ein wenig.

Auf dem Tisch vor ihnen stand eine große blau-weiße Keramikschüssel, gefüllt mit Kartoffeln, Äpfeln, einer braunen Scherbe von einer Teekanne und einigen Ähren. Daneben lag ein abgegriffenes Buch, Knutzens *Neuestes Bilder-Abc für die norwegische Jugend*.

»Stillleben«, sagte Arnfindsen und teilte Papier und Bleistifte aus. »Heute sollt ihr versuchen, die Zeit einzufangen. Für einige Minuten sollt ihr nichts anderes tun, als diese Gegenstände anzusehen.«

Niemand sagte etwas. Bertha bemühte sich, tief Luft zu holen, aber sie hatte Angst, ihr Kleid könnte dann bersten. Sie sah, dass Hanna die Schüssel anstarrte. Sie runzelte die Stirn, legte den Kopf schräg.

»Was in der Schüssel liegt«, sagte Arnfindsen nach einer Weile, »das gibt es. Darüber können wir uns einigen, nicht wahr?«

Die anderen nickten und bekundeten murmelnd ihre Zustimmung.

»Hier und jetzt. Genau, wie ihr es seht?«

Wieder Nicken.

»In einigen Tagen oder Wochen werden die Äpfel aber braune Flecken bekommen, und die Kartoffeln werden verschrumpelt sein und keimen. Aber wenn ihr das zeichnen könnt, was ihr seht, wird es – auf den Zeichnungen – genau so bleiben, wie es jetzt ist. Die Zeit ist immer fließend, sie hält nicht an, selbst wenn wir uns das wünschen. Aber ihr sollt sie trotzdem zwischen all den Augenblicken einfangen, die vorüberströmen.«

Hanna nickte, gewissermaßen verständnisinnig. Als ob sie jemandem zuhörte, der ihr Dinge erzählte, die ihr schon bekannt waren. Oder vielleicht war es umgekehrt, das hier stellte etwas dar, das sie zum ersten Mal begriff.

»So ein Bild wird *Stillleben* genannt. Das ist deutsch und bedeutet eben stilles Leben. Die Zeit«, sagte er, »birgt in sich zahllose Möglichkeiten. Jeder Augenblick kann in viele Richtungen gehen, und alle können sich im nächsten Moment zu einer Unendlichkeit von neuen Wegen verzweigen. Aber unsere Gehirne suchen nach Vorhersagbarkeit und Mustern. Weiß jemand, warum wir so erschaffen worden sind?«

Er sah die neun Anwesenden an, die abwechselnd ihn und die Gegenstände in der Schüssel anstarrten.

»Nur Gott weiß, warum er uns so erschaffen hat«, sagte der, der Nils Eriksen hieß und bei der Eisenbahnwartung arbeitete.

Arnfindsen nickte. »Ja. Gott weiß, dass es unerträglich wäre, jede Sekunde vor eine neue Wahl gestellt zu werden. Aber gibt es vielleicht im Gehirn der Menschen etwas, das versucht …«

»Können Sie es nicht einfach sagen?«, fiel Hanna ihm ins Wort. Sie sah ihn an und fügte hinzu: »Ich sehe doch, dass Sie darauf brennen, es zu erklären!«

Arnfindsen erstarrte sozusagen mitten im Glotzen. Aber dann nickte er und sagte: »Ja, das kann ich natürlich!«

Hanna musterte ihn immer noch neugierig und ernst,

als ob sie nicht verstanden hätte, dass er sie mit dieser Frage auf die Folter spannte, weil er ihnen die Antwort in kleinen Dosen mitteilen wollte.

»Nach bestem Wissen«, fügte er hinzu.

Er legte vorsichtig den Kohlestift auf den Tisch und stellte die Beine ein wenig auseinander. Dann verschränkte er die Hände auf dem Rücken.

»Wir Menschen versuchen, Zusammenhänge zu verstehen, und deshalb gefallen uns Dinge, die sich nicht immer wieder verändern«, sagte er und nickte, wie um seine Worte zu bestätigen. »Das, was stillsteht, was sich begreifen und studieren lässt. Deshalb seid ihr, wenn ihr zeichnet, auch Wissenschaftler. Ihr möchtet eine Zeichnung erschaffen, die ihr selbst und wir, die sie ansehen, verstehen können. Nicht wahr? Und die deshalb eine Augenblicksaufnahme der ewig strömenden Zeit ist.«

»Na ja«, sagte Hanna. »Klingt das nicht sehr …«

»Woran denken Sie, Fräulein Brummenæs?«

»Dass wir nur zu *sehen* und dann das zu zeichnen brauchen, damit die Zeit anhält, oder daraus ein *Stillleben* zu machen, wie Sie es nennen. Was würde mit der Zeit geschehen, wenn ich stattdessen einen Apfel in der Hand hielte? Würde sie ebenso schnell vergehen, wenn ich ihn in der Hand behielte, bis er verfault wäre? Dann wäre die Zeit doch sicher viel langsamer vergangen?«

»Genau! Das ist eine interessante Frage«, sagte Arnfindsen. »Denn dann würde die Zeit als langsamer empfunden werden. Aber für jemanden, der einfach rasch Äpfel und Kartoffeln skizziert und dann nach Hause geht, verginge sie so schnell wie sonst auch. Oder nicht?«

»Das zeigt doch wohl, dass die Zeit nicht für alle gleich ist, wie Sie eben gesagt haben. Denn Sie haben doch gemeint, die sei konstant und fließend. Aber das, was für die einen schnell vergeht, kommt anderen langsam vor.«

»Aber da sind wir doch durchaus einer Meinung. Genau das habe ich mit meinem Beispiel sagen wollen«, sagte er.

Hanna erwiderte nichts.

In der Pause sprang Hanna auf, zog Mantel und Hut an und lief zur Tür. Bertha zitterte, sie hätte so gern mit ihr geredet. Sie erhob sich ebenfalls und ging hinaus. Die anderen aus dem Kurs blieben sitzen.

Trotz der Novemberdunkelheit war draußen ein seltsames gesättigtes Licht. Der vorher überraschend warme Wind hatte sich gelegt, und die klare Luft war einem diffusen Nebel gewichen. Da Teile von Skjæret durch Gaslaternen und elektrisches Licht vom Hafen her beleuchtet wurden, wirkte er wie ein gelblicher Dunst. Bertha konnte sehen, dass das große Schiff aus Frankreich, das seit einigen Tagen im Hafen lag, gerade beladen wurde.

Hanna war auf die Felskuppe hinter der Schule gestiegen.

Bertha hob ihr enges Kleid mit einer Hand an und stellte sich neben sie. Sie war außer Atem.

»Kann ich hier stehen. Neben Ihnen?«, fragte sie.

»Diese Felskuppe gehört mir nicht«, sagte Hanna, fügte jedoch hinzu, dass Bertha sich erkälten werde, wenn sie ihren Schal nicht fester um sich zöge.

»Mir ist vom Klettern so warm geworden«, sagte Bertha. Sie keuchte übertrieben und lockerte den Schal. Dabei hörte sie, dass unter ihrem linken Ärmel etwas riss. Aber nun konnte Hanna das Kleid sehen.

»Erinnern Sie sich daran?«, fragte Bertha.

Hanna schüttelte den Kopf. »Hören Sie auf damit. Bitte, behalten Sie den Schal um.«

Aber Bertha hörte nicht zu, denn sie war zu aufgeregt, und deshalb fragte sie noch einmal: »Erinnern Sie sich nicht daran?«

Sie fühlte sich mutig und draufgängerisch.

»Aber um Himmels willen«, sagte Hanna. »Seien Sie nicht dumm.«

»Damals, als Sie bei Erik Jacobsen gearbeitet haben.«

»Nein. Da muss es um etwas anderes gegangen sein«, sagte Hanna, fast ohne die Lippen zu bewegen.

Dann lief sie den Hang hinab.

Bertha blieb einige Augenblicke zitternd stehen und schaute ihr hinterher. Sie machte eine Bewegung in Hannas Richtung, wie um ihr zu folgen, hielt inne und band sich den Schal um den Oberkörper.

Dann ging sie nach Hause.

12

1885

Bertha ging weiterhin zum Zeichenkurs, aber sie und Hanna sprachen nicht wieder miteinander.

Dennoch war Bertha oft gedanklich mit Hanna beschäftigt. Diese Gedanken wechselten zwischen Wut und Herablassung. Wut, weil Hanna sie dazu gebracht hatte, sich in ihrem engen Kleid kindisch aufzuführen, und Herablassung, weil sie dachte, Hannas Selbstsicherheit und Kleidungsstil seien bestimmt nur auf Sensationslust zurückzuführen. Schließlich konnte sie sich nicht mehr erinnern, warum sie den albernen Wunsch gehegt hatte, Hanna möge sie wiedererkennen.

Zu Weihnachten fuhr sie nicht nach Hause. Den Heiligen Abend verbrachte sie mit Herrn und Frau Stange, und an den beiden Feiertagen traf sie sich mit Jostein Olsen.

Mit ihm konnte sie sich so ungezwungen unterhalten, und diese Gespräche erinnerten sie an ihre Unterhaltungen mit Torger oder einem ihrer vielen Vettern. Sie vergaß, sich die Oberlippe abzuwischen, wenn sie in der Brasserie Kakao getrunken hatten, und sie hielt sich beim Lachen nicht die Hand vor den Mund.

Nach Neujahr hatte sie dann wieder im Laden genug zu

tun, sie arbeitete gut zusammen mit dem neuen Ladenmädchen, Gjertine Ranheim, und nach und nach vergaß sie die peinliche Szene auf der Anhöhe hinter der Schule.

Dann, Ende Januar, war sie auf einem Konzert des Männergesangvereins von Visnes, der französische Chansons vortrug. Vor jedem Lied erklärte jemand, worum es darin ging. Die Oscarshalle war voll besetzt, aber sowie Bertha Hanna entdeckte, merkte sie, dass ihre Wut doch noch nicht ganz verflogen war, denn der Anblick von Hannas Rücken erfüllte sie mit Unbehagen.

Nach dem Konzert ging sie deshalb eilig nach draußen. Es schneite ein wenig, aber die Flocken, die auf dem Boden schmolzen, wurden sofort in Schlamm verwandelt. Bertha lief vorbei an dem großen Verwaltungsgebäude und an den Eisenbahngleisen entlang und passierte das König Oscars Portal. Bei den Stallungen erblickte sie Gestalten in der Dunkelheit, die sich an die Mauer lehnten, die den Förderturm und den Grubengang umgab.

Zettelgänger, dachte Bertha. Tagelöhner, die vom Werk etwas Geld bekamen, während sie auf neue Arbeit warteten.

Nun löste sich die dunkle Gruppe von der Mauer, und vier Männer traten ins Licht einer Gaslaterne. Bertha hatte keine Angst, nicht hier, mitten in Visnes. Diese Männer wollten sich doch nur einen Spaß erlauben, weil sie etwas getrunken hatten. Dennoch zuckte sie zusammen, als einer laut anfing, auf Schwedisch zu singen: »*Helan går, sjung hopp faderallan lej!*«

Hatten sie vielleicht begriffen, dass Bertha gerade bei einem Konzert gewesen war?

Als sie auf ihrer Höhe war, verstummte der Gesang, als hätte ein unsichtbarer Chorleiter die Hand gesenkt und einen Finger an den Mund gehoben. Sonst klangen brutale Stimmen immer beängstigend, aber nun wirkte gerade der geflüsterte Gesang bedrohlich: »*Och den som inte helan tar, han heller inte halvan får.*«

Vergeblich schaute Bertha sich um, ob noch andere Konzertbesucher in der Nähe waren.

Einer der Männer kam auf Bertha zu, baute sich vor ihr auf und grinste breit. Seine Kleider waren verdreckt, er hatte löchrige Schuhe und stank nach Fusel und verfaulten Zähnen.

»Sieh mal einer an«, sagte er. Mehr nicht.

»Was wollen Sie?«, fragte Bertha so selbstbewusst, wie sie konnte.

Sie versuchte, an ihm vorbeizugehen, aber er versperrte ihr den Weg.

»Was wollen Sie?«, äffte er sie nach. Das war kindisch. Er lachte über sich selbst, oder vielleicht über Bertha.

Sie sah die drei anderen Hilfe suchend an, aber für die war sie offenbar unsichtbar. Doch der Mann tat ihr nichts. Er hob nur vor ihrem Gesicht den Zeigefinger.

Sie sah, dass der Fingernagel brüchig und verfärbt war.

»Tut der weh, der Finger?«, fragte sie.

Er lächelte noch immer.

»Glaubst du das?«, fragte er. »Dass er mir wehtut? Dass ich unglücklich bin? Oh, ich armer unglücklicher Mensch!«

»Nein.« Sie schüttelte den Kopf. Die Angst pochte in ihrem Körper. Sie begriff nicht, was er wollte, warum er sie sich herausgepickt hatte. Sie hatte hier noch nie eine bedrohliche Situation erlebt, sich selbst nie herausfordernd oder provozierend verhalten.

»Aber *du* bist glücklich. Aber jetzt … jetzt ist Schluss damit. Nur ein kleiner trotziger Schritt von mir, dann bist du nicht mehr so zufrieden. Oder was?«

Sie schüttelte wieder den Kopf. »Nein.«

Der Schnee legte sich auf seine zerlumpte Jacke. Im Laternenlicht sah er aus wie unruhige Fussel. Dann schien er sein dummes Spiel sattzuhaben, denn er sagte, er könne sich die Sache auch gern anders überlegen. Damit sie wieder froh sein und nach Hause laufen könne.

»Dann erzählst du deinem Mann von dem ekligen Schweden. Und bist froh, weil du zu Hause bist.«

Er trat zur Seite, um sie vorbeizulassen.

Sie ging weiter, wollte nicht rennen, auf das Tor zu, das Visnes von Haugen trennte. Erleichtert, genau, wie er gesagt hatte. Sie stellte sich vor, dass der Mann, der ohne Arbeit und ohne Einkommen war, sich über einen Augenblick der Macht gefreut hatte.

Nach ungefähr zwanzig Metern hörte sie Stimmen hinter sich und drehte sich um.

Obwohl die anderen noch immer im Licht der Laterne standen, begriff Bertha nicht sofort, was los war. Der Mann, der eben noch Bertha belästigt hatte, umkreiste jetzt Hanna. Dicht vor ihr bewegte er sich provozierend und grob, und sie versuchte, ihm mit steifen Bewegungen auszuweichen. Die anderen gaben laute Kommentare von sich, und nun streckte er die Hand nach ihrer rechten Schulter aus. Hanna schien sich zusammenzukrümmen, und sie wand sich. Er lief weiter um sie herum, noch ein Schlag, diesmal gegen die andere Schulter. Warum schrie sie nicht, warum wehrte sie sich nicht? Hanna war doch kräftiger und größer als dieser Mann. Wie konnten die anderen einfach nur tatenlos zusehen?

Als Hanna ins Gesicht geschlagen wurde, als wäre sie ein Mann, stürzte Bertha auf die Gruppe zu. Vielleicht war der Mann erschrocken, weil er eine Frau so hart geschlagen hatte, dass ihr Blut aus der Nase strömte, oder er war überrascht, weil sie nicht so reagierte wie erwartet; jedenfalls blieb er stehen und starrte seine Fingerknöchel an, während Bertha Hannas Tasche vom nassen Boden aufhob, zusammen mit dem Hut, auf den jemand getreten war, dann packte sie Hanna am linken Arm und zog sie fort. Hanna bewegte sich nur langsam, ihre Füße schienen schwer zu sein, als ob sie keinen Instinkt vor Gefahren besäße, deshalb versetzte Bertha ihr einen Stoß in den Rücken. Sie stolperten die Straße entlang.

Die Männer blieben stehen. Als kämen sie nicht auf die Idee, dass sie die beiden Frauen auch verfolgen könnten.

Als Bertha unter der nächsten Laterne das Tor nach Haugen öffnete und das Blut wie einen dunklen Riss auf Hannas Wange sah, befahl sie ihr, sie in ihre Kammer über dem Laden zu begleiten.

Dort setzte sie Hanna auf den einen der beiden Holzstühle.

Und so wurde dieses Geschehnis zu solch einem Stillleben, über das Erling Arnfindsen damals gesprochen hatte. Als wären die Minuten mit den Zettelgänger nun erstarrt und könnten sich studieren lassen. Bertha stand da, während sie Hanna das Blut von der Wange wusch und ihre Nase untersuchte. Währenddessen redete sie fast ekstatisch über jede Bewegung und jeden Mangel an Bewegung. Sie pflückte das Erlebnis auseinander. *Ich war ihm gerade entkommen. Aber dann habe ich gesehen. Und dann hast du so gemacht, um ihn herum. Da hat er zugeschlagen. Aber du bist still stehen geblieben! Und da habe ich – so gemacht.*

Hanna gab nur ab und zu ein kurzes Hm oder ein bestätigendes Ja von sich. Sie saß bewegungslos und mit geschlossenen Augen da und atmete durch den Mund. Ihr blutiger Mantel lag auf dem Boden wie ein verletztes Tier. Ihr ebenfalls blutiges Hemd behielt sie an.

Dann füllte Bertha kaltes Wasser und Soda in eine Zinkwanne, in die sie den oberen Teil des Mantels legte, damit sich das Blut nicht in der Wolle festsetzte.

Zum ersten Mal hatte sie Besuch hier oben, und die Kammer wirkte durch sie beide überraschend eng. Sie sprach mit leiser Stimme, da das Haus hellhörig war. Sie holte den anderen Stuhl und setzte sich Hanna gegenüber.

Deren linke Wange war jetzt geschwollen, und unter dem Auge zeichnete sich ein deutlicher Bluterguss ab. Er würde nach und nach gelb und blau werden. Die Nase war wohl nicht gebrochen, aber ein dunkler Fleck entfaltete sich wie eine Blume vor allem auf der linken Seite.

Bertha entdeckte an Hannas Hals noch immer ein wenig geronnenes Blut. Abermals tunkte sie ein Stück Stoff ins Wasser, beugte sich vor und wusch das Blut ab.

Sie verspürte nicht mehr das Bedürfnis, hektisch über dieses Geschehnis zu sprechen, sie fühlte sich jetzt ruhig. Hörte unten eine Tür, die geöffnet und geschlossen wurde, und dann Stanges Schritte.

»Ich muss wohl sehen, dass ich nach Hause komme«, sagte Hanna.

Aber trotzdem blieb sie sitzen und strich sich über den Wollrock.

»Und ich sollte mich wohl bedanken.«

Bertha lächelte. »Das hätten Sie doch auch getan.«

»Das hoffe ich.«

»Was glauben Sie, was passiert, wenn Sie dem Mann wieder begegnen? Oder den Männern?«, fragte Bertha.

»Ich weiß nicht. Vielleicht werden sie uns aus dem Weg gehen?«

Bertha lächelte vorsichtig. »Weil sie Angst haben?«

»Das kann man nur hoffen.« Hanna lächelte ebenfalls, schief und seltsam, und sie legte sich die Hand an die geschwollene Wange.

»Tut das weh?«

»Nicht besonders. Schlimmer ist es hier.« Hanna zeigte auf ihre Nase.

»Vielleicht haben die Herren keine Lust, sich an uns zu erinnern?«, fragte Bertha.

»Vielleicht. Ich habe so etwas noch nie erlebt«, sagte Hanna.

»Ich auch nicht. Nie.«

Dann schwiegen sie wieder, aber keine erhob sich. Bertha schaute zu der Wanne hinüber, wo der halbe Mantel eingeweicht war.

»Wie wollen Sie den nach Hause schaffen?«, fragte Bertha und nickte zu dem Mantel hinüber.

»Der wird so oder so nass. Der Schnee ist fast wie Regen«, sagte Hanna.

Bertha nahm einen Kochlöffel vom Tisch und stupste den Mantel damit an. Das aus dem Stoff laufende Blut pulsierte rot im Wasser. Sie starrte in die Wanne wie in die Flammen eines Lagerfeuers.

»Hast du eine Zigarette?«, fragte Hanna. »Ich sag jetzt Du, wo du mich doch gerettet hast«, fügte sie hinzu.

Bertha nickte. »Ja.«

Sie legte den Holzlöffel beiseite, erhob sich und nahm eine Zigarettenschachtel und Streichhölzer aus einer Zinnschale auf der Kommode. Sie selbst rauchte fast nie, aber sie konnte Hanna doch eine Zigarette anbieten.

»Der Mantel …« Hanna schaute zu der Wanne hinüber.

»Ist das ein Kapitänsmantel?« Bertha hatte schon darüber nachgedacht, dass der Mantel wie der von einem Kapitän aussah.

»Ja.« Hanna nickte, zündete die Zigarette an und sog den Rauch mit geschlossenen Augen ein. Mit Daumen und Zeigefinger zupfte sie sich ein wenig verkrustetes Blut, oder vielleicht war es auch Tabak, von der Unterlippe. Sie betastete den Vorderzahn, der ohnehin ein bisschen schief stand.

»Wackelt der?«

»Nein.« Hanna schüttelte den Kopf und erzählte vom Onkel ihrer Mutter, der Kapitän auf einem Segelschiff gewesen war.

Als Hanna ungefähr fünfzehn war, kam dieser Großonkel vor der spanischen Küste ums Leben. Hanna war diesem Verwandten nie begegnet und trauerte auch nicht um ihn. Aber sie begleitete ihre Mutter zur Beisetzung nach Stavanger. Dort erfuhr sie, dass der Leichnam des Großonkels in Segeltuch eingewickelt im Laderaum eines Schoners nach Stavanger gebracht worden war, auf Eis, damit er nicht verweste. Und dass sein Besitztum einzig aus diesem edlen Mantel bestand. Ein Mantel aus schwarzer Wolle, mit acht Goldknöpfen mit kleinen Ankern.

Bertha betrachtete die Knöpfe, aber die, die in der Wanne lagen, waren aus schlichtem, verbeultem Metall.

Am Tag der Beerdigung hatten die beiden unverheirateten Kusinen der Mutter den Sarg auf einen von einem Rappen gezogenen Wagen stellen lassen. Und über dem Fußende des Sarges hatte der Kapitänsmantel gelegen, wie um die Füße des Toten zu wärmen.

»So etwas Schönes hatte ich noch nie gesehen.«

Bertha nickte und machte sich ein wenig an dem Mantel zu schaffen.

»Als wir dann nach Haugesund zurückfahren wollten …« Hanna zog wieder an der Zigarette und blies den Rauch langsam aus, »da wollten die beiden Töchter des Großonkels, die vielleicht Mitte vierzig waren, den Mantel Haaver geben, meinem ältesten Bruder. Er war nicht mit nach Stavanger gekommen, weil sein Schiff nach Spanien unterwegs war, und sie meinten wohl, ihr Vater hätte sich das so gewünscht. Meine Mutter überließ es mir, den Mantel mit nach Hause zu nehmen.«

Abermals zupfte sich Hanna ein wenig Blut oder Tabak von der Unterlippe. Dann betastete sie vorsichtig ihre geschwollene Wange, wie um sich davon zu überzeugen, dass sie nicht unbemerkt schwer verletzt worden war.

Sie fuhr fort: »Für mich war der Mantel wie … ich weiß nicht … er kam mir leicht und weich vor, obwohl die beiden Kusinen meiner Mutter versucht hatten, das Geschenk herunterzuspielen, indem sie behaupteten, der Mantel sei jahrelang in Gebrauch gewesen und natürlich steif vor Salz. Aber ich fand ihn einfach nur wunderbar.«

»Du hast ihn also übernommen?«

Hanna schüttelte den Kopf. »Nein. Meine Mutter hat den Mantel streng gehütet, und als Haaver das nächste Mal nach Hause kam, wurde ihm der Mantel mit großem Getue überreicht. Aber ich habe bemerkt, dass er Haaver nicht gefiel, und zu klein war er auch, und Haaver gab vor, ihn vergessen zu haben, als er wieder losfuhr. In einem Brief an meine Mutter, aus Bilbao, schrieb er, sicher hätten andere mehr Freude an dem Mantel.«

»Und da hast du ihn bekommen?«

»Nein. Das war doch ein Herrenmantel, sogar ein Kapitänsmantel. Aber ich war ja immer schon größer als andere Mädchen in meinem Alter. Und im folgenden Winter, als es kalt wurde, fand Mutter es unsinnig, dass Haavers warmer Mantel einfach nutzlos herumhing. Also durfte ich ihn im Haus anziehen, und ich legte ihn mir nachts über die Füße. Ich weiß nicht mehr genau, wie es kam, aber als ich dann anfing, ihn auch draußen zu tragen, nahm sie es eben hin und redete dann nur noch von meinem Mantel.«

Sie meinte, in Haugesund sei Mädchen schon Schlimmeres widerfahren, als einen Kapitänsmantel zu tragen.

Als Bertha Hanna die breite Treppe hinunterbegleitete, traten sie fast lautlos auf.

An der Tür flüsterte Hanna: »Ich habe mir etwas überlegt.«

»Was denn?«, fragte Bertha.

»Haben sie vielleicht gewettet?«

»Die Zettelgänger?«

»Ja. Haben sie wohl gewettet, dass ich da vorbeigehen würde?«

»Und dann haben sie gesehen, dass ich es war, meinst du?«

»Ja.«

»Warum hätten sie um so was wetten sollen?«

»Um das zu tun, was sie getan haben. Aber dann bist eben du zuerst vorbeigegangen.«

13

In den folgenden Wochen trafen sie sich mehrere Male nach Feierabend und auch am Sonntag.

Hanna war nicht so redselig wie an dem Abend nach dem Konzert, aber sie machte Vorschläge und hatte Pläne. Bertha erlebte überraschend unterhaltsame Abende und Nachmittage. Hanna wollte herausfinden, wo der längste schneefreie Weg im Fransepark hinführte, sie meinte, sie müssten unbedingt überprüfen, wie gut das billigste Gericht in der Brasserie schmeckte, und an einem kühlen Sonntag Ende Februar kegelten sie auf der Bahn hinter der Direktorenvilla. Niemand sonst war so früh im Jahr auf der für viel Geld angelegten, langen Bahn, deshalb hatten sie alles für sich. Bluterguss und Schwellung waren aus Hannas Gesicht verschwunden, zusammen mit der Angst, dem gewalttätigen Schweden noch einmal zu begegnen.

Manchmal tranken sie auch zusammen Kaffee in Berthas Zimmer. Dann fragte Hanna zum Beispiel, was Bertha von Johan Sverdrups neuem Ministerium und der Bauernpartei hielt, die sie wählen würde, wenn sie denn Stimmrecht hätte.

Bertha war nicht sicher, wie sie über die großen Veränderungen im Land dachte, aber trotzdem war sie diejenige, die mehr redete. Sie erzählte von dem ungehobelten Kerl, der niemals aufhörte, im Laden auf den Boden zu spucken, von einer neuen französischen Seife, die exotisch nach Lavendel duftete, von Jostein Olsen, der auf der Kramkiste im Laden saß, wenn er Zeit hatte, und von ihrem großen Bruder Torger drüben in Amerika, der dort ein Mädchen aus Haugalandet geheiratet hatte und Vater einer kleinen Tordis geworden war.

Bertha dachte, sie und Hanna seien jetzt Freundinnen.

An einem Samstag, als sie in der Brasserie Tee tranken und über ihre Zukunftsträume sprachen, wurde Hanna eifrig, fast so sehr wie damals, als sie von dem Kapitänsmantel erzählt hatte.

»Ich werde vielleicht … einen Laden besitzen«, sagte sie.

»*Besitzen,* also nicht als Ladenmädchen arbeiten?«

»Ja.« Hanna nickte. »Oder einen führen.«

»Einen Laden führen? Wieso denn das?«

»Einen Laden führen?« Hanna ahmte sie mit leiser Stimme nach, lächelte jedoch auf diese seltsame Weise, mit geschlossenem Mund, was an eine Grimasse erinnerte. »Wie soll ich das sagen?«

Sie suchte nach Worten, um etwas zu beschreiben, das spannend und alltäglich zugleich war, aber dann redete sie sich warm, und es hatte den Anschein, als erkläre sie das alles nicht nur Bertha, sondern ebenso sehr sich selbst. Warum es interessanter sei, in einem Laden zu stehen, als nur Kundin zu sein, auch wenn man noch so viel Geld hatte.

Sie sagte, innerhalb weniger Sekunden zu erfassen, was die Kundschaft wollte, sei eine ganz besondere Fähigkeit, die manche besäßen. Warum kamen diese Menschen in den Laden, welche Interessen oder Bedürfnisse hatten sie?

Ließen der Mann oder die Dame sich durch Enthusiasmus oder Qualität überzeugen? Sie sprach über die aufregenden Augenblicke, ehe ein Geschäft abgeschlossen wurde, sie nannte das ein Spiel, aber doch ein sehr ernstes, es ging ja schließlich um Lohn und Überleben.

»Und egal, was dabei herauskommt, irgendeine Frage stellt man sich später immer. Was genau hat dafür gesorgt, dass gerade diese Ware verkauft wurde? Oder nicht verkauft wurde. Diese Spannung, wieder und wieder. Jeden Tag. Und die Konkurrenz der anderen Geschäfte. Wer tüchtig ist und nichts vom Verdienst vergeudet, stellt ja jeden Monat fest, dass die Abrechnung ein bisschen besser ist als die letzte«, sagte sie.

Bertha verspürte eine seltsame Freude, als sie da so saß, mit den Händen um die Tasse, und zuhörte. Hanna, die auch nicht länger zur Schule gegangen war als sie, die aber trotzdem eine Meinung über Verkauf, Konkurrenz und Abrechnung hatte. Die gern die Verantwortung für einen ganzen Laden übernehmen würde!

»Erik Jacobsen – dem die Manufaktur in Haugesund gehört – hat einmal gesagt, nicht der Hering, sondern der Handel sei der Verbrennungsmotor der Stadt, der sie dazu bringt, sich vorwärtszubewegen.«

»Träumst du denn von einer Manufaktur?«

Hanna zog die dünnen, abgenutzten Lederhandschuhe aus, ein Finger nach dem anderen, und legte sie auf die Tischdecke, als wären es Hände.

»Ja«, sagte sie. »Ich stelle mir eine ganz konkrete Manufaktur vor. Mit Regalen für Schuhe und Handschuhe, Socken und Hüte und alles. Und Gestellen mit Kleidern und Jacken.«

Bertha hatte nie einen solchen Traum gehabt. Hatte

sich nie vorgestellt, irgendetwas zu leiten. Läden wurden von Männern geführt. Nicht immer von bemittelten oder erfolgreichen Geschäftsmännern – Ladenbesitzer gingen in Konkurs und verschwanden –, aber immer waren es Männer. In Berthas Vorstellung hatte ein Ladenbesitzer ein zerfurchtes Gesicht, erfahrene Augen und einen gepflegten Bart, und wenn er nicht über seinen Papieren oder seinen Plänen brütete, schritt er auf dem Weg zu einem Geschäftspartner mit Hut und hohem Kragen eine breite Steintreppe hinunter.

»Was ist los?«, fragte Hanna.

»Wie meinst du das?«

»Du siehst *so* aus.« Hanna runzelte die Stirn und zog die Augenbrauen zusammen. »Als ob ich gesagt hätte, ich wollte ein Freudenhaus aufmachen. Oder eine Schenke.«

Sie lachten.

Als Bertha sie fragte, was aus dem geplanten Geschäft werden sollte, wenn sie heiratete, sagte Hanna etwas, das Bertha verwirrte.

»Das passiert nicht«, sagte sie. »Das weißt du doch?«

Zum ersten Mal hatte sie etwas gesagt, das Bertha zu dem Gedanken veranlasste, Hanna glaube, sie verstehe sie besser als sie selbst.

»Ja«, antwortete Bertha.

14

Im Laufe des Frühlings ging Bertha auf, dass sie nicht auf dieselbe Weise wie Hanna dazu geschaffen war, die Blicke von Fremden auf sich zu ziehen. Wenn sie beide zusammen unterwegs waren, hatte sie den Eindruck, dass manche sich ihnen mit erwartungsvoller Miene näherten. Hanna zog nicht den Hut wie ein Herr, aber manchmal tippte sie an die Krempe ihrer braunen Melone. Und wenn sie das tat, sah Bertha in den Augen der anderen etwas wie Sensationslust.

Überraschenderweise schien Hanna diese Blicke nicht zu bemerken. Sie geriet nicht in Verlegenheit, freute sich aber offenbar auch nicht über ein Lächeln oder ein freundliches Wort. Sie schien einfach nicht zu registrieren, wie andere ihr begegneten.

War das eine Schwäche oder eine Stärke?

Die meisten, die an ihnen vorübergingen, waren allerdings mit sich selbst beschäftigt, mit ihren Augen, die im Tageslicht blinzelten, nach einem Tag unter der Erde, mit Kindern, die wie Bleigewichte am Rockzipfel hingen, damit, ein vor einen Wagen gespanntes altes Pferd zu lenken, damit, im Blick zu haben, dass niemand auf die Eisenbahngleise lief, wo die Lokomotive die mit Kupferkies gefüllten Wagen zog.

Hanna zeigte sich, aber nicht jedem x-Beliebigen.

Jetzt war es früh am Morgen am zweiten Sonntag im April, die Sonne stand tief über sprießenden Äckern. Sie wollten den Gottesdienst in Avaldsnes besuchen und hatten sich rechtzeitig auf den Weg zu der alten Kirche auf dem Ostufer von Karmøy gemacht.

Die Luft fühlte sich frisch an, Bertha atmete tief durch. Seit über einer Woche war es in Visnes so windstill gewesen, dass sich der gelbschwarze Rauch, der ununterbrochen aus den Schloten der Verbrennungsöfen quoll, wie ein Deckel über die ganze Bucht gelegt hatte. Die vielen Kohleöfen waren dann auch keine Hilfe. Obwohl der Ort doch am Meer lag.

Sie mussten fünf Kilometer laufen, auf frühlingsfeuchten, kurvenreichen Wegen, um Moorlöcher herum, über Hofplätze mit Hühnern und Hunden, an Kühen und Schweinen, Elend und Wohlstand vorbei.

Hanna redete aufgeregt über einen Gesetzesvorschlag, über den sie in der Zeitung gelesen hatte.

»Wenn Nachtarbeit für Frauen verboten wird, dann werden sie doch nur noch mehr entmündigt als ohnehin schon. Sie können ja wohl selbst entscheiden!«

»Vielleicht wollen die, die dieses Verbot einführen möchten, die Frauen beschützen, die sonst nachts arbeiten müssen. Die Fabriken produzieren doch rund um die Uhr.«

»Die *wollen* also arbeiten, nur nicht in den Stunden, in denen es am anstrengendsten ist?«

»Ja.« Bertha nickte. »Denn sie sind stärker gefährdet.«

»Wegen der Männer?«

»Ja. In den Fabriken und auf dem Weg von und zur Arbeit. Vielleicht soll das Gesetz auch ihre Kinder beschützen. Die sich oft selbst überlassen sind.«

»Das verstehe ich ja, aber die Nachtarbeit zu verbieten, ist etwas anderes, als Frauen das *Recht* zu nehmen, nachts zu arbeiten. Wenn sie das wollen. Ich kann Verbote nicht leiden. Wenn man die Fabrikarbeiterinnen außer Acht lässt, macht man sie schwach, nimmt ihnen die Fähigkeit, ihre eigenen Entscheidungen zu treffen«, sagte Hanna.

»Aber durch ein Verbot müssten die Arbeiterinnen nicht mehr nachts arbeiten.«

»Das Recht, selbst zu entscheiden, ist trotzdem besser«, sagte Hanna.

Obwohl ihre Stimme fest war, fast streng, als gäbe es nichts mehr zu diskutieren, schaute sie Bertha an, während sie weitergingen. Sie lächelte auf eine andere Weise, als ihre Stimme erwarten ließ.

Mehrere Minuten lang gingen sie schweigend weiter. Die Absätze klangen auf dem Lehmboden nicht marschierend und rhythmisch, sondern es hörte sich an wie eine Kakofonie. Berthas leichte und rasche, Hannas schwerere, größere Schritte.

Ein Wagen tauchte vor ihnen in einer Wegbiegung auf. Das braune Pferd, ein altes Ehepaar nebeneinander. Beide nickten dankbar, als Bertha und Hanna zur Seite traten, um sie vorbeizulassen, der Mann tippte an seinen Hut.

Als sie an einer Anhöhe mit Laubbäumen mit grünen Knospen und silbrig schimmernden Stämmen vorbeikamen, entdeckten sie die Kirche, die auf einem Hügel am Sund lag. Sie blieben stehen.

»Was für eine Vorstellung, dass die immer schon da gestanden hat«, sagte Bertha.

Hanna nickte.

Sie blickten über das Tal hinweg, auf die Kirche, den

Turm, den Hof unter ihnen und den sanften, freundlichen Hang.

Der alte frei stehende Turm war offenbar so hoch gewesen, dass man ihn aus meilenweiter Entfernung erkennen konnte, aber nun waren nur noch Trümmer übrig. Der Anblick erfüllte Bertha mit Gott. Im Sommer war die Turmruine überwuchert, aber jetzt ragte sie wie ein Ausrufezeichen in den Himmel. Ein sprießender, grün schimmernder Baum erhob sich aus dem Turm, und kleinere Äste streckten sich wie bettelnde Arme durch die rechteckigen Fensteröffnungen in den Turmmauern aus. Die weiß gekalkte Steinkirche aus dem Mittelalter lag wie ein harmonisches, leuchtendes Gotteshaus links neben dem zerfallenen Turm.

»Ich bin jedes Mal überwältigt von diesem Anblick«, sagte Bertha. »Es ist so schön.«

»Die Ruine ist schön?«, fragte Hanna.

Bertha sah sie an, aber Hanna blickte zur Kirche hinüber.

»Ja, die auch. Das erinnert mich daran, dass die Menschen immer zu dieser Kirche gegangen sind. Mit ihren Gedanken, ihren Ängsten, und … ja, sie sind mit ihrem Leben zu Gott gegangen. In all den Jahrhunderten, ehe wir geboren worden sind. Und sie werden noch Jahrhunderte nach uns dort hingehen.«

»Wenn du das sagst«, meinte Hanna. Sie nickte. Nach einer Weile fügte sie hinzu: »Ich denke fast nie so. Nie und nimmer.«

»Ach, nicht?«

»Nein. Oder, es kommt schon vor. Aber ich denke nicht darüber nach.« Sie lachte auf.

Es klang fremd, aber auch befreiend. Nicht darüber

nachzudenken. Das gefiel ihr an Hanna, diese scheinbare Freiheit. War Hanna deshalb so stark? Bertha wollte von anderen gemocht werden. Sie sollten sie freundlich und pflichtbewusst finden.

»Weißt du, dass die drei Fenster Dreifaltigkeitsfenster genannt werden?« Bertha zeigte zur Kirche hinüber.

»Ja.« Hanna nickte. »Das hast du mir schon einmal erzählt.«

»Wirklich? Das habe ich dir erzählt?«

»Ja.«

Sie musste sich zusammenreißen. Lernen, *nicht darüber nachzudenken.*

Dann stiegen sie ins Tal hinab und gingen den Hang zur Kirche hoch.

Als sie das Tor in der Mauer, die das gesamte Kirchengelände umgab, erreicht hatten, sahen sie, wie ein Küster das gotische Südportal öffnete. Gleich darauf stand einer der drei Pastoren von Avaldsnes im Eingang zur Kirche.

»Man muss die Sonne hereinlassen!«, rief er den beiden Frauen zu.

Im Winter war die Holztür manchmal festgefroren und ließ sich nur einen schmalen Spaltbreit öffnen, gerade so weit, dass sich ein Mensch hindurchzwängen konnte und sich einen Platz auf einer der feuchten Bänke suchte.

Aber jetzt blieb die Tür sperrangelweit offen. Hanna und Bertha winkten dem Pastor und dem Küster und stiegen weiter zwischen den uralten Grabsteinen den frühlingsfeuchten Hang hinab. Es würde noch mindestens vierzig Minuten dauern, bis sie zum Gottesdienst hineingehen müssten.

»Ich bin froh, dass er es ist«, sagte Hanna.

»Ja«, sagte Bertha.

»Den mag ich am liebsten.«

»Ich auch.«

Die beiden anderen Geistlichen hielten gerne düstere Predigten. Der, der soeben in der Tür gestanden hatte, legte die Bibel dagegen auf lichtere Weise aus. Er kam aus Jæren und hatte in Kristiania Theologie studiert. Er war Ende dreißig, hatte schüttere Haare und war ein wenig dicklich. Sein Kinn lag wie eine Falte über seiner Halskrause, und wenn er von Gottes Gnade erzählte, hatte er tiefe Lachgrübchen.

»Der eine … der Schwede, ich weiß nicht mehr, wie er heißt, der predigt wie bei einer politischen Versammlung«, sagte Hanna.

Bertha nickte zustimmend. Dieser Geistliche benutzte eine bildreiche Sprache, und am liebsten redete er über den Teufel und die Entscheidung zwischen Gut und Böse. Eigentlich mochte Bertha Gleichnisse und Bilder. Aber als sie ihn zuletzt gehört hatte, hatte er über den Teufel gepredigt, der am glücklichsten ist, wenn er Menschen auf die Probe stellen kann. »So sicher wie Ebbe und Flut«, hatte der Pastor verkündet, »taucht der Teufel mit seinen Prüfungen auf. So, wie das Meer ansteigt und sich zurückzieht, so verdeckt der Teufel die Sünde oder bringt sie ans Licht. Kommt die Flut, will er, dass wir alles vergessen sollen, was da kreucht und fleucht, damit er uns bei Ebbe das Gewürm und die Schlangenbrut zeigen kann.«

Doch auch Bertha war froh darüber, dass an diesem Sonntag nicht der Schwede predigen würde.

Sie gingen hinunter zum Wasser. Von dort blickten sie hinauf zur Rückseite der Kirche.

Wie alle Kinder, die in Haugesund und auf den umliegenden Inseln zur Schule gegangen waren, hatten sie von der Holzkirche gehört, die einst auf dieser Anhöhe gestanden hatte und die von Olav Tryggvason erbaut worden war. Und die schon in der Saga von Olav dem Heiligen als ganz besonderes Gotteshaus bezeichnet wurde. Eine königliche Kapelle, dem heiligen Olav geweiht, bei der Pilger auf dem Weg nach Nidaros haltmachten. Einmal hatte neben der Kirche ein mächtiger Königshof gestanden. Und in einem der vielen Hügel hier war Harald Schönhaar begraben.

Als sie wieder zur Kirche hinaufstiegen, sahen sie aus nächster Nähe, wie die Feuchtigkeit in den Verputz eingedrungen war und dass sich Teile der Mauer gelockert hatten. An einzelnen Stellen waren Löcher mit ungefärbtem Zement gefüllt worden, was der südlichen Längswand ein fleckiges Aussehen gab. Aber Bertha dachte nicht so sehr an den Verschleiß, sondern an alles, was dieses Gebäude mit früheren Zeiten verband, mit Königen und Pilgern, mit Aberglauben und Glauben. Zeiten, die lange vor dem modernen Jahr 1885 lagen.

Vor dem Gottesdienst konnten sie noch eine rasche Runde um die Kirche und hinüber zu dem hohen Bautastein drehen, der *Mariens Nähnadel* genannt wurde und sich zur Nordwand neigte. Es hieß, an dem Tag, an dem der Stein die Kirche berührte, wäre das Jüngste Gericht nahe.

»Weißt du, wie hoch der ist?«, fragte Hanna.

»Ja, sind es nicht sieben Meter?«

»Ja.« Hanna nickte. »Aber angeblich war er früher noch viel höher.«

»Wie hoch denn?«

»Ich weiß nicht. Aber es soll deutliche Anzeichen dafür geben, dass die Spitze in großen Brocken abgeschlagen worden ist. Von Geistlichen, die die Welt retten wollten.« Sie lächelte, gleichsam sicher, dass es sich um Aberglauben handelte.

Bei der Predigt sprach der Pastor über *die zwei Marien.*

Bertha hörte von der Jungfrau, die Jesus mithilfe des Heiligen Geistes gebar, und von der sündigen Maria Magdalena, der Jesus sieben böse Geister austrieb, die später jedoch dem Meister die Füße wusch.

Hanna saß mit geschlossenen Augen da. Ihr gleichmäßiger Atem verriet, dass sie weder an die reine Maria dachte noch an jene, die ein schändliches Leben führen musste, um zu beweisen, dass alles vergeben werden kann, wenn man nur von selbstloser Liebe erfüllt ist. Sie erwachte mit einem Ruck, als der Pastor mit den nachdrücklichen Worten endete: »Durch die beiden Marien zeigt Gott uns eine Liebe, die stark ist wie der Tod.«

15

Eine Woche nach dem Gottesdienst in Avaldsnes kam Jostein Olsen in den Laden. Es war ein sonnenwarmer Nachmittag, und er war auf dem Weg zu einer langen Schicht. Er trug die dunkle Jacke aus Ölzeug mit dem breiten Revers, seine strapazierte Arbeitshose und grobe Grubenstiefel. Anders als bei seinen früheren Besuchen wirkte er zielstrebig. Während Bertha eine fünfköpfige Familie bediente, steckte er seine Mütze in die Jackentasche, fuhr sich mit beiden Händen durch die Haare, als müsse er seine Konzentration festhalten. Sowie die Familie aus der Tür war und Gjertine Ranheim im Keller Kartoffeln holte, fragte er, ob Bertha sich am folgenden Samstag nach Feierabend mit ihm treffen wolle.

»In der Brasserie«, fügte er hinzu.

Sie stapelte weiter Mehl und Zucker auf, als ob sie es nicht gehört hätte, denn sie musste sich die richtige Antwort überlegen. Sie hatte ja Lust, ihn zu treffen, aber dann eben auch wieder nicht. Bisher hatten sie miteinander geredet wie Bekannte, während sie bediente, sie hatte gelacht, wenn er von seinem Arbeitstag erzählte, und sie berichtete von sich. Zu Weihnachten waren sie zusammen spazieren gegangen. Aber das war etwas anderes gewesen. Jetzt stellte er diese Frage mit einem neuen Ernst.

Und wenn sie Ja sagte, wäre das ihr erstes Stelldichein. Was einem Versprechen gleichkäme. Wenn sie dankend ablehnte, würde sie sich vielleicht eine Möglichkeit verscherzen.

»Ja, gern«, sagte sie endlich.

Als sie sich an diesem Samstag trafen, beschlossen sie, vor dem Essen einen Spaziergang durch den Fransepark zu machen. Sie hatten verabredet, dass es keine feierliche Mahlzeit werden sollte. Sie wollten sich nicht fein machen. Sondern einfach das Tagesgericht bestellen und ein bisschen plaudern.

Die Sonne schien, ein leichter Wind wehte, viele waren unterwegs. Wie immer war vom Hafen her Lärm zu hören, von Erwachsenen und Kindern, von Wagen, Pferden, Dampfschiffen und vier Musikern, die im Pavillon spielten. Aber sowie sie die Wanderwege erreicht und die erste Anhöhe hinter sich gelassen hatten, wurde es ruhiger. An diesem Tag herrschte ausnahmsweise Stille in der Schmelzhütte. Sie begegneten einem anderen Paar, das einen Spaziergang machte; Bertha konnte an den Kleidern der beiden erkennen, dass der Mann wohl bei der Werksverwaltung arbeitete.

Anfangs redeten sie und Jostein nicht viel, aber als sie zu der Bank mit dem Ausblick auf das Krankenhaus und das Meer kamen, schlug Jostein vor, sich ein Weilchen zu setzen.

»Gern.« Sie nickte, atemlos nach dem steilen Aufstieg.

Sie setzten sich jeweils an das eine Ende der Bank, aber dann lächelten sie, weil es ihnen so seltsam vorkam. Sie waren doch gute Bekannte! Und sie waren auch keine Bürgerskinder mit Anstandsregeln und Vorschriften, wie viel Bank zwischen ihnen frei sein musste. Sie duzten sich schon seit Langem. Und deshalb rutschten sie in die Mitte der Bank.

Bertha war vor Kurzem einundzwanzig geworden, und nun machte sie eine neue Erfahrung. Das war ihr immerhin klar. Aber machte sie alles richtig? Müsste sie ihn etwas fragen, oder sollte sie die Gesprächsführung ihm überlassen?

»Hanna Brummenæs und ich waren vorigen Sonntag im Gottesdienst in Avaldsnes«, sagte sie dann. »Und der Pastor hat von den *beiden Marien* erzählt. Ich habe die ganze Woche über diese Predigt nachgedacht. Schäme dich nicht, weil du ein Mensch bist, hat er gesagt. ›Denn du bist von Gott erschaffen.‹ Das klingt schön.«

Sie schaute zu Jostein hinüber. Er blickte hinaus aufs Meer, die Inseln und auf das Krankenhaus, das unter ihnen lag. Er lächelte nicht, wirkte aber auch nicht düster. Vielleicht war es auch für ihn das erste Mal, obwohl er älter war als sie. Aber wenn er schon früher Stelldicheins gehabt hatte, warum war er dann nicht verheiratet?

Sie wusste so wenig. Sie war so unerfahren.

Seine Nase war ein wenig krumm und breit und bildete einen Kontrast zu den eingefallenen Wangen. Eine kräftige Ader zog sich von der Nasenwurzel zum Haaransatz hoch. Seine Hände waren sauber, aber unruhig, sie spielten mit den Fingern auf seinen Oberschenkeln wie auf unsichtbaren Saiten.

»Die beiden Marien«, wiederholte er. »Sind das die Jungfrau Maria und eine andere Maria?«

»Ja.«

Er nickte langsam. Als ob er an etwas anderes dachte. Vielleicht langweilte sie ihn. Sie hatten nie über Gott gesprochen. Sie sah, wie seine Hände auf seiner Hose zum Stillstand kamen.

»Die beiden Marien«, sagte er noch einmal, als ob er in seiner Erinnerung nach dieser biblischen Geschichte suchte.

»Ja, über die Frau, die …«

Aber er ließ sie nicht ausreden: »Ich habe eine seltsame Geschichte von da unten gehört«, sagte er und starrte auf das Krankenhaus hinunter.

Das Gebäude war erst wenige Jahre alt, modern eingerichtet und hatte Platz für dreißig Patienten. Der Arzt, die Krankenschwestern und eine Hebamme waren von der Bergwerksgesellschaft eingestellt worden. Der Arzt trug auch die Verantwortung für die Reinhaltung der vielen Arbeiterwohnungen, da sich ansteckende Krankheiten leicht verbreiteten. Die letzte Cholera-Epidemie lag nur wenige Jahre zurück, und der Arzt hatte gerade erst eine Kampagne durchgeführt, um die Grubenarbeiter dazu zu bringen, häufiger ihre Unterwäsche zu wechseln und sich zu waschen. Die Patienten wurden öfter mit Scharlach, Tuberkulose und anderen ansteckenden Krankheiten eingeliefert als nach Arbeitsunfällen. Obwohl auch die alltäglich waren.

»Ich habe so etwas Ähnliches gehört. Also nicht so wie bei den beiden Marien, sondern über zwei kleine Jungen. Dass sie nach der Geburt vertauscht wurden.«

»Vertauscht?«

»Ja. Sie haben der Mutter den falschen Säugling mit nach Hause gegeben.«

»Aber wenn du das weißt, dann ist es doch bekannt«, sagte Bertha. »Sind die Kinder zurückgegeben worden zu ihrer richtigen Mutter gekommen?«

»Nein.«

Ohne Bertha anzusehen, sondern die ganze Zeit mit

dem Blick auf das Krankenhaus gerichtet, erzählte er von zwei Frauen, die im vergangenen Sommer angeblich im Abstand von zehn Minuten jeweils einen Jungen geboren hatte. Ein sechzehnjähriges Mädchen und eine ältere Frau, die schon viele Kinder hatte. Keine hatte ihr Kind zu sehen bekommen, denn es wurde in ein Zimmer gebracht, untersucht, gewaschen und gewickelt. Als die Schwester mit den Kindern zurückkam, verwechselte sie die beiden.

»Und die Mütter haben nichts gemerkt?«

»Die hatten die Kinder doch noch nicht gesehen.«

»Aber wie ist es herausgekommen?«

»Nach einigen Wochen oder vielleicht zwei Monaten begegnete die ältere Mutter der Sechzehnjährigen und schaute in den Kinderwagen. Und da wusste sie sofort, dass das ihr Sohn ist, denn er sah genauso aus wie ihre anderen Kinder.«

»Aber da haben sie doch sicher getauscht?«

»Nein. Das ist es ja gerade.«

»Nein? Was ist passiert?«

»Die Mutter, die es entdeckt hat, hat nichts gesagt. Denn der andere Junge, den sie wochenlang für ihren gehalten hatte, war sozusagen zu ihrem Sohn geworden.«

»Dieses fremde Kind war …?«

»Ja, es war nicht mehr fremd. Sondern ihres.«

»Weil sie ihm die Brust gegeben und es versorgt hatte, vielleicht?«

»Ja, so ähnlich, bestimmt.« Er sah sie an.

»Ist es so gewesen?«, fragte sie.

Er schüttelte den Kopf. »Nein. Ich erzähle nur, was ich gehört habe.«

Nach einer Weile sagte er: »Man kann Kinder ja auf sehr verschiedene Weise großziehen.«

»Aber es sollten doch lieber die eigenen sein«, sagte sie.

Er drehte sich zu ihr um und lächelte.

Dann sprach er über den Kuckuck, der seine Eier in fremde Nester legte in der Hoffnung, dass sie dort ausgebrütet und aufgezogen werden würden. Und er stieß einen perfekt imitierten Kuckucksruf aus. Er konnte auch andere Vogelstimmen nachmachen. Taube, Schneehuhn, Eule. Sie war unmöglich von echten zu unterscheiden.

»Kannst du eine Kuh nachmachen?«

Er muhte.

»Ein Pferd?«

Er wieherte.

Sie lachte.

Auf dem Rückweg gingen sie Arm in Arm.

Später zog er in der Brasserie den Stuhl für sie unter dem Tisch hervor, ehe sie sich setzte. Sie aßen Kabeljau mit Möhren und zerlassener Butter.

Als sie an diesem Abend im Bett lag, dachte sie, es sei ein schöner Tag gewesen, aber eigentlich hätte sie lieber nichts über diese vertauschten Kinder gehört.

Man sollte solch persönliche Dinge über andere Menschen nicht wissen – Dinge, die ihnen selbst kaum bekannt waren.

16

»Man darf nicht zu lange warten.«

Berthas Schwägerin Gunnhild bestätigte ihre eigene Aussage, dass man mit dem Kinderkriegen nicht zu lange warten sollte.

»Egal, wer man ist«, sagte sie. »Reich oder arm, ob man in Visnes oder Wisconsin wohnt, es bringt nichts, zu lange zu warten.«

Die Schwägerin aus Amerika war zu Besuch bei der Familie. Sie war einige Jahre älter als Torger und nicht mehr in Norwegen gewesen, seit sie mit achtzehn nach drüben gefahren war. Torger war nicht mitgekommen, er durfte seine Arbeit nicht vernachlässigen.

Gunnhild wickelte ihr Töchterchen auf einem Tisch unter dem Fenster. Die beiden wohnten bei Gunnhilds Schwester am Stadtrand von Haugesund.

Es war Mai und Bertha war zu Besuch. Torger hatte Gunnhild nachdrücklich gebeten, Bertha zusammen mit Tordis zu fotografieren.

Gunnhild redete ein bisschen laut und mischte immer amerikanische Wörter unter die norwegischen. Bertha wusste, dass die Schwägerin schwerhörig war, seit sie als Kind Tuberkulose gehabt hatte. Nun wiederholte sie stolz ihre Formulierung *Visnes oder Wisconsin*.

Als Tordis versorgt war, setzte Gunnhild sie auf den Boden. Sie klatschte vor Begeisterung in die Hände, als Tordis auf Bertha zukrabbelte.

Tordis war wirklich wunderbar. Bertha liebte ihre kleine Nichte fast schon mehr als ihre jüngsten Geschwister, die gar nicht viel älter waren.

Tordis war mollig, sie hatte große, wache Augen, rosa Wangen und kleine Hände, die sich an Berthas Rock festhielten. Sie richtete sich auf, während sie sich an den Stoff klammerte, blieb dann stehen und schwankte konzentriert vor Bertha einige Sekunden hin und her. Fast wäre sie nach hinten umgekippt, aber Bertha packte sie und hob sie hoch. Drückte sie fest an sich. Sie schmiegten sich aneinander. Tordis presste ihren Kopf an Berthas Wange, dann griff sie energisch nach Berthas Ohr. Bertha lachte, obwohl es wehtat.

Sie sog den süßen Duft der warmen Kopfhaut ein, berührte den Haarflaum mit den Lippen.

»Ein Leben ohne Kinder ist vielleicht schön für diese sogenannten Frauenrechtlerinnen, für eine gewisse Zeit. Aber später ist es dann nur noch eine *tragedy*«, sagte Gunnhild.

Tordis kam auf Berthas Schoß zur Ruhe, schlief ein wie ein Hund vor dem Ofen.

Gunnhild sagte, sie müsse noch allerlei erledigen, ehe sie wieder zurückführen.

Bertha schaute das kleine Mädchen an, und bei ihrem Anblick loderte eine Wärme in ihr auf. Sie hätte Tordis gern ganz fest an sich gedrückt, blieb aber ruhig sitzen, um die Kleine nicht zu wecken.

Das Sonnenlicht, das durch das Fenster fiel, durchschnitt das Zimmer wie ein Degen aus wirbelndem Staub.

Es reichte bis zu einer hohen Truhe mit einem flachen Deckel hinten an der Tür. Darauf standen eine leere Waschschüssel und eine Seifenschale. Eine dunkle Bluse lag zusammengeknüllt daneben.

Warum wirkten zerknüllte Kleidungsstücke immer intimer als solche, die zusammengefaltet in einer Schublade lagen? Als ob sie die Gedanken auf etwas Privates und Eiliges lenkten.

»Ich bin gleich so weit«, sagte Gunnhild.

Sie gingen zusammen zu dem umherreisenden Fotografen Johannessen, der sich jedes Jahr für einige Wochen ein Studio mitten in der Stadt mietete. Gunnhild schob Tordis in den schönen Wagen, den Berthas Vater gezimmert hatte.

Unterwegs trafen sie zwei junge Frauen aus der Kirchengemeinde, der auch Gunnhilds Kusinen angehörten. Diese Gemeinde war progressiv und ermunterte Mädchen dazu, auf Übernachtungstouren zu gehen und eine Ausbildung zu machen.

Nachdem sie die beiden passiert hatten, sprach Gunnhild mit Spott in der Stimme über sie und sagte, dass diese *festlichen Ausflüge* nicht sonderlich festlich wirkten, und sie äußerte sich besonders kritisch über die eine der beiden, die offenbar in Bergen das Lehrerinnenseminar besuchte.

Bertha dachte an Hanna und deren Traum von einem eigenen Laden.

»Wenn Frauen in ein gewisses Alter kommen, müssen sie sich entscheiden«, sagte Gunnhild.

Bertha betrachtete Tordis.

»Aber … vielleicht haben sie das Gefühl, dass …«

»Was denn?«

»Na, dass die *Arbeit* … dass sie in der Arbeit aufgehen?«

»Dass die Arbeit wie Kinder für sie der Sinn des Lebens ist? Nicht nur eine Verdienstmöglichkeit?«

»Ja. So ungefähr?«

Bertha hörte, wie falsch das klang. Frauen gingen nicht in der Arbeit auf. Sie verrichteten eine Arbeit und gingen in der Familie auf.

Aber die Tage im Laden waren doch wohl nicht sinnlos, weil etwas anderes eine größere Bedeutung besaß?

»Du hast doch wohl nicht vor, zur Frauenrechtlerin zu werden? Dafür zu kämpfen, dass Frauen ihre Rechte behalten, wenn sie heiraten, *and so on*?«, fragte Gunnhild.

Bertha schüttelte den Kopf. »Nein.«

Aber sie wusste nicht, ob das stimmte. Sie hatten einmal darüber gesprochen, dass Frauen der Befehlsgewalt ihres Mannes unterstanden. Gunnhild meinte, die, die von mündigen Ehefrauen redeten, seien überspannt und neurotisch und hätten offenbar den Falschen geheiratet. Die Frauenrechtlerinnen zerstörten und verleumdeten das, was von jeher die Aufgabe der Frauen gewesen sei.

Nachdem Bertha die Sache durchdacht hatte, stimmte sie Gunnhild zu.

Als sie das Studio betraten, wandte sich der junge Assistent des Fotografen sofort Tordis zu. Er bewunderte ihr weißes Kleid mit den Puffärmeln und brachte sie zum Lachen.

Er hielt Bertha für die Mutter und fragte, ob er sie auf der kleinen Bank aufnehmen dürfe, die im Studio aufgestellt war.

»Können Sie das Kind auf den Schoß nehmen?«, fragte er.

Bertha lächelte und hob Tordis auf ihren Schoß.

»Wie alt ist sie?«

»Fast ein Jahr«, sagte Bertha.

Der Assistent zwinkerte ihr vielsagend zu, er wollte sicher andeuten, dass es nicht mehr lange dauern könnte, bis das nächste Kind kam. Dann stellte er die Lampen dorthin, wo er sie haben wollte, und zog die drei Beine der Kamera im passenden Abstand auseinander. Alles musste richtig eingestellt sein, wenn gleich der Fotograf zu Werke ging.

Aber dann ging Gunnhild zur Bank und zog Tordis' Kleid gerade.

»Schon brav auf *auntie's lap* sitzen«, sagte sie und küsste Tordis, die jetzt zu ihrer Mutter wollte.

Das nun folgende Bedauern des Assistenten war übertrieben und fast peinlich, da es wirklich kein entsetzliches Missverständnis gewesen war. Aber er bat mehrmals um Entschuldigung, als ob er Gunnhild beleidigt hätte.

»Das ist doch nicht der Rede wert«, beteuerte sie.

Aber sie protestierte nicht, als der Assistent es nicht richtig fand, dass die Tante das Kind auf dem Schoß haben sollte, als ob sie die Mutter wäre.

»Das macht einen falschen Eindruck«, sagte er.

Das Foto, das an diesem Nachmittag von Bertha und Tordis gemacht wurde, glich Zauberei und zugleich einer Demütigung. Denn der Assistent holte einen hohen Schemel, auf dem Tordis sitzen sollte.

Er musterte Berthas dunkelblaues Kostüm, dann zog er als Hintergrund ein himmelblaues Rollo herunter. Die Farbe, meinte er, passe zu ihrer langen Jacke mit den Knöpfen, die ein gutes Stück über ihren weiten Rock reichte. Unter der Jacke trug sie eine weiße Bluse, aber davon waren nur die Rüschen am Hals zu sehen, wie aufragende Blätter einer Margerite, die sich am Abend geschlossen hatten.

Als Johannessen endlich hereinkam, begrüßte er Bertha und Gunnhild und schien einige kleine, unwichtige Details zu korrigieren. Danach bat er Bertha, sich links auf die Bank zu setzen, und fragte, ob Gunnhild Tordis auf dem Schemel platzieren könne.

Tordis ließ sich neben Bertha setzen.

Als Gunnhild beiseitetrat, legte Bertha Tordis die Hand in den Rücken, damit die Kleine nicht herunterfiel.

Es war nur Zeit für zwei Belichtungen, dann wollte Tordis wieder herunter.

Als sie gerade das Atelier verlassen wollten, hörte Tordis einen Knall und das Geräusch von etwas, das zerbrach. Sie fuhr herum und sah, dass der Schemel umgekippt war. Der Assistent griff sich an den Kopf, als er entdeckte, dass der Schemel zerbrochen war und der kleine runde Sitz, auf dem Tordis vorhin gesessen hatte, nun wackelnd über den Boden kullerte, um dann an der gegenüberliegenden Wand zum Stillstand zu kommen.

Als sie draußen standen, fing Bertha an zu kichern. Sie verstand das Gefühl nicht, das da in ihr aufstieg.

»Was hast du gesagt?«, fragte Gunnhild.

»Ich habe nichts gesagt«, antwortete Bertha.

»Ich hab doch gehört, dass du etwas gesagt hast.«

»Dann musst du nächstes Mal besser zuhören«, sagte Bertha.

Genau. Sollte sie von jetzt an freche Antworten geben?

Man darf nicht zu lange warten, hatte Gunnhild vorhin betont. Jetzt war die Zeit offenbar nicht mehr auf ihrer Seite.

17

Sie wollten rudern gehen. Es war ein Samstagnachmittag Anfang Juni, und Bertha und Hanna liefen den Weg entlang zum Bootshaus in der nördlich vom Krankenhaus gelegenen Bucht. Hanna hatte sich von einem Stammkunden im Laden ein kleines Boot leihen dürfen.

Es war sonnig und windstill. Bertha folgte Hanna über den Weg, auf dem nur für eine Person Platz war.

Bertha trug ein leichtes zweiteiliges Sommerkleid, am Hals offen, auf dem Kopf hatte sie einen flachen Baumwollhut, und über dem Arm trug sie einen Korb mit einer Flasche Kirschsaft und zwei Tassen.

Hanna hatte ein oft getragenes gestreiftes Kleid aus Seidentaft mit einem schmalen Samtgürtel an. Darüber eine kurze Friesjacke, die einem Uniformrock ähnelte. »Sehr praktisch beim Rudern«, hatte sie erklärt, als sie sich getroffen hatten, obwohl Bertha gar nicht gefragt hatte.

Außerdem hatte Hanna einen Rucksack mit einer Decke, weiteren Kleidungsstücken und dem Proviant dabei, den Bertha zubereitet hatte.

»Es ist nicht so weit«, sagte Hanna, ohne sich umzudrehen.

»Kein Problem. Ich habe gute Schuhe.«

Das stimmte nicht, denn ihre Schuhe waren ein bisschen zu eng, doch sie lachte, weil sie sich über alles freute; den Tag und die Anspannung, weil sie rudern würden. Sie wollten bis zur äußersten kleinen Insel von Vindkjeftsholmene.

Bertha kannte vor allem Boote, die von Fährmännern gelenkt wurden und zu den Inseln übersetzten, wo Familie Torgersen Bekannte hatte. Ansonsten fand man Frauen auf Vergnügungsfahrten auf Gemälden, mit Männern am Ruder, die Frauen saßen zurückgelehnt in weißem Kleid und mit Sonnenschirm da. Wenn Bertha es sich recht überlegte, hatte sie noch nie eine andere Frau als Onanda, die Tochter des Leuchtturmwärters, in einem Ruderboot gesehen, selbst wenn das Meer vor zappelnden Fischen geradezu siedete.

Nun fing Hanna an zu singen, in schnarrendem Englisch: *»Row, row, row your boat, gently down the stream. Merrily, merrily, merrily, merrily. Life is but a dream.«*

Bertha stimmte ein. Sie gingen hintereinander her – und sangen. *Life is but a dream.* Keine von ihnen sprach Englisch, aber diesen Text verstanden sie. Denn auch wenn es nicht ganz perfekt klang, so war es doch wie ein Traum.

Hinter Hanna herzugehen, ihre tiefe Stimme zu hören, kam Bertha vor, als schreite sie durch einen warmen Strom, der alles andere aussperrte: Jostein Olsen, die Familie in Haugesund, die Sehnsucht nach der kleinen Tordis, die Arbeit im Laden.

Das Boot war alt und schön. Es war aus Kiefern- und Eichenholz, spitz und acht Bootsellen lang. Es wiegte sich schläfrig im Wasser zwischen zwei Felskuppen. Das Bootshaus erhob sich darüber wie eine Schale.

»Ist es nicht wunderschön?«, fragte Hanna und nahm

ein Ruderpaar von einem Querbalken oben unter dem Dach.

»Doch, sehr. Kann ich irgendwas tun?«

»Du kannst schöpfen.«

Bertha fand eine Schöpfkelle und stieg vorsichtig in das Boot. Sie blieb einen Moment stehen, um das Gleichgewicht zu finden. Die Sonne, die in den Schuppen schien, brachte das teerbraune Holz zum Funkeln.

»Es kommt wohl aus Hordaland«, sagte Hanna, während sie ein Tau aufrollte. »Siehst du, wie das Halsbrett geformt ist?«

»Ja.« Es fiel senkrecht ins Wasser ab.

»Und darüber ist es so gut wie waagerecht.« Hanna zeigte auf die Stelle, wo der Hals des Bootes ganz vorne den Boden erreichte.

Hanna lächelte, während sie mit einem Fuß auf der Reling und dem anderen auf dem Fels balancierte.

Bertha sah, dass der Hals des Bootes gebogen war. »Das sieht fast aus wie eine Pflugschar.«

»Ja. Und bald pflügen wir zum anderen Ufer rüber«, sagte Hanna.

Als das Boot bereit war, schob Hanna es mit dem einen Ruder aus dem Bootsschuppen, dann setzte sie sich auf die mittlere Ruderbank, Bertha ihr gegenüber. Nun befestigte Hanna die Ruder sicher in den Dollen und ruderte einige Meter rückwärts, bevor sie das Boot mit tänzelnder Leichtigkeit auf den richtigen Kurs brachte.

Es gab eine leichte Dünung, der Wind dagegen war nicht der Rede wert.

Wie anders hier draußen alles wirkte!

Eine Art wilde Lustigkeit breitete sich in Bertha aus, als ob sie über alles lachen könnte.

»Vindkjeftholmene!«, rief sie plötzlich und riss sich den Hut vom Kopf. Winkte damit, als ob die Insel, die sie sich ausgesucht hatten, auf sie wartete.

Hanna schüttelte den Kopf, lächelte aber.

»Da kann doch jemand meinen, wir seien in Seenot geraten«, sagte sie und legte sich in die Riemen.

Aber die Leute an Land existierten nicht. Und die an Bord anderer Boote und Schiffe auch nicht. Alle andere schienen zu verschwinden. In Ruderschlägen und Wellenrauschen zu versinken.

Sie wollte für immer in diesem Boot bleiben. Das kalte Wasser unter der rechten Hand spüren, die sie nun über die Seite hängen ließ. Hanna beobachten, die die Ruder beherrschte, als wäre sie an Bord eines solchen Bootes geboren. Sehen, wie sie sich vorbeugte und sich abstieß, wenn sie das Wasser mit den Rudern zurückdrängte.

Ja. Sie durchpflügte das Meer. Zog sich und Bertha hindurch wie ein Pferd. Ihr Oberkörper wirkte in dem Moment, wenn sie sich zu Bertha vorbeugte, vollkommen locker, aber wenn sie die Ruder zu sich heranzog, war er in purer Konzentration gespannt.

Das Geräusch des schäumenden Wassers, die Wellen und das *Switsch* beim Abstoßen. Switsch. Switsch. Switsch. Das Wasser, das von den Ruderblättern tropfte, wenn sie nach hinten glitten und angehoben wurden. Die Kraft in Hannas Körper, wenn sie das Wasser zu Bertha hinschob. Wieder und wieder, während sich die Inselgruppe vor ihr im Sonnenlicht ausbreitete.

Ein prickelndes Glücksgefühl, weil sie im selben Boot saß wie dieser hypnotisierende Mensch.

Die Insel, die sie sich ausgesucht hatten, war verwittert und felsig, wies in den Felsspalten jedoch grüne Grasbüschel auf. An vielen Stellen wuchsen dicht nebeneinander hohe rosa Federlilien, die im Wind wehten. Sie zogen das Boot gemeinsam in eine Bucht, und Hanna holte das Tau, um das Boot an einem Felsen festzumachen. Mit dem Tau in den Händen wirkten Hannas Pranken geschmeidig und flink.

»›Das hier darfst du nie vergessen‹, hat er gesagt.«

»Dein Vater?«

»Mm.«

»Was ist das für ein Knoten?«

»Doppelter Halbschlag. Die Königin der Halbschläge.« Hanna lächelte selbstsicher und setzte sich den Rucksack auf. Bertha nahm den Korb. Sie gingen über die Felsen, die nach Westen schauten. Dort waren die Grasbüschel vertrocknet, und das Gestein wies dunkle Flechten auf. Sie fanden eine Mulde mit Blick auf das Meer. Leichte Wolken bildeten einen dünnen, gelben Schleier, der über der grauen Decke schwebte, die Hanna nun ausbreitete.

»Bitte, nimm Platz«, sagte sie.

Bertha setzte sich.

Hanna blieb stehen.

Bertha zog Schuhe und Strümpfe aus und massierte sich die Füße. Die Felsen gaben eine behagliche Wärme ab. Bertha schaute aufs Meer hinaus.

»Schön«, sagte sie.

»Finde ich auch.«

»Und still, obwohl ein wenig Wind geht.«

»Ja.«

Eine Zeit lang sagte keine von ihnen etwas, denn sie lauschten auf Geräusche aus Visnes, die sie nicht hören konnten. Keinen Lärm aus dem Bergwerk, von Maschinen und dem Brechen der Steine, von den Eisenbahnwagen auf den Schwellen, von Pferden oder Menschen, die unten im Hafen Steine und andere Güter löschten.

Sie vernahmen nur das Geräusch des Meeres, das am Fels hochzüngelte, das aufgab und sich zurückzog, um dann abermals hochzuzüngeln.

Es roch auch nach nichts, weder nach Rauch, der rund um die Uhr aus Schloten und Schornsteinen aufstieg, noch nach Kohle und Essen, noch nach Dung auf den Feldern oder Latrinen und privaten Abtritten.

Hier roch es nur nach Salz, nach warmem Stein. Als ob es Visnes gar nicht gäbe.

Hanna kehrte dem Meer den Rücken zu und zog die Jacke aus. Ihr war warm vom Rudern.

Das Oberteil ihres Kleides hatte große dunkle Flecken unter den Armen. Ein Schweißtropfen lief an ihrem Hals hinab. Die Brüste unter dem Stoff waren klein und saßen weit auseinander.

Bertha dachte an Frau Stange, die meinte, warmes Wetter verleite junge Menschen zu Unmoral, weil sie sich leichter anzogen und es überall versteckte Treffpunkte gab.

Sie ließ ihren Blick zu einem Grashalm wandern. Und zu einem winzig kleinen Marienkäfer, der emsig nach oben kletterte. Sie sagte: *»Flieg, flieg, flieg, Marienkäfer flieg! Flieg hoch hinaus, vorbei an meinem Haus.«*

»Schön«, sagte Hanna, die noch immer dastand.

Der Marienkäfer hielt ganz oben an dem hohen, wehenden Halm inne. Bertha hielt ihren Zeigefinger daran, um für den Käfer eine Brücke zu bilden. Aber der Käfer bewegte sich nicht.

»Da drinnen sind es hundert Grad.« Hanna öffnete die weinroten Knöpfe an ihrer Brustpartie, band den Gürtel auf und ließ das Kleid auf die Felsen fallen. Sie trat heraus wie ein Kind. Dann streifte sie die groben Schuhe ab und rollte ihre Strümpfe herunter. Unterhemd und Unterhose waren groß und aus grauer, verschlissener Baumwolle. Sie klebten an ihrem Leib.

Bertha konnte ihren Blick nicht von Hanna lösen.

Beim Essen erzählte Hanna von Zeichnungen und Bildern, die sie gesehen hatte, von einer riesigen Statue, die gerade in Amerika aufgestellt wurde.

»Eine Freiheitsgöttin«, sagte sie.

»Eine Statue von einer Frau?«

Hanna nickte und sagte, die Statue sei ein Geschenk der französischen Bevölkerung und aus Kupfer, das hier aus Visnes stammte. Und die Werft arbeite an einer Werbekampagne für Visnes-Kupfer.

»Erinnerst du dich nicht an die vielen französischen Schiffe, die im Herbst hier gelegen haben?«

»Doch, ja.«

»Sie, die Göttin, soll eine riesige Fackel in der Hand halten, und diese Fackel soll die Aufklärung symbolisieren.«

»Aber eine Statue von einer Frau«, sagte Bertha noch einmal.

»Ist das nicht schön?«

»Ich weiß nicht. Doch.«

»Und in der anderen Hand soll sie eine Tafel halten, auf der steht: 4. Juli 1776. An dem Tag hat Amerika ein Gesetz bekommen, das besagt, dass alle Menschen von Geburt an gleich sind.«

»Aber das sind sie doch nicht. Von Geburt an gleich.«

»Nein. Aber Gott hat allen ein Leben gegeben. Und er hat gesagt, dass alle ein Recht haben, nach dem Glück zu streben.«

Als Bertha an diesem Abend allein in ihrer Kammer war, erhielt das drängende, unklare Gefühl in ihr endlich einen konkreten und begreiflichen Ausdruck. Sie wünschte, dass Hanna sie anfasste. Wünschte, sie wären dicht beieinander. Und Hannas Hände berührten sie. Hielten sie fest.

Sie wollte nicht daran denken. Wollte nur im Bett liegen, an gar nichts denken, die Minuten durch ihren Körper rinnen lassen, wie Sand durch ein Stundenglas. Kitzelnd. Sickernd. Durch ihren Körper.

Nicht denken.

Sie wurde von Licht geweckt, das durch das Fenster hereinkam, sie war schweißnass, aber es war Sonntag, und der Gottesdienst begann erst um elf. Sie versank in tagträumerische Bilder und machte keinen Versuch, diese aufzuhalten. Hanna ging vor ihr her über den Weg zum Bootsschuppen. Ihre Gestalt bewegte sich wogend durch die Landschaft. Dann wollte Bertha plötzlich von Hanna gerettet werden und stellte sich Flammen vor, und Hanna, die sich umdrehte, ganz klar und deutlich, auf der anderen Seite der flirrenden Hitze. Ihr Mund, die markante Nase, die Haare, die eindringlichen Augen. Mit starken Armen hob sie Bertha über die Flammen, zu sich.

Bertha drehte sich zur Wand und sah die Blumen auf der Tapete an. Wenn sie schon solche Gedanken hatte, dann müssten die doch wohl einem Mann gelten?

Sie schlug die Decke zur Seite und setzte sich auf. Stellte die Füße auf den Boden. Machte Hanna Vorwürfe. Wie sie hier so auf dem Bett saß, hatte sie einem anderen Menschen noch nie eine solche Abscheu entgegengebracht. Einem Menschen, den sie zu kennen *glaubte.* Denn wer war Hanna, die solche Gedanken in ihr ausgelöst hatte?

Die sich in ihren Kopf eingeschlichen hatte und dort ihr Unwesen trieb wie ein Luzifer?

Der schwedische Pastor in Avaldsnes hatte einmal gesagt, der Teufel zeige sich den Menschen ab und zu als Schlangenbrut und kriechendes Gewürm.

Sie stand auf, zog das Nachthemd aus und goss aus der Kanne Wasser in die Waschschüssel. Ach, sie war gutgläubig und vertrauensvoll gewesen und hatte etwas an sich herangelassen, das sie für Licht gehalten hatte, jedoch in ihr entsetzliche Vorstellungen auslöste. Ein Troll aus dem Märchen, der ihr Auge zerkratzt hatte, sodass sie jetzt nur noch Zerrbilder sah.

Als sie sich anzog, sagte sie sich, sie wolle nun nicht mehr so viel Zeit zusammen mit Hanna Brummenæs verbringen.

In der folgenden Woche nahm sie Jostein Olsens Einladung an, ihn für drei Tage nach Bergen zu begleiten. Stange hatte gesagt, jedes Ladenmädchen könnte sich im Sommer eine Woche freinehmen.

Da Bertha bei Herr und Frau Stange Kost und Logis bekam, bat sie die beiden um Erlaubnis, allein mit einem jungen Mann verreisen zu dürfen. Frau Stange hielt es für ungehörig, gab dann aber nach, als ihr Mann sich für Steiger Olsen verbürgte, der hart arbeitete und zuverlässig war.

18

Sie war noch nie in einer Stadt wie Bergen gewesen. Diese Stadt zog ihre Aufmerksamkeit geradezu an.

Hier gab es große Menschenmengen und blank polierte Kutschen, hohe und reich verzierte Gebäude mit gestreiften Baldachinen über dem Eingang. Touristen aus England und Deutschland, aber auch Norweger, die mit dem Dampfer anreisten. Wohlhabende Frauen in farbenfrohen Kleidern, mit hochgesteckten Haaren, die aussahen wie Skulpturen. Herren mit optimistischen Schnurrbärten oder vornehm zurechtgestutzten Vollbärten und Zylindern stolzierten einher mit Spazierstöcken mit Handgriffen aus geschnitztem Ebenholz, Elfenbein oder aus Silber.

Die Armen sahen aus wie die Armen in Haugesund oder Visnes und wurden gleichsam unsichtbar zwischen Restaurants, Kaffeehäusern, Konzertsälen und Theatersalons.

Wenn Bertha versehentlich an Hanna dachte, erschien ihr deren Bild lächerlich. Wie hatte sie Hanna für schön halten können? Schön waren doch diese Frauen, die in edlen seidengrünen Kleidern mit kleinen Schritten über Torgalmenningen trippelten, die wussten, wie man sich anzog, wie man sich bewegte. Beim Anblick eines großen, mit Federn geschmückten Hutes dachte Bertha an

Hannas alte Melone. Und an ihre großen Schritte – wusste sie nicht, dass sie wie ein Narr ging?

Immer wenn der Gedanke an Hanna auftauchte, ließ Bertha diese Vorstellung beim Anblick von allem verschwinden, das sie umgab. Die Vorstellung verschwand angesichts einer Frau, deren Stimme vor Zorn wegen eines Kindes laut wurde, verschwand bei einem Schauermann mit einer Seekiste über der Schulter, der einen tätowierten Anker auf dem Unterarm hatte. Wurde zu Mitleid bei einem Mann, der apathisch auf einer Kiste saß und die Hände zwischen seinen Beinen baumeln ließ. Wurde zu Faszination bei einer Frau in Ölzeug, die unten im Hafen Kabeljau und Seelachs in Papier wickelte, und bei einem Zeitungsjungen, der die letzten Nachrichten herausschrie.

Sie war zerstreut, als Jostein für sie beide in einem Kaffeehaus einen Tisch fand.

»Möchtest du Zucker?«

»Entschuldigung?«

»Raffinade?«

»Kann das stimmen?«

Er lächelte. »Raffinade im Kaffee?«

Sie nickte.

»Hast du Angst, krank zu werden?«

»Ich weiß nicht.«

»Ja, manche werden offenbar krank – zuckerkrank.«

»Ich habe überlegt, ob der Kaffee lange genug gekocht hat.«

»Das hat er sicher«, sagte er und ließ ein Stück harte Raffinade in ihre Tasse fallen. Sie rührte mit einem Holzlöffel um.

Jostein Olsen war vielleicht enttäuscht. Er hatte sie in seine Heimatstadt eingeladen, während sie Gedanken hatte, die losen Tauenden glichen. Sie musste die Gedanken zusammenführen.

Sie dachte: Es ist unmöglich für einen Junggesellen, eine Bekanntschaft mit einer jungen Frau zu pflegen, ohne die Erwartung zu haben, dass etwas dabei herauskommt. Tat sie so, als hätte sie nicht verstanden, worauf sie sich eingelassen hatte? Obwohl sie ihn bezahlen ließ? Wer war sie, wenn sie mit Jostein Olsen zusammen war?

Das wusste sie nicht.

Er würde bei seinen Eltern übernachten, sie dagegen war im größten Hotel der Stadt untergebracht, dem Holdts, mitten auf dem Ole Bulls plass. Dort würde sie in einem Bett in einem größeren Zimmer für Frauen schlafen, für sechzig Öre die Nacht. Drei Nächte machten eine Krone und achtzig Öre. Da schuldete sie ihm ein gewisses Entgegenkommen.

Sie würden seine Mutter besuchen, der Vater war auf der Arbeit, aber Jostein hatte gesagt, es sei ihm nur recht, dass der Vater bei ihrem Besuch nicht zu Hause sein würde.

Wen erwartete diese Mutter wohl? Die Verlobte ihres Sohnes? Das war, als ob man sich einen fremden Namen gäbe.

Jostein hatte geschrieben und ihren Besuch angekündigt. Beruhigend hatte er gesagt, seine Mutter freue sich bestimmt.

Nachdem sie Kaffee getrunken hatten, gingen sie nebeneinander über die gepflasterte Straße.

Bertha merkte, wie entspannend es war, dass niemand sie anstarrte oder eine Augenbraue hob. Als ob sie aussah wie eine Frau, die mit Fug und Recht dicht neben einem Mann herging.

Sie liefen durch enge Gassen, vorbei an einem schmalen

Durchgang, wo es nach offener Kloake stank. Die Häuser wurden immer kleiner und ärmlicher, die Straßen wimmelten von schmutzigen Kindern, die in einer Sprache schrien, die Bertha problemlos verstehen konnte, auch wenn die Wörter fremd waren. Eine Frau mit tief in die Stirn gezogenem Kopftuch ging mit gesenktem Kopf an ihnen vorbei, sie hatte ein in Packpapier gewickeltes Paket in der Hand. Vielleicht hatte sie etwas vom Schlachter bekommen. Gleich darauf kam ihnen eine weitere Frau entgegen, die die Augen nicht gesenkt hatte, sondern Bertha verachtungsvoll anstarrte, sie ließ ihren Blick über Berthas Kleid bis zu den Schuhen wandern und spuckte auf den Boden. Auf den Hinterhöfen waren Tiere, ein Hahn krähte, obwohl es später Vormittag war, Schweine grunzten. Bertha hörte Klirren, Hundegebell und aus einem Fenster laute Rufe.

Das kleine rote Haus, in dem Familie Olsen zwei Zimmer gemietet hatte, war wie die meisten anderen Häuser heruntergekommen, aber innen roch es nicht nach Schimmel, und die Stube war sauber und hatte verblichene blaue Vorhänge an den Fenstern. Anna Olsen lächelte mit geschlossenem Mund, während sie *Donassen* servierte, ein rundes Gebäck mit einem großen Loch in der Mitte. Sie saßen an einem kleinen Küchentisch. Frau Olsen wirkte freundlich, fast zu sehr, aber auch ruhelos. Sie überschüttete Bertha mit Komplimenten, für alles von den Schuhen über die Handtasche bis zu dem seidenen Halstuch. Und sie bedankte sich übertrieben für die Räucherwurst, die Bertha ihr mitgebracht hatte. Sprang immer wieder auf und lief theatralisch hin und her, machte noch ein Kompliment für das Halstuch und ließ Bertha beim Essen nicht aus den Augen, legte ihr noch eine Donasse auf den Teller.

Als sie gehen wollten und Anna Olsen sich mehrmals für den Besuch bedankt hatte, ließ Bertha ihr Halstuch zurück. Sie ließ es über der Rückenlehne des Holzstuhls hängen und warf Jostein einen Blick zu, der besagte, er solle nicht protestieren.

Vor der Tür sagte er, sie sei *ein guter Mensch*, und hielt ihr seinen Arm hin.

War sie das wirklich? Was bedeutete es, ein guter Mensch zu sein? Sie hakte sich bei ihm ein. Er meinte, sie sei klug, weil sie seiner Mutter auf diese Weise ein Geschenk gemacht hatte, sodass sie es nicht abzulehnen brauchte. Aber dann fing er an zu übertreiben, genau wie seine Mutter. Schließlich wirkte seine Dankbarkeit fast demütigend. Als ob er sich über sie lustig machte.

Als ob sie die Regeln nicht begriff.

Gegen fünf Uhr machte sie sich im Gemeinschaftsbad auf dem Gang zurecht. Sie hätte sich gern auf das Essen im Hotel gefreut. Jostein hatte einen Tisch auf der großen Dachterrasse mit Blick auf Torgallmenningen bestellt und erzählt, dass das Restaurant des Holdt für sein gutes Essen berühmt sei.

Jetzt kam es ihr dumm und kindisch vor, dass sie sich über Hanna so geärgert hatte. Sie hatte ja wohl keinen Grund, Hanna böse zu sein, weshalb auch? Sie schaute in den Spiegel und sagte sich, dass Hanna nichts mit der Stadt Bergen zu tun hatte.

Sie wollte sich freuen. Zum zweiten Mal würde sie mit Jostein Olsen zusammen essen, aber zum ersten Mal in einem feinen Restaurant, ganz anders als in der Brasserie.

Hanna hätte über ihre Nervosität gelächelt.

Als Bertha am nächsten Morgen früh erwachte, blieb sie im Bett liegen und lauschte auf die Geräusche der anderen Frauen im Zimmer. Die, die im Nebenbett lag, atmete ruhig und gleichmäßig, weiter hinten im Raum war ein tiefes Schnarchen von einer übergewichtigen Frau zu hören. Es war halbdunkel, da die Vorhänge gefüttert waren, damit die Gäste nicht von der Sonne geweckt würden.

Hanna fühlte sich unwohl. Das Essen war entsetzlich gewesen, es war noch immer entsetzlich, und niemand anderes war daran schuld.

Zum Glück hatte er sie wiedersehen wollen. Sie waren für zwölf Uhr vor dem Hotel verabredet. Heute würde sie alles anders machen, anders *sein*.

Sie blieb so still liegen, wie sie nur konnte, um die anderen nicht zu wecken. Sie zwang sich, in Gedanken jeden einzelnen Augenblick des Vorabends noch einmal durchzugehen.

Ehe das Essen serviert wurde, hatte Jostein seine Hände über den Tisch ausgestreckt und gefragt, ob sie ihn heiraten wolle. Einfach so, ohne Einleitung, ohne sich zu räuspern oder die Frage auf irgendeine andere Weise vorzubereiten.

Sie hatte Atem geholt, gedacht, es müsse an dem Wein liegen, den sie getrunken hatten, gedacht, sie hätte doch *etwas* ahnen müssen. Gedacht, sie werde Ja sagen. Mit überraschender Gewissheit hatte sie auch gedacht, dass sie nur diese eine Chance haben würde.

Jostein war ein sympathischer Mann. Sie hatte auf ihren Schoß gestarrt, ihr war eingefallen, dass schöne Frauen nicht zu Boden schauen sollten, weil das ihren Nacken verletzlich machte, dass sie den Kopf schräg legen müsste. Sie hatte die Tischdecke betrachtet.

Dann dachte sie: Habe ich ihm schon geantwortet? Habe ich Ja gesagt?

Sie sah sich von außen, ihren Körper auf dem Stuhl, ihre Hände, sie lagen doch auf ihrem Schoß? Unsicher, ob sie schon gesagt hatte, dass sie Jostein Olsen, der ihr gegenübersaß, gern heiraten wollte.

»Bertha?«

»Ja?«

»Was sagst du? Willst du?«

Ja, das war das Leben, das sie haben wollte. Kleine Kinder wie Tordis. Dann dachte sie, dass er so hilflos aussah und sie ihn retten müsste. Aber wenn jemand hier hilflos war, dann doch wohl sie? Sie, die nichts geahnt hatte. *Er* hatte es gewusst, sie mit einer Hand im Rücken an den Tisch ganz am Rand geführt. Aber hatte sie nicht mitgespielt? Warum wäre sie sonst mit ihm nach Bergen gekommen?

Dennoch fand sie das kurze, einfache Wort nicht.

»Stimmt etwas nicht?« Er machte ein ängstliches Gesicht.

Sie schüttelte den Kopf. Aber etwas stimmte nicht. Weil sie den Blick nicht zustande brachte, den er sich wünschte. Sie war einfach unfähig, ihm in die Augen zu schauen, lächelnd zu nicken und Ja zu sagen.

Und danach? Ja, dann hatte der Kellner am Tisch gestanden und gefragt, ob sie noch mehr trinken wollten, und Bertha hatte gemerkt, dass ihr Glas leer war. Dass sie alles ausgetrunken hatte. Dass ihr schlecht war. Und dann war eine Mücke auf der Tischdecke gelandet, den Leib schwer von Blut, und sie war sicher gewesen, dass es sich um *ihr* Blut handelte. Sie versuchte, nach der Mücke zu schlagen, aber dabei stieß sie ihr Glas um, und alles in ihr wirbelte herum wie bei einer Wahnsinnigen.

»Bertha«, sagte Jostein ganz ruhig. »Sieh mich an.«

Sie hatte ihn angesehen. Und begriffen, dass er glaubte, sie wolle sich zieren und die Schwierige spielen. Er hatte sie angesehen, mit irritierter Miene, durchaus nicht verletzlich und voller Zweifel, wie sie zuerst geglaubt hatte.

Danach wurde das Essen serviert, und Jostein sagte, er wisse, sie wäre eine gute Ehefrau, eine gute Mutter, dass sie anfangs in einem der größeren Zimmer in Visnes wohnen könnten, die Paaren und Familien mit einem oder zwei Kindern zur Verfügung stünden. Er hatte alles zweimal wiederholt, als wäre sie schwer von Begriff. Sie brauche sich wegen des Geldes keine Sorgen zu machen, er habe ein schönes Sümmchen beiseitegelegt. Er habe sich vorbereitet, seit sie sich an Bord der Nidelven kennengelernt hatten.

»Es kann so einfach sein. Wir brauchen eigentlich nur eine Fotografie«, hatte er gesagt.

Als wäre ein Fotograf wichtiger als ein Pastor.

Nun drehte sich die schnarchende Frau im Bett um. Sie stieß mehrere tiefe, fast tierische Geräusche aus, ehe es still wurde. Sie waren zu fünft in dem Zimmer.

Bertha drehte sich vorsichtig um. Das Bett knackte. Sie lag ganz dicht an der Wand. Die Tapete war cremeweiß, in der Dämmerung wirkte sie jedoch grau. Beim Denken war sie Bertha keine Hilfe.

Noch immer war alles möglich. Noch immer könnte sie dieses Leben erfüllen. Nicht *vertrocknen,* wie es hieß, sondern den Alltag bekommen, den der Vater und Serine sich für sie wünschten, mit dem die Geschwister rechneten, von dem alle wussten, dass es die richtige und für die Gesellschaft nützlichste Art zu leben war. Sie dachte: Wie glücklich sind eigentlich andere verheiratete Frauen? Verliebtheit ist nicht entscheidend für eine gute Ehe.

Das Zimmer lag nicht mehr im Halbdunkel. Ein harter Streifen Sonne brannte sich über die Betten, im Vorhang war ein Spalt. Was würde Hanna tun? Wie würde sie reagieren?

Einmal hatte sie gesagt, sie werde niemals eine eigene Familie haben. *Das weißt du doch?*

Sie sah zu den anderen Frauen hinüber, die unter ihren Decken lagen. Die im Nachbarbett lag auf dem Bauch. Dunkle, verfilzte Haare hingen über die Bettkante. Ein bloßes, kräftiges Bein ragte unter der Decke hervor. Was für ein Leben hatte diese Frau, wenn sie nicht in einem Hotel in Bergen schlief?

Wie konnte Hanna so sicher behaupten, dass sie keine eigene Familie haben wollte? Hatte sie es immer schon gewusst? Damals, als sie über ihre Zukunftsträume sprachen, hatte sie gestrahlt, als sie von der Manufaktur erzählte. Sie wollte für die Buchführung, den Einkauf, die Einstellung von Verkäuferinnen verantwortlich sein, obwohl sie eine Frau war. Eine Überzeugung, die auf einem Traum aufbaute. Weil sie die Eigenschaft besaß, Menschen dazu zu bringen, sich auf neue Weise zu sehen, wenn sie Kleider heraussuchte, die ihnen perfekt passten. Genau wie Rock, Hemdbluse und Hut zu Hanna passten, sie erschufen.

Genau so schien auch Jostein Olsen sicher zu sein, wovon Bertha träumte.

Hannas Leben. Josteins Leben. Ihr eigenes Leben. Das Leben des Vaters und von Serine. Torger hatte sich seinen

Traum von einem Leben in Amerika erfüllt, und Gunnhild den von einer eigenen Familie. Alle diese Leben, die parallel gelebt wurden.

Könnte sie selbst davon träumen, einen Laden zu führen?

Erst vor acht Tagen waren sie bei den Vindkjeftholmene gewesen. Als zwei Freundinnen. Sie hatte nicht davon geträumt, so schnell nach Bergen zu fahren. Aber dann hatte sie es getan, weil sie es sich plötzlich gewünscht hatte.

Sie hatte ihre Meinung geändert. Ihren Traum verändert.

Sie wusste, dass nach dem Ruderausflug ein Gefühl entstanden war, das sie nicht mehr zu fassen bekam. Ihre Erinnerung reichte nicht weit genug zurück.

Sie würde Jostein ihr Jawort geben.

Aber sie wusste nicht, wie sie sich das vorstellen sollte. Denn der Gedanke, mit ihm intim zu sein, mit ihm verbunden, war … nicht abstoßend, aber auch nicht anziehend. So ging es vielen, oder nicht?

Das, was er am Vorabend gesagt hatte, war ein Geständnis, er wollte sie heiraten. Und wenn sie Ja sagte, gab es Pflichten, die man erfüllen und an die man sich gewöhnen musste. So schwer brauchte das alles doch nicht zu sein.

Wie verabredet stand er ein Stück vom Hoteleingang entfernt, unter der großen Eiche. Ein Mann, der sein Wort hielt. Er rauchte eine Zigarette.

»Guten Morgen«, sagte Jostein, als sie näher kam. Er war barhäuptig.

»Guten Morgen«, sagte sie.

Er wirkte überhaupt nicht verlegen nach dem gestrigen Abend.

»Komm«, sagte er. »Wir machen einen Spaziergang. Das Wetter ist doch perfekt.« Er lächelte und schaute zum Himmel hoch, der weit und sommerblau war.

»Gern.«

Jostein sah sie nicht an. Bot ihr nicht den Arm.

»Jostein … gestern … es tut mir leid, dass …«

Er unterbrach sie. »Das ist schon in Ordnung. Mir tut es nicht leid.«

»Wie meinst du das?«

»Wir hätten fast einen Fehler gemacht. Nicht wahr?«

Seine Stimme klang hart. Machte er sich lustig über sie? Weil sie Wein getrunken hatte?

»Ehrlich gesagt, Bertha.« Er blieb stehen, obwohl sie noch nicht weit gegangen waren.

Sie blieb ebenfalls stehen. Er schaute die Zigarette in seiner rechten Hand an, machte einen Zug und folgte dem Rauch mit seinem Blick.

»Wir tun einfach so, als hätte es den Abend gestern gar nicht gegeben.«

»Nicht gegeben?«

»Wir vergessen das Ganze.«

»Deinetwegen oder meinetwegen?«

»Spielt das eine Rolle?«

»Du willst also doch nicht?«

»Nein«, sagte er. »Stimmt. Ich will doch nicht.«

Sie nickte mehrmals. Das Gefühl, das sie erfüllte, überraschte sie. Nicht eine Sekunde lang hätte sie damit gerechnet. Aber es war eine Erleichterung.

»Es ist also in Ordnung?«, fragte er.

»Ja«, sagte sie.

»Kein böses Gesicht?«

»Nein.«

Sie schwiegen eine Weile. Wieder zog er an der Zigarette und ließ den Rauch gewissermaßen in seiner Mundhöhle herumrollen, ehe er grau aus seinen Nasenlöchern quoll. Wie bei einem Stier. Am liebsten hätte sie gelacht.

»Ist das witzig?«

»Ein bisschen.«

»Du findest es also in Ordnung?«

»Ja, es macht nichts.«

Nun sah er sie an, mit forschendem Blick, wie es schien. Vielleicht glaubte er ihr nicht. Oder sie reagierte anders, als er erwartet hatte. Vielleicht hatte er sich vorgestellt, dass sie ihn anflehen oder vielleicht in Tränen ausbrechen würde. Und weil sie das nicht tat, war es irgendwie … anstößig.

»Es war ja nicht so, dass ich das wirklich wollte«, sagte er.

»Ach?«

»Nein, ich hatte mich gedrängt gefühlt.«

»Du hast dich gedrängt gefühlt?«

»Ja. Wegen unserer vielen Treffen. Von Mutter.«

Er sah plötzlich wütend aus. Als ob die Vorstellung, dass er sich gedrängt gefühlt hatte, Wut in ihm entfachte. Als ob er einer groben Ungerechtigkeit ausgesetzt gewesen wäre.

»Ich hatte ein falsches Gefühl«, sagte er. Seine Kiefermuskeln spannten sich an. »Ich fühlte mich falsch«, erklärte er.

»Tut mir leid«, sagte sie.

»Wirklich? Tut es dir leid? Was ist eigentlich los mit dir?«

Sie sagte nichts. Sie wusste nicht, was mit ihr los war.

»Du hast gedacht, ich hätte *Lust*? Nicht wahr?« Er schnaubte höhnisch.

Sie wollte nicht, dass er so redete.

»Sag so was nicht, Jostein. Bitte«, sagte sie.

»Ach, jetzt willst du bestimmen, wann ich reden und wann ich schweigen soll? Während du immer wieder sagen darfst, es tut mir leid, es tut mir leid!«

Sein verzerrtes Gesicht wurde hässlich.

»Ich muss schon sagen, dich zu entschuldigen, das kannst du gut. Wo hast du das gelernt?«

»Ich weiß nicht.« Sie brachte nur ein Flüstern heraus.

Das hier war ein anderer Jostein. Nicht der, der bei Stange in Visnes plaudernd auf der Kramkiste gesessen hatte. Der von zwei nach der Geburt vertauschten Jungen erzählt hatte. Der sie am Vortag seiner Mutter vorgestellt hatte.

Aber dann stimmte es ja wohl doch, dass Freundlichkeit und Interesse im selben Körper wohnten, wie Stolz und Zorn.

»Hast du wirklich gedacht, dass einer, der den ganzen Tag im Bergwerk malocht, dass so einer Lust hat, am Abend nach oben zu kommen und sich zu etwas dermaßen *Männlichem* hingezogen zu fühlen?«

Sie fühlte sich schwer, mit ihren unweiblichen Knöcheln und ihren breiten Handgelenken.

19

Visnes, Frühjahr 1886

Es fehlte nicht an Morphium oder anderen Medikamenten, aber Herrn Stanges Hüftschmerzen ließen nicht nach. Im Gegenteil, fast zwei Wochen, nachdem er im Februar von dem niedrigen Hocker vor dem Regal mit den Konserven gefallen war, lag er zumeist in einer Art Dämmerschlaf in seiner Kammer, und wenn er wach war, stöhnte er und klagte über Übelkeit und Schwindel. Erst abends hatte er Kraft genug für ein kurzes Gespräch.

Bertha wohnte und arbeitete jetzt seit fast zwei Jahren bei Stanges, und Frau Rønnaug Stange meinte, das Ladenmädchen sei für sie beide zu einer unersetzlichen Stütze geworden, »für Betrieb und für Gemütlichkeit«, wie sie sagte. Jetzt sollte Bertha jeden Abend zu Herrn Stange gehen und vom Umsatz des Tages berichten und erzählen, was *da unten,* so nannte er den Laden, passierte. Von Kissen gestützt, saß er im Bett, in einem alten, grauen Hemd und mit Wasser nach hinten gekämmtem Haar, das aussah, als hätte jemand Striche auf seinen Kopf gezeichnet. Seine Beine hatte Frau Stange sorgsam zugedeckt.

Inzwischen hatten sie insgesamt fünf Ladenmädchen,

auch Hanna Brummenæs gehörte dazu. Sie war auf Berthas Empfehlung hin im Oktober eingestellt worden.

Die Geschäfte liefen noch immer gut, obwohl einige von den festen Kunden Visnes verlassen hatten. Im vergangenen Herbst hatte es sich herumgesprochen, dass die Qualität des Kupferkieses nachgelassen hatte und nach und nach nicht mehr so viel gefördert wurde. Aber bei S. J. Stange war das Sortiment trotzdem erweitert worden, und viele kauften nun bevorzugt hier ein. Als Herr Stange Hanna eine halbe Stelle als Einkäuferin der neuen Waren und eine halbe Stellung als Ladenmädchen anbot, hatte sie ihre alte Stellung gekündigt. Und er hatte seine Entscheidung nicht bereut. Hanna zog neue Kundschaft an, indem sie Waren eingekauft hatte, die sich an besondere Kundengruppen richteten. Aus England hatte sie eine Partie Reißverschlüsse bekommen, die viele Frauen sich ansehen wollten, und manche kauften sie auch. Sie durfte sich im Laden eine eigene Ecke mit Wolle aus Sandnes in verschiedenen Farben, Stricknadeln und Häkelnadeln einrichten. Da in Visnes Menschen aus dem ganzen Land wohnten, ließ Hanna Muster und Strickanleitungen aus verschiedenen Landesteilen drucken. Im Laufe des Winters kam es fast zu einem Wettstricken in einem Strickklub, den Frauen aus der Verwaltung gegründet hatten. Sie strickten Trachtenjacken in allerlei alten Mustern.

Und für wohlhabende Herren, die zum Vergnügen angelten, bestellte Hanna für die Seelachsfischerei im nächsten Sommer kunstfertig gebundene Köder. Der Laden sicherte sich zudem das Monopol auf den Verkauf von Angelscheinen, wodurch mehrere der britischen Angestellten der Bergwerksgesellschaft zu Stammkunden des Ladens in Haugen wurden.

Obwohl Stange bettlägerig war, glaubte er seinen Laden in guten Händen, mit Bertha als stellvertretender Ladenchefin und Hanna als *Dampfantrieb,* wie er sagte.

Bertha und Hanna waren noch immer Freundinnen, sie redeten locker miteinander, aber nicht mehr so vertraulich wie früher. Dennoch ging es Bertha gut, sie hatte intensive, geschäftige Arbeitstage, mit viel Kundschaft, Gesprächen und Plänen. Ab und zu sprachen sie und Hanna leise darüber, was sie anders machen würden, wenn der Laden ihnen gehörte. Aber nach Stanges Sturz hörten sie damit auf. Sie hatten auch nie etwas anderes gesagt als »Wenn ich entscheiden könnte, würde die Theke näher am Fenster stehen« oder »Wir könnten einen Baldachin über dem Eingang brauchen«.

Eines Tages sagte Hanna: »Wenn wir Kompagnons werden, verkaufen wir Kleider.«

Kurze und harmlose Tagträume.

»Glaubst du, das kann etwas anderes sein als die Hüfte?«

Hanna saß in dem Kontor zwischen Laden und Bäckerei und beugte sich über das große Rechnungsbuch. Nun schaute sie zu Bertha auf, die gerade Brote holen wollte.

»Meinst du, er hat etwas anderes?«

Hanna nickte. »Der Arzt hat ja gesagt, es sei nichts gebrochen, nur ein übler Sturz. Aber das ist jetzt fast drei Wochen her.«

Sie hatte selbst auch schon daran gedacht. Dass Stange ungewöhnlich schlimme Schmerzen hatte, obwohl nichts gebrochen war. Dass er ebenso oft über Magenschmerzen klagte wie über die Hüfte. Und dass die blauen Flecken nicht verschwanden. Als hätte der Fall auch den Verfall ausgelöst, das Altern.

»Wie alt ist er wohl?«, fragte Bertha.

»Ich weiß nicht. Mitte sechzig, schätze ich.«

Hanna nickte bestätigend angesichts ihrer Einschätzung. »Ich hoffe, er bekommt die Medikamente, die er braucht«, sagte sie.

»Wie meinst du das?«

»Falls er an etwas anderes leidet, falls es nicht nur die Hüfte ist.«

»Aber dann hätte der Doktor das doch untersucht und ihm andere Medikamente gegeben. Er war schließlich einige Tage nach dem Sturz hier.«

»Ja. Aber da hat er nur untersucht, ob etwas gebrochen ist.«

»Und jetzt meinst du, es könnte etwas anderes sein?«

»Aber ich weiß das doch nicht! Ich bin kein Doktor!«

»Nein. Das nun wirklich nicht«, sagte Bertha.

»Entschuldige«, sagte Hanna.

Sie hatte Bertha noch nie um Entschuldigung gebeten. Dazu hatte auch nie ein Grund bestanden. Der etwas scharfe Ton, der sich manchmal bei ihr bemerkbar machte, gehörte eben zu Hanna. Diese Entschiedenheit. Weil sie anders dachte als die anderen Ladenmädchen, anders als Bertha. Als denke sie sich ständig Pläne, Initiativen aus.

Aber nun bat sie um Entschuldigung.

Bertha lächelte ihr zu, ein warmes und nachsichtiges Lächeln, und ging in die Bäckerei.

Als sie einige Tage später bei Stange saß, kam er ihr wie benebelt vor. Er lag eher, als dass er saß, und zum ersten Mal hatte Frau Stange ihm das Hemd nicht anziehen können. Er trug einen gelblichen, verschlissenen Wollpullover, seine Haare waren ungekämmt. Er sprach langsam.

»Die Schmerzen kommen immer plötzlich«, sagte er. »Wie eine Bärenklaue. Das macht mich nervös.«

Er war bleicher als früher, dünner.

Bertha schaute zu dem braunen Glas mit dem Morphium auf dem Nachttisch.

»Helfen die Tropfen?«, fragte sie.

Er nickte. Mit geschlossenen Augen erkundigte er sich nach dem Tag *da unten*. Bertha erzählte. Aber sie dachte vor allem daran, was sich wohl in Stanges Körper abspielte. Ob sich dort etwas befand, das im Laufe der Zeit nicht nachlassen, sondern sich weiter verstärken würde.

Er schlief ein, während sie sprach, und deshalb schlich sie sich hinaus und ging zu Frau Stange in die Stube.

»Er ist eingeschlafen«, sagte Bertha.

»Ja«, sagte Frau Stange. »Ich gehe gleich zu ihm.«

Sie fragte nicht wie so häufig, ob Bertha eine Tasse Tee trinken oder sich einen Moment setzen wollte.

»Er hat so unruhige Träume«, sagte sie nur.

»Weil er Schmerzen hat?«

»Ja, davon gehe ich aus.«

»Kann es etwas anderes sein als die Hüfte, was meinen Sie?«

»Was meinst du?«

»Ich weiß nicht.«

»Nein, das glaube ich nicht«, sagte Frau Stange. »Der Doktor hat gesagt, dass man von diesen Tropfen manchmal so wild träumt.«

»Ach so.«

»Ich kenne mich ja nicht damit aus, aber der Doktor hat erzählt, die Tropfen sind nach einem griechischen Schlafgott namens Morpheus benannt. Und dass sich dieser Morpheus mit Träumen beschäftigt.«

Bertha lächelte. Sie sah plötzlich vor sich, wie der Arzt und Frau Stange flüsternd die Köpfe zusammensteckten.

»Deshalb heißt es also Morphium?«, fragte sie.

»Ja. Und Morpheus ist der Sohn von Hypnos. Und Hypnos hat tausend Söhne, für jedes Traumgesicht einen.«

»Das ist doch eine schöne Vorstellung.«

»Das ist natürlich nur ein Mythos«, sagte Frau Stange und bekreuzigte sich.

»Ja. Natürlich.« Bertha nickte. Sie wusste, dass Rønnaug Stange alle Gleichnisse und Erzählungen anzweifelte, die nicht aus der Bibel stammten.

Bertha war erschöpft, aber nicht müde, und als sie im Bett lag, starrte sie noch lange in die Dunkelheit. Sie fragte sich, was aus ihr werden würde, wenn Stange starb. Dann wanderten ihre Gedanken weiter zu Jostein Olsen, den sie seit der Reise nach Bergen nur noch wenige Male gesehen hatte, im Vorübergehen, und nach dem niemand gefragt hatte. Olsen war ein verschwundener Mann. Aus einem verschwundenen Leben. Sie hatte schon lange nicht mehr an seinen Antrag gedacht, den sie in Gedanken nur *Bergen* nannte und von dem sie niemandem etwas erzählt hatte. Eine Ehe mit ihm hätte sie nicht ertragen.

Da war es besser, hier zu sein, im Bett in ihrer eigenen Mansardenkammer. Ein Mansardenleben zu führen.

Wenn wir Kompagnons werden.

Kompanie. Was *Brüdergesellschaft* bedeutete.

Gab es wirklich eine solche Möglichkeit?

Im Laufe der nächsten Wochen sagte Stange mehrmals, dass er den Laden verkaufen wollte. Falls er nicht wieder gesund werden könnte. Denn die Magenschmerzen wurden schlimmer. Eines Nachmittags im April erzählte er

Bertha ohne Umschweife, er werde innerhalb der nächsten Wochen oder sogar innerhalb von Tagen sterben. Das hatte ihm der Doktor gesagt. Es sei nicht die Hüfte, sondern etwas, das in seinem Magen wachse. Und nun sei es an der Zeit, über Geschäfte zu sprechen.

»Wird Ihr Schwiegersohn aus Skudenes den Laden nicht übernehmen?«

Ihr fiel nichts Besseres ein, in ihrer Angst, dass er im Morphiumrausch etwas Gefühlsbetontes sagen würde, als Auftakt, weil er tröstende Worte brauchte, und sie wusste nicht, ob sie welche hatte.

Er schüttelte den Kopf.

»Der kann das nicht«, erwiderte er.

Sie waren allein im Schlafzimmer, weil Frau Stange jedes Mal in Tränen ausbrach, wenn er darüber sprach, was nach seinem Tod passieren würde. Bertha saß auf einem Stuhl neben dem Bett.

Stange sprach mit großer Anstrengung und vielen Pausen: »Frau Stange ist so empfindsam. Aber ich habe wenig Zeit … und will über Praktisches reden …«

Bertha nickte.

Einstmals war dieser Mann als überragende Figur in den Fleisch- und Wursthandel eingestiegen, jetzt war er mager, irgendwie geschrumpft, und im Zimmer hing ein süßlicher Geruch nach Krankheit.

Stange wurde etwas lauter, als er sagte, er wolle über Geschäfte reden.

»Ich stelle mir vor, dass das freundliche Fräulein Torgersen und das geschäftige Fräulein Brummenæs …«, er schloss die Augen, als ob er nicht wissen wollte, ob Bertha da anderer Ansicht war, »sich doch zusammentun könnten. Torgersen und Brummenæs«, fügte er hinzu.

Er sprach nicht weiter, sondern rang nach Luft. Mit geschlossenen Augen wartete er auf eine Antwort. Die – das war ihr klar – freundlich und ablehnend ausfallen musste. Sie hatte kein Geld, um einen Laden zu übernehmen. Sie war gerade mal zweiundzwanzig, verdiente den Lohn eines Ladenmädchens und glaubte sehr viel weniger an Wunder als Frau Stange. Zugleich kannte sie Hannas Traum von einem eigenen Laden und hatte kein Recht, ihr diese Möglichkeit zu verweigern, ohne auch nur mit ihr darüber zu sprechen.

Sie brachte keine Antwort zustande, sagte nur, der Laden da unten sei wie eine eigene, wundersame Welt. Und sie sei dankbar, dass er ihr damals diese Stellung gegeben hatte, sie würden sicher eine Lösung finden.

Mit blanken, müden Augen sah er sie an. Er trank einen Schluck Wasser, musste das Glas mit beiden Händen halten, um nichts zu verschütten. Langsam stellte er es zurück auf den Nachttisch.

»Jetzt hör mal zu, Bertha.«

Sie duzten sich seit einiger Zeit, wenn sie alleine waren, aber unten im Laden nannte er sie immer nur Fräulein Torgersen.

Er legte die gefalteten Hände auf die Bettdecke. Die Haut an den Handrücken war dünn und runzlig und durchzogen von vielen kleinen blauen Flecken.

»Ich habe euch ein erschwingliches Darlehen besorgt. Und die Ablösesumme ist auch akzeptabel. Ich will ja nur, dass der Laden weiterlebt. Dass ihr ihn übernehmt. Und dass Rønnaug weiter hier wohnen kann, wenn sie das möchte. Ich glaube ja, sie würde lieber zur Familie nach Skudeneshavn ziehen, aber ich möchte, dass sie die Möglichkeit hat, hierzubleiben.«

Bertha griff sich an den Blusenkragen, damit sie Luft bekam. Passierte das wirklich, das Unmögliche?

Bertha nickte.

Nach einer langen Pause sagte Stange: »Fräulein Brummenæs …«

»Ja?«

»Die ist wie ein Schiff. Das vorwärtsdampft.«

20

In der Karwoche wurde Kaufmann Stange in Avaldsnes beerdigt.

Ostern war zum letztmöglichen Zeitpunkt im Kalender, am 25. April.

Nun stand Bertha hinter dem Tresen und sah, wie Hanna zusammen mit einem der anderen Ladenmädchen Waren aufstapelte. Wie ein Seemann hob Hanna eine Kiste mit Mehltüten auf ihre rechte Schulter. Es sah aus, als wäre es nur ein Spaß, denn Fräulein Aarstad lachte laut und rief, sie sei verrückt. Und je mehr Fräulein Aarstad lachte, umso mehr mimte Hanna die Starke. Bertha fand das peinlich. Wenn man schon Ladenbesitzerin sein wollte, musste man sich auch entsprechend verhalten.

Hanna schien ihre Gedanken gelesen zu haben, denn sie blickte Bertha herausfordernd an, während Fräulein Aarstad noch zwei Mehltüten in die Kiste legte, und sagte laut: »Wenn man schon einen Laden betreiben will, muss man sich auch wie ein Mann aufführen!«

Das war unangenehm.

Die Gedanken der anderen: *Was ist sie für eine?*

Hanna war Ladenbesitzerin, zusammen mit Bertha.

Gerade das begriff sie nicht. Als ob etwas passiert wäre, ohne dass sie wüsste, wie. Natürlich erinnerte sie sich an die Gespräche, an Hannas Überzeugung, dass die Sache mit den Kompagnons eine gute Idee wäre. Natürlich erinnerte sie sich, dass sie ein günstiges Darlehen aufgenommen, Berechnungen angestellt, unterschrieben und Pläne geschmiedet hatten, aber trotzdem.

Nun betraten zwei Französinnen den Laden. Die Klingel bimmelte nicht, denn die Tür stand bei dem milden Wetter offen. Die beiden sprachen Französisch miteinander, aber Bertha wusste, dass die eine mit dem großen breitkrempigen Hut und der kleinen Stoffblume im Band nach mehreren Jahren in Visnes ein brauchbares Norwegisch sprach.

»Habt ihr Osterkarten?«, fragte die Frau mit starkem französischem Akzent und zog ihre Baumwollhandschuhe aus. Sie rollte sie zu einem Ball zusammen.

»Ja, das haben wir.«

Schon im Februar hatte Hanna in Kristiania Osterkarten bestellt. Küken, die sich um Eier stritten, Küken mit Kopftuch und einer Kiepe voller Blumen auf dem Flügel und Karten mit ausgeschlagenen Weidenkätzchen, die »Fröhliche Ostern« wünschten. Die beliebtesten Karten in diesem Jahr waren die beiden Varianten mit Hasen in Kleid oder Hose.

Bertha verteilte die Karten auf dem Tresen, wie zu einer Patience.

Die Frau, die nur Französisch sprach, flüsterte mit ihrer Freundin, obwohl keine der Ladenmädchen verstand, was sie sagte. Die andere errötete, schaute sich verstohlen im Laden um und lächelte mit der Hand vor dem Mund, ehe sie Bertha anblickte und sagte: »Entschuldigung. Wir haben nur über die Karten gesprochen.«

Bertha nickte.

Die beiden tuschelten wieder miteinander, und die, die

Norwegisch sprach, suchte sich die Karte mit dem Hasen aus, der als Richter verkleidet war, in schwarzer Robe, und die Ohren in Richtung zweier Kinder spitzte, die übertrieben unschuldig aussahen mit ihren roten Apfelbäckchen und dem zum Himmel gerichteten Blick.

»Er soll entscheiden, ob sie brav waren oder ungezogen, *n'est-ce pas*?«

Ihre Stimme war hell und freundlich und stieg in die Höhe, als wäre jeder Satz eine Frage.

Bertha nickte wieder. »Ja. Brav oder ungezogen«, sagte sie.

Die Frau legte die Karte wieder auf den Tresen, und Bertha sah sich den Richterhasen an. Er saß inmitten bunter Eier, die sich die beiden rotwangigen Kinder offenbar wünschten.

Die Damen sprachen jetzt wieder französisch und lachten beide, denn, erklärte die Frau mit dem Hut, sie fänden es witzig, dass so viele Hasen als Osterdekoration verwendeten, die sich vermehrten, ohne … ohne zu verlieren … wie hieß das?

»Ich weiß nicht, was Sie meinen?«

»Also, ohne zu verlieren … die *virginité*?«

Meinte sie, dass Hasen sich vermehrten, ohne ihre Jungfräulichkeit zu verlieren? Bertha spürte, wie die Röte ihr den Hals hochstieg.

»Aber das ist doch ein Er! Ein Richter!« Jetzt lächelte die Frau strahlend, sie hatte tadellose, glänzende Zähne, wobei sie sich ihrer Worte durchaus bewusst war.

Bertha nickte. Ja, der Hase war ein Mann, umgeben von Eiern.

»In Frankreich sagen wir, der Hase ist ein Bild der *Vierge Marie*, *oui*? Die Kinder bekommt, ohne … *oui*?«

Sie schüttelte den Kopf über ihre eigene Freimütigkeit, vielleicht dachte sie, Bertha begreife nicht, wovon sie redete, denn jetzt wurden ihre Bewegungen gleichsam bestimmt, sie öffnete ein helles Lederportemonnaie, in dem die Münzen klirrten, und kaufte vier Osterkarten. Dann verließen die beiden kichernd den Laden.

Bertha schaute ihnen hinterher. Der große Hut und die dunklen Haare. Die andere mit einer komplizierten Hochsteckfrisur. Die langen Röcke tanzten um ihre Füße, die schmalen Taillen, wie sie sich bewegten, obwohl sie Arm in Arm gingen. Als ob sie zu einer anderen Sorte von Frauen gehörten.

Sie dachte: Haben die das etwa geplant? Kannten sie die Karten mit den Osterhasen und hatten es auf dieses Gespräch angelegt … über ihn, der Mann und Frau zugleich war?

Nun trat Fräulein Aarstad zu Bertha hinter den Tresen. Stellte sich neben sie, um die nächste Kundin zu bedienen. Agathe Aarstad hatte ebenfalls eine schmale Taille, auch wenn sie sie teilweise unter der weißen Schürze versteckte.

Bertha machte sich an den kleinen viereckigen Kissen aus geblümtem Stoff zu schaffen, die mit getrockneten Kräutern gefüllt waren und in einem Korb auf dem Tresen lagen. Sie hob eins an die Nase und stellte fest, dass es nach verschimmeltem Heu roch.

Sie wusste nicht, warum sie traurig wurde.

Nach einer Weile verließ sie den Laden und stellte sich mit dem Rücken zur offenen Tür. Zwei Bergarbeiter grüßten. Sie nickte und lächelte rasch.

Es war ungewöhnlich warm für Ende April. Fast sommerlich. Bald, dachte sie, würden die Menschen im Fransepark auf den Bänken sitzen, Arm in Arm gehen, Kinder würden in der Bucht südlich der Arbeiterwohnungen auf Gåsøy baden.

Sie dachte wieder an die beiden Französinnen, die gekichert hatten, als sie über die Hasen gesprochen hatten.

Dieses Tierische, Unlenkbare. Vor nur zwei Wochen hatte sie in der Zeitung *Kristiania Intelligentssedler* einen Artikel über Visnes gelesen, über das stark pulsierende Leben hier draußen, mit den dreitausend Einwohnern und der hohen Geburtenrate.

Sie vermehren sich in rasender Geschwindigkeit, hatte dort gestanden.

Bertha dachte an die Hasen. Offenbar hatte die Zeitung noch nicht registriert, dass die Leute nun aus Visnes wegzogen.

Irgendwo über sich vernahm sie Geräusche und schaute auf. Sie entdeckte eine Gänseschar, die in Keilformation nach Norden flog. Obwohl sie so hoch oben waren, trotz Kolben und Dampfmaschinen und Lärm aus dem Hafen, konnte sie einige Vögel schreien hören. Aber die Leitgans führte ihre Schar immer weiter, zu irgendeinem keimenden Acker oder einer Wiese, einer Bucht oder einer kleinen Insel, von der Bertha vermutlich noch nie gehört hatte, zu der die Gänse jedoch in jedem Frühling heimkehrten.

Sie blickte den Vögeln hinterher, bis die verschwunden waren.

Sie senkte den Kopf und musterte das Schild mit der Aufschrift *S. J. Stange*. Weiße Wandfarbe war teuer, aber die Wände brauchten einen neuen Anstrich. Hanna hatte vorgeschlagen, eine andere Farbe zu nehmen, Rot war nämlich viel billiger.

Bertha versuchte, es vor sich zu sehen: das rote Haus

mit einem neuen Namen über der Tür: *Brummenæs & Torgersen*. Sie hatten darüber gesprochen, dass das B in Brummenæs im Alphabet ja zuerst kam und der Laden deshalb *Brummenæs & Torgersen* heißen sollte.

Drei Wochen darauf fuhr sie nach Haugesund zu Josefines Konfirmation. Als sie zurückkam, hatte Hanna ein Schild mit schwarzen Buchstaben malen und über der Eingangstür anbringen lassen.

21

Es war ein warmer Juni, und sie schlossen die Ladentür erst abends um halb acht. Im Sommer wollten die Leute zu allen Uhrzeiten einkaufen. Männer kamen aus dem Bergwerk, kniffen im grellen Sonnenlicht die Augen zusammen und schauten im Laden vorbei, um Rhabarbersaft zu kaufen oder nach frischem Brot zu fragen, als ob sie dachten, es sei Morgen.

An diesem Abend lag das Licht über Visnes wie geschmolzene Butter.

Hanna hatte Bertha zu sich zum Essen eingeladen. Bertha war schon einmal in dem Wohnheim in Haugen gewesen.

An dem Kartoffelfeld neben der Guttemplerloge blieb Bertha stehen.

»Sieh dir mal die beiden an!«, sagte sie.

»Fleißig«, sagte Hanna.

Zwei Blaumeisen waren emsig am Werk, als wären ihre Vogelköpfe an Sprungfedern befestigt, auf und ab in die dunkle Erde. Dann schnappte sich die eine einen Wurm. Kurz darauf erhoben beide sich flügelschlagend in die Luft, die kleinere mit dem windenden Leckerbissen im Schnabel.

»Man fängt und wird gefangen«, sagte Hanna.

Bertha schaute sie an.

»In einigen Wochen werden die Kartoffeln ausgemacht, und dann liegt das Feld brach.«

Bertha betrachtete die hellgrünen Blättchen auf dem Kartoffelfeld.

»Nicht so bald«, sagte sie.

»Doch, ganz bald.« Hanna zog die Worte in die Länge und kratzte sich am Arm, als ob sie an etwas anderes dächte.

»Auch wenn dieses Feld hier nicht groß ist«, sagte sie und sah Bertha an, »würde es viel mehr einbringen, wenn dort eine Werkstatt oder ein Laden stünde. Oder vielleicht ein Gerätemagazin, ein neuer Holzhandel oder vielleicht ein Lager für Kohle und Brennholz.«

»Aber Kartoffeln kann man essen«, sagte Bertha.

»Kartoffeln können fast überall angebaut werden. Aber so ein Grundstück in der Nähe einer modernen Grubenstadt, da kann man nicht hinter jeder Felskuppe eine Grube ausheben.«

»Nein, vielleicht nicht«, sagte Bertha.

Sie gingen weiter, vorbei an kleinen Häusern mit offenen Fenstern, Stimmen, Waschfässern, Frauen an einer Pumpe, zwei Mädchen, die Himmel und Hölle spielten.

Als sie sich dem Haus näherten, wo Hanna und vier andere gemeinsam drei kleine Zimmer gemietet hatten, erblickten sie die Vermieterin, Frau Andersen. Sie lehnte mit geschlossenen Augen an der roten Hauswand und hatte das Gesicht in die Abendsonne gehoben.

Das Haus war eine private Arbeiterwohnung und lag auf der Anhöhe, südlich der Stauseen, die Wasser für die Dampfmaschinen lieferten. Ihr Mann, Torolf Andersen, war Aufseher für mehrere Baracken. Er trug außerdem die Verantwortung für die Reinhaltung und Entfernung von Abfällen.

Ab und zu klagte Hanna darüber, dass Andersen bei der Leerung der Abtritte nicht genügend Vitriolwasser verwendete. Denn obwohl der Inhalt in einiger Entfernung von den Wohnungen ausgekippt wurde, legte sich der Gestank bisweilen doch wie ein Deckel über Haugen.

Aber jetzt roch es nur nach Tieren, Erde und Essen.

Als sie die Steinstufe vor der Eingangstür erreichten, öffnete Frau Andersen die Augen und sagte: »Hört mal!«

Sie blieben stehen.

»Dass es still ist?«, fragte Hanna.

»Ja. Ganz still«, sagte Frau Andersen. »Das kommt so selten vor. Wenn ich hier stehe und die Sonne spüre, bin ich glatt wieder in Larvik.«

»Sind Sie denn aus Larvik?«, fragte Bertha.

Frau Andersen nickte. »Larvik im Sommer«, sagte sie. »Mein Vater und mein Großvater haben beide da gearbeitet, im Eisenwerk. Bis es eingegangen ist. Aber das ist hundert Jahre her.« Sie lachte kurz. Bertha schätzte ihr Alter auf Ende vierzig.

Frau Andersen war wie Hanna eine der sehr wenigen Frauen, die draußen rauchten, und nun zog sie eine braunrot gemusterte Zigarettenpackung von Conrad Langaard hervor und bot ihnen eine Zigarette an.

»Nein, danke.« Hanna schüttelte den Kopf und zeigte Bertha mit aller Deutlichkeit, dass sie die Treppe hochgehen wollte.

Aber es wirkte so unhöflich, die ausgestreckte Hand zu ignorieren. Bertha lächelte verlegen und erklärte, sie sei zum Abendessen eingeladen und sie seien hungrig nach einem langen Tag im Laden.

»Eine Zigarette kann nicht schaden. Die macht nur mehr Appetit«, sagte Frau Andersen und schüttelte auffordernd die Schachtel.

Und nun zündeten sich alle drei in der Öffentlichkeit eine Zigarette an und schauten hinauf in den hellen Abendhimmel.

Danach gingen sie die Treppe hoch und in Hannas Kammer.

Sie war klein, kleiner als Berthas. Ein Bett an der Wand, darauf eine karierte Tagesdecke, ein schmales Fenster mit hellen Gardinen. Eine unbemalte Holzkommode, zwei Stühle an einem Klapptisch an der anderen Wand, auf dem Tisch lag eine blaue Decke, außerdem gab es ein Spind und zwei Haken. An dem einen hing ein langer, hellgrauer Sommermantel, an dem anderen ein Kleiderbügel mit dem orangen Hemd, das Hanna bei Berthas Ankunft mit der Nidelven getragen hatte.

Bertha ging hinüber und berührte es.

»Fühl nur richtig«, sagte Hanna.

Bertha hob den Ärmel ein wenig und ließ den Stoff wie fließendes Wasser durch ihre Finger rinnen.

»Weich«, sagte sie.

»Ja. Ich trage es fast nie, um den Stoff zu schonen. Ich habe es direkt von einer französischen Kundin gekauft. Sie hatte den Stoff aus Paris kommen lassen und es selbst genäht.«

Hanna zog eine Schublade der Kommode auf und sagte zu Bertha, ohne sich umzudrehen: »Ich bin keine gute Köchin, das weißt du ja. Aber ich habe Räucherschinken, Käse, Pflaumenmarmelade, Brot und Rhabarbersaft.«

»Das klingt wunderbar. Kann ich dir irgendwie helfen?«

»Nein«, sagte Hanna.

Bertha setzte sich auf einen der Stühle und sah Hanna zu, die den Tisch deckte und das Essen auf ein Brett legte. Sie bewegte sich wie im Laden, abrupt und energisch, zugleich aber aufmerksam, damit nichts Schaden nahm.

»Diese Stühle«, sagte Hanna und klopfte auf den blau gestrichenen Stuhl, ehe sie sich setzte, »hat mein Vater gemacht.«

Die Stühle waren schön, mit gleichmäßig runden Sprossen und der Andeutung zweier Mulden auf der Sitzfläche.

Hanna erzählte, ihr Vater habe auch das schwarze Ruderboot gebaut, mit dem er zum Fischen aufs Meer gefahren und niemals wiedergekommen sei. Sie war damals sieben und wartete viele Wochen auf ihn, denn es gab keinen Menschen auf der ganzen Welt, der so rudern konnte wie er. Aber Peder Halvorsen aus Brummenæset auf Finnøy kam nie zurück.

»Er hat mir Rudern beigebracht.«

»Und doppelten Halbschlag«, sagte Bertha.

Hanna lächelte und nickte.

Sie erzählte, sie habe damals fast aufgehört zu essen und ihre Mutter habe solche Angst gehabt, dass sie mit ihr zum Arzt gegangen sei.

»Der hat gesagt, Vater wäre bei Gott, und die Trauer würde ich schon in den Griff bekommen.«

»Wie denn?«

»Ich sollte damit auf die andere Seite der Straße gehen und sie auf der Müllhalde ablegen.«

»Die Trauer auf der Müllhalde ablegen?«

»Ja. Und ich habe mir vorgestellt, dass sie in der Erde versinkt, zusammen mit allem anderen, das zu nichts zu gebrauchen ist.«

Sie musste sich damals um ihren kleinen Bruder Johan kümmern. Der war beim Tod des Vaters erst drei, und die Mutter musste Logiergäste und Seeleute aufnehmen, um zu Geld zu kommen. Hanna hatte den Bruder abends ins Bett gelegt und seine Hosen geflickt. Er habe sie mit seiner eigenen Freude erfüllt. Als er älter wurde, hatte sie ihm von dem Vater erzählt, an den er keine Erinnerungen hatte.

»Ich habe gesagt, Vater hätte mich im Boot mitgenommen. ›Du bist doch ein Mädchen!‹, hat mein Bruder geantwortet. Aber Vater war nicht so dumm und abergläubisch und hat gedacht, dass Mädchen in einem Boot Unglück bringen.«

Nach einer kleinen Pause fügte sie hinzu: »Johan ist immer hinter mir hergelaufen wie ein Hund. Bis er dann krank wurde.«

»Ist er gestorben?«

Hanna nickte. »Mit dreizehn. Danach«, fügte sie hinzu, »kam mir vieles unwichtig vor. Zwei Jahre später bin ich hierhergezogen.«

Als sie gegessen hatten, war es kurz nach zehn. Die Sonne stand tief und färbte den Himmel und das Meer dunkelviolett. Sie hatten keine Kerzen angezündet. Als Bertha einen Schluck Rhabarbersaft trank und das Glas wegstellen wollte, setzte sie es an der Tischkante ab, und es kippte um und fiel auf den Boden. Das Glas zerbrach nicht, aber als sie erschrocken aufsprang, bekleckerte sie ihr Kleid, und der Saft tropfte auf den Boden.

Bertha stöhnte: »Ach, idiotisch! Es tut mir so leid! Hast du einen Lappen?«

»Das mach ich schon«, sagte Hanna. Sie goss Wasser aus dem Eimer in der Ecke in eine kleinere Waschschüssel und holte einen Lappen.

»Aber ich will es wegwischen«, sagte Bertha.

»Wie du willst. Ich hol dir was zum Anziehen. Denn so kannst du doch wohl nicht nach Hause gehen?«

Bertha schaute an sich hinunter. Nicht nur ihr Rock war nass geworden, auch die Bluse hatte braunrote Rhabarberflecken abbekommen, und kleine Reste von Rhabarberfasern klebten am Stoff.

Hanna lächelte. Amüsierte sie sich über Berthas Ungeschicklichkeit? Während Bertha aufwischte, suchte Hanna Kleider heraus.

»Das hier?«, fragte Bertha und betrachtete den langen, eleganten Rock, den Hanna hochhielt.

»Der ist mir ein bisschen zu eng«, sagte Hanna. »Dir würde er perfekt passen. Ich habe auch Hosenträger, die du benutzen kannst. Du ziehst sie einfach so fest, dass der Rock hoch über der Taille sitzt und nicht über den Boden schleift.«

Hanna maß sie mit Verkäuferinnenblick, als berechne sie Größe, Breite, Gewicht, Gedanken, Gefühle.

Bertha nickte und betrachtete die helle Hemdbluse mit dem hohen Kragen und die kurze Uniformjacke, die Hanna auf das Bett legte. Sollte sie sagen, dass sie so nicht auf die Straße wollte? Genauso gut könnte sie sagen, dass Hanna sich lächerlich machte. Und das tat sie doch überhaupt nicht.

Bertha öffnete den Knopf ihres nassen Rocks, stieg heraus und hängte ihn zusammen mit dem Unterrock über die Stuhllehne. Knöpfte die Bluse auf und legte sie darüber. Sie stand in Unterwäsche, Schuhen und Strümpfen da, aber Hanna wandte sich nicht ab. Im Gegenteil, ihr Blick war voller Erwartung, als ob sie, während Bertha sich auszog, keine Bewegung versäumen wollte.

Bertha ging zum Bett und ergriff das Hemd. Sie zog es an und schloss alle Knöpfe. Das Hemd war zu groß, sie reckte sich. Nahm den Rock und stieg hinein. Schloss die Häkchen an der Taille. Sie hatte das Gefühl, sich wie eine Fremde zu bewegen, als sie die Hemdzipfel in den Rock stopfte. Dann befestigte Hanna hinten die Hosenträger und stellte sie so ein, dass der Rock richtig saß.

»So«, sagte sie.

»Ich kann doch nicht mit Hosenträgern durch die Gegend laufen«, meinte Bertha. Sie wusste sehr gut, dass Hosenträger als Herrenbekleidung galten.

»Du leihst dir ja auch die Jacke aus«, erwiderte Hanna und hielt sie hoch, damit Bertha die Arme hineinstecken konnte. Sie ließ die Jacke offen.

Keine sagte etwas. Hanna hatte keinen Spiegel, aber sie brauchte auch keinen. Sie wusste, dass die Kleider perfekt saßen.

Sie hätte gern gekichert. Das Gefühl war fremd und vertraut zugleich. Als wäre sie Hanna. Als wären sie sich ähnlich. Sie wusste nicht so recht, was dieses Gefühl bedeutete, aber sie wollte es gern festhalten, egal, was es sein mochte – es kam ihr bekannt vor, stark.

»Sieht gut aus«, sagte Hanna. »Es wird wohl niemand merken, wenn du Hügel nimmst.«

»Das ist es nicht«, sagte Bertha.

Sie sagte es nicht, aber es war ein überwältigender Gedanke: Sie hoffte, dass jemand sie bemerken würde.

22

Januar 1887

Der Weg, den Erling Arnfindsen angeblich gegangen war, wurde nie anders als die *Gasse* genannt, der Durchgang zwischen einer Hufschmiede und einem verlassenen Arbeiterhaus, das nun ein Freudenhaus war. Das behaupteten jedenfalls Gerüchte. Der matschige Durchgang führte zu einigen Lagerhäusern am Wasser. Drei Schuljungen von vielleicht zehn Jahren hatten dort den Zeichenlehrer so übel zugerichtet aufgefunden, dass sie nicht wussten, ob er überhaupt noch am Leben war. Zuerst glaubten sie, das Jammern eines verletzten Tieres gehört zu haben, aber dann hatten sie in einer schlammigen Pfütze eine zerrissene Wolljacke gefunden, und von dort waren sie den Spuren gefolgt, die aussahen, als ob etwas Schweres ins Lagerhaus geschleppt worden war. Der Zeichenlehrer hatte dort halb sitzend, halb liegend an einer Wand gelehnt.

»Der war total kaputt«, so drückten sich die Jungs dem Ortsgendarmen gegenüber aus.

Jemand hatte Schnurreste von einem Fischnetz benutzt und seine Arme so weit es ging auseinandergezogen, um sie dann an Brettern festzubinden, als ob sie ihn kreuzigen wollten. Sein Brustkasten war bis zum Zerreißen gedehnt, und mehrere Rippen waren gebrochen. Neben dem zerschundenen Körper hatte ein Pfahl gelegen, und der Arzt meinte, dieser sei für Arnfindsens blutigen Schritt verantwortlich.

Nachdem er im Krankenhaus zu Bewusstsein gekommen war, hatte Arnfindsen auch nach mehreren Tagen noch immer kein Wort gesagt, weder über seine Schmerzen noch, wer ihm das angetan hatte. Aber ehe er überhaupt entlassen wurde, hatten sich die Gerüchte wie ein Lauffeuer verbreitet: Der Zeichenlehrer sei *so einer.* Ein alle Grenzen überschreitender Perverser, der widernatürlichen Umgang pflegte. Und obwohl niemand etwas gesehen hatte, waren sich die Gerüchte sicher: Arnfindsen hatte die Gasse aufgesucht, um einen anderen Gesetzesbrecher zu treffen, aber der hatte kalte Füße bekommen. Arnfindsen hatte das falsch verstanden und bei einem anderen jungen Mann Annäherungsversuche unternommen. Der hatte Hilfe geholt, aber niemand wusste, wer dieser Mann oder seine Begleiter gewesen waren. Der Hufschmied erzählte, ihm seien möglicherweise fünf oder sechs Männer aufgefallen, alle ziemlich angetrunken, die ungefähr zur Zeit des Überfalls auf Arnfindsen durch die Gasse gegangen waren, aber er konnte keinen davon auch nur annähernd beschreiben. Die Schuljungen hatten außer Arnfindsen auch niemanden gehört oder gesehen.

Manche meinten, die Kreuzigung sei ein Symbol dafür, dass der Zeichenlehrer eine Art Judas sei.

Als Bertha durch eine Kundin davon hörte, begann sie sofort zu zittern. Wer konnte so etwas tun? Einem Mann so etwas antun, der nichts anderes wollte, als alles in seiner Umgebung zu verschönern? Dennoch: Statt zu fragen, ob Arnfindsen überleben oder die Polizei die Täter dingfest machen würde, sagte sie etwas, wofür sie sich später schämte: »Aber er hatte doch seine Verlobung gelöst.«

Die Miene der Kundin hätte man als ein Lächeln interpretieren können, es war aber eher ein Ausdruck der Herablassung. Sie erklärte, dass einzelne *dieser Sorte* Deckgeschichten ersannen und einige wohl auch mit Frauen zusammenlebten, um ein Alibi zu haben, um als normal zu gelten.

»Er stand wohl schon länger unter Verdacht«, sagte sie leise, »als Sodomit.«

Bertha wollte nichts mehr darüber hören. Wollte sich keine Männer vorstellen, die schmutzig und gottlos lebten. Tierisch und unbeherrscht. Wörter waren giftig, sie konnten in Träume und Gedanken eindringen. Wenn Bertha das passierte, stand sie auf und öffnete rasch die Vorhänge, richtete ihren Blick auf alles, was ihre Aufmerksamkeit von nächtlichen Bildern weglocken konnte, die ihr Gehirn ihr vorgegaukelt hatte, und lief die Treppen in den Laden hinab, um die Regale aufzuräumen. Ab und zu war alles schon lange geputzt und vorbereitet, ehe Hanna und die anderen Ladenmädchen eintrafen.

Bertha suchte das Zwirnröllchen und die schwarzen Knöpfe heraus, nach der die Kundin gefragt hatte. Als sie die Waren in die neue Registrierkasse eingab, fiel ihr das Atmen schwer. Jetzt war der geschundene Erling Arnfindsen zum öffentlichen Eigentum geworden. Nun wollten die Leute keine schönen, gerahmten Mädchenköpfe mehr an der Wand haben.

Arnfindsen, der sie einmal aufgefordert hatte, sich das geheime Leben des jugendlichen Modells vorzustellen. Er hatte ihnen erklärt, dass das altnordische Wort *heimiligr* das beschrieb, was für andere nicht sichtbar ist.

Sie ging hinüber zu Hanna, um ihr von Arnfindsen zu erzählen, aber das Atmen fiel ihr noch immer schwer.

Sie sollte Staub wischen.

»Hast du gewusst, dass er …?«, fragte Bertha.

»Andere Männer mag?«

»Das ist doch sicher bloß Klatsch, oder?«

»Vielleicht nicht.«

»Wie meinst du das?«, fragte Bertha.

»Dass mir dieser Gedanke auch schon gekommen ist«, sagte Hanna.

War Hanna der Gedanke gekommen, Arnfindsen könne Sodomit sein? Wieso war ihr dieser Gedanke gekommen? Wie konnte jemand so gemeine und schmutzige Gedanken über einen anderen Menschen hegen?

»Was ist los, Bertha?«

»Er war … ist ein guter Zeichenlehrer. Kein Verbrecher.«

Ein Lächeln huschte über Hannas Gesicht. »Ich habe nicht behauptet, dass er kein guter Zeichenlehrer ist. Er ist sicher auch vieles andere. Freund. Ingenieur. Traurig.«

»Doch, du hast etwas anderes behauptet.« Berthas Stimme klang vorwurfsvoll. »Das ist strafbar. Du hast ihm vorgeworfen, dass er … wir sind Christinnen, Hanna. Du und ich. Wir werfen anderen nicht vor, dass sie …«

»Sag es nur.«

»Wir werfen anderen nichts vor«, sagte Bertha.

Hanna schwieg, und Bertha hörte, dass eine der anderen Mädchen nach ihr rief. »Was kosten die kleinen Brote, Fräulein Torgersen?«

Was die kleinen Brote kosteten? Sie hatte keine Ahnung. Sie wusste nicht, wie lange sie schon hier stand, vor dem Schreibtisch, wo Hanna sie über dem Auftragsbuch ansah. Strafbar, so schlimm wie der Umgang mit Tieren.

Ihre Tränen flossen.

Aber Hanna stand nicht auf, tröstete sie nicht.

Nach einer Weile räusperte Bertha sich und fragte: »Warum ist dir dieser Gedanke gekommen?«

Hanna schloss die Augen, als ob sie nach Worten suchte. Als sie sie wieder öffnete, sagte sie: »Seine Bewegungen vielleicht. Die schmalen Handgelenke. So, wie er geredet hat. Aber vielleicht vor allem …«

»Was denn?«

»Er hat mich auf eine besondere Weise angesehen.«

»Wie meinst du das?«

»Er hat sozusagen verschwörerisch genickt. Verstehst du?«

»Er hat doch alle gegrüßt? Alle der Reihe nach. Und wenn er … so wäre, hätte er doch sicher einen von den Männern angesehen?«

»Ja«, sagte Hanna. Sie stieß langsam den Atem aus, wie Zigarettenrauch, ohne jedoch eine Zigarette zwischen den Fingern zu haben.

Der Regen trommelte auf das kleine Vordach über dem Eingang, und es war windig. Der blattlose Busch am Anbau kratzte über die Wand.

Draußen war es dunkel.

Bertha wurde von einer gewaltigen Müdigkeit überwältigt. Sie hätte gern die Augen geschlossen, während sie hier im Hinterzimmer stand, vor Hanna, wollte nur dastehen und schlafen, während der Regen auf das Dach prasselte und ferne Stimmen im Laden zu hören waren.

»Kannst du denn nicht verstehen, dass Arnfindsen sich zu einem anderen Mann hingezogen fühlt wie zu einer Frau?«, fragte Hanna.

Die Frage war schwammig und scharf zugleich. Sie enthielt Vorstellungen, auf die Bertha in ihrer Müdigkeit keine Antworten finden konnte. Auf einmal hörte sie Krähen schreien und hielt sich die Ohren zu.

23

Drei Tage später besuchten sie Arnfindsen. Es war ein nebliger Tag, der Nebel trieb vom Meer herüber, drang in Grubeneingänge und Häuser ein und legte sich wie eine klebrige Decke über alles, es tropfte von Dachtraufen und nackten Zweigen.

Hanna hatte sich erkundigt. Arnfindsen war nun wieder zu Hause und wohnte in einer der kleineren Angestelltenwohnungen.

Frau Stange war besorgt, als sie von diesem Krankenbesuch hörte.

»Ein Sodomit ist nicht wie andere Sünder«, erklärte sie.

Zu Hanna sagte Bertha: »Jesus hätte ihn besucht.«

Hanna sagte, sie brauche keinen religiösen Grund, freue sich aber darüber, dass Bertha mitkommen wolle.

Sie wurden von einer Frau empfangen, die sich um die alleinstehenden Männer kümmerte. »Er sieht mich an wie eine Fremde, wenn er wach wird.«

Sein Bett war schmal. Sein Körper war zugedeckt, sein Gesicht gelb, lila und irgendwie verschoben, als sähe man ihn in einem zerbrochenen Spiegel. Die Schwellungen um die Augen waren verschwunden, aber es war trotzdem schwierig, seinen Blick aufzufangen.

Die Frau stellte ihnen zwei Hocker hin.

»Möchtet ihr ein Glas Wasser?«, fragte sie.

Beide lehnten dankend ab.

Eine von uns müsste etwas sagen, dachte Bertha. Aber sie hatte den Eindruck, als wäre Erling Arnfindsen nicht vorhanden, hinter seinem zerschlagenen Gesicht, in seinem geschundenen Körper. Als ob er beides verlassen hätte und das Elend übrig geblieben wäre, damit andere es sich ansehen könnten.

Sie saßen zwanzig Minuten bei ihm.

Als die Frau vorsichtig die Tür hinter ihnen geschlossen hatte und sie wieder draußen im Nebel standen, hätte Bertha am liebsten geschrien. Aber das tat sie nicht. Stattdessen hakte sie sich bei Hanna ein, und sie gingen hoch nach Haugen und schlossen die Ladentür auf.

Sie machten über dem Tresen Licht. Bertha setzte sich auf die Kiste, auf der Jostein früher immer gesessen hatte.

Wer konnte einen anderen Menschen dermaßen zerstören? Als ob es keine Moral gäbe? Es konnte unmöglich nur am Alkohol gelegen haben oder daran, dass sich jemand für eine Beleidigung hatte rächen wollen. Es musste einen anderen Grund geben. Hatten sie geglaubt, Erling Arnfindsen könnte ihnen etwas antun, wenn sie ihn nicht zusammenschlügen? Was hätte er gegen fünf oder sechs kräftige Bergarbeiter ausrichten können?

Hanna kam in den Laden, nachdem sie den Kapitänsmantel im Kontor an die Wand gehängt hatte.

»Vielleicht haben sie Arnfindsen für einen anderen gehalten«, mutmaßte Bertha, als Hanna sich neben sie auf die Kiste fallen ließ.

»Ich glaube nicht, dass es ein Missverständnis war.«

Lange sagten sie nichts. Saßen nur nebeneinander. Bertha schaute aus dem Fenster, sah aber nur sich selbst, schwach erleuchtet in der großen Glasscheibe. Und hinter ihr: Hanna. Das unebene Glas zeigte vier Frauen, wie bei einer doppelten Belichtung.

Später, wenn Bertha an diesen Abend dachte, konnte sie sich das Gefühl, das zu einer Veränderung führte, nicht erklären. Es war, als ob die zitternde Sehnsucht, die in ihr geschlummert hatte, an die Oberfläche gestiegen wäre. Sie sah wieder die Traumbilder vor sich, die sie umgeleitet, verdrängt und ignoriert hatte. Warum das Gefühl nach dem Besuch bei Arnfindsen in ihr auftauchte, konnte sie nicht erklären. Aber als sie dort auf der Kiste saßen, begriff Bertha, dass sie sich zu Hanna hingezogen fühlte wie zu einem Mann.

Es war kein Entschluss, aber sie erhob sich von der Truhe, ging zum großen Tresen mit den Waren und drehte das elektrische Licht aus. Dann trat sie in das kleine Zimmer hinter dem Tresen, ins sogenannte Kontor.

Hanna blieb eine Weile sitzen, hatte die Hände auf den Knien liegen, als müsse sie ihre Kniescheiben festhalten. Aber dann stand sie ebenfalls auf und folgte Bertha zögernd.

Die Lampen, die im Winter immer über den Eingängen zu den Gruben brannten und ihr Licht über Visnes verteilten, sorgten für einen nebligen Schein. Sie konnten einander gerade noch erkennen.

Bertha stand mit dem Rücken zur Wand da, neben dem Regal mit Rechnungsbüchern, Bestelllisten und dicken Ordnern. Sie sah Hanna auf sich zukommen. Hannas Gesicht lag fast im Dunkeln, aber vielleicht hatte sie die Augenbrauen gehoben, ihr Mund stand offen, als sei gerade eine Frage auf dem Weg über ihre Lippen. Doch dann blieb sie stehen, alles blieb stehen, mehrere Sekunden lang, und es wurde ganz still im Raum.

Einen entsetzlichen Moment lang dachte Bertha, dass das, was sie glaubte und ersehnte, ein Missverständnis sein könnte. Aber so war es nicht, es überraschte sie beide, hier im Kontor zu stehen und zu wissen, dass alles bekannt und doch neu und fremd war.

Bertha machte einen Schritt auf Hanna zu und bemerkte, dass sie zitterte, als ob sie fröstelte. Vorsichtig legte sie die Arme um sie und zog sie an sich. Hanna tat es ihr nach, umarmte Bertha. Eine Zeit lang standen sie nur still da, dicht beieinander, und jede lauschte auf den Atem der anderen. Bertha hätte am liebsten geweint, so viele Gefühle wurden in ihr aufgewirbelt. Sie spürte Hannas Mund auf ihrem und hörte sich tief seufzen, und dann war alle Zurückhaltung wie weggeblasen.

Einen Monat nach diesem Abend verließ Erling Arnfindsen Visnes.

Vergeblich versuchte Bertha, in Erfahrung zu bringen, wohin er gegangen war.

24

Frühling, 1888

Hannas Eifer, ihre Pläne und Träume glichen einem Wind, der sich niemals legte. Ab und zu war es einfach, ihren Vorschlägen zu begegnen, wie bei Gegenwind. Manchmal wirkten sie abrupt und gegen den Strom gerichtet.

Den Vorschlag, den Hanna letztes Jahr gemacht hatte, nämlich, gemeinsam in das verlassene Haus an der Straße zwischen Visnes und Avaldsnes zu ziehen, hatte Bertha voller Freude angenommen. Jetzt sprach sie davon, das Mansardenzimmer im ersten Stock zu vermieten, was Bertha weniger verlockend fand, obwohl die meisten Frauen, die zusammenlebten, sich auch noch mit anderen weiblichen Verwandten oder einer Haushälterin die Wohnung teilten. Aber das galt nicht für sie und Hanna in Visnes.

»Uns geht es doch gut, so, wie es jetzt ist«, sagte Bertha.

»Wir verdienen Geld, wenn wir vermieten«, sagte Hanna.

»Ich hätte dann das Gefühl, dass jemand uns beobachtet.«

»Hast du das nicht immer?«

»Wie meinst du das?«

»Haben wir nicht immer Angst, dass jemand etwas mitbekommt? Du hast Angst davor, was die Leute denken.«

»Hast du das nicht?«

Hanna lächelte.

»Warum lächelst du?«

»Das weißt du. Dass ich, seit ich klein war, oder jedenfalls jung, immer gewusst habe, dass die Leute über mich urteilen. Über meine Kleider, meine Stimme, meinen Gang.«

Sie streichelte Berthas Wange.

Bertha schüttelte den Kopf. »Nicht«, sagte sie. »Ich bin kein Kind.«

»Aber du reagierst wie ein Kind bei der Sache mit der Untermieterin.«

In gewisser Weise hatte Hanna recht. Aber dieses Haus, in das sie abends heimkehrten, in das niemand Einblick hatte, wo keine Schritte oben zu hören waren, wo es keine Warteschlange vor dem Abtritt gab, keine anderen Stimmen – so frei hatte sich Bertha noch nie gefühlt. Ihr ganzes Leben hatte sie in engen Verhältnissen gewohnt. Bevor sie nach Visnes gekommen war, hatte sie das Bett mit einer der Schwestern geteilt. Die Tapeten waren immer fleckig gewesen, oder die dunklen Wände bestanden aus wurmigem Holz, aber hier hatten sie sie hell gestrichen. Bertha kannte keine anderen jungen Frauen, die zusammenwohnten und ein Haus für sich hatten. Auch wenn es klein war. Und die Freude darüber nahm kein Ende.

»Du wirst nicht enttäuscht sein, wenn wir vermieten.«

»Wie kannst du das sagen?«

»Weil du nicht glauben sollst, dass alles Traurige, das uns im Leben passieren kann, etwas mit unserer Liebe zu tun hat.«

Sie sagte es freiheraus: »Unsere Liebe.«

Denn obwohl Bertha und Hanna nur wenig über ihre Gefühle sprachen, zweifelte keine der beiden an der Zuneigung der anderen.

In den ersten Monaten nach ihrem Umzug waren sie ineinander geglitten, sowie sie zur Tür hereinkamen.

»Ich finde, wir sollten einfach so weitermachen«, sagte Bertha. »Sichtbar, aber trotzdem zurückgezogen und unabhängig.«

»Erst vor zwei Tagen hast du mir von dem Brief deines Vaters und einem möglichen Heiratsantrag erzählt. Du hast es doch selbst gelesen, er meint, dir blieben nur noch ein oder zwei Jahre.«

Hanna sah sie an, mit einer nervösen Energie im Gesicht und im Leib. Bertha warf einen Blick zur Decke, über ihnen das Zimmer, das womöglich vermietet wurde.

»Was hat das damit zu tun, ob wir vermieten oder nicht?«

»Nichts«, sagte Hanna.

Hanna setzte sich schließlich durch, sie vermieteten das Mansardenzimmer an ein junges Paar aus Telemark. Das Geld legten sie für spätere Investitionen zur Seite. Der Mann war Aufseher im Bergwerk, die Frau arbeitete in der Schulbücherei.

Dass Bertha und Hanna zusammenwohnten, war nie ein Problem. Dass zwei respektable Frauen das eine Schlafzimmer im Haus teilten, wo zwischen den Betten nur eine niedrige, rot gestrichenen Kommode stand, erregte auch kein Aufsehen. Wie hätte man denn sonst schlafen sollen?

Am Mittwoch nach Ostern, das sie zusammen mit Frau Stange und Fräulein Aarstad gefeiert hatten, die nun in Berthas alter Kammer wohnte, fragte Frau Stange, ob Bertha nach Ladenschluss zu ihr nach oben kommen könnte.

Bertha stieg die Treppe in den ersten Stock hoch und klopfte an die Tür, dann öffnete sie sie und betrat die Wohnung. Sie kannte sich aus in den Zimmern, kannte die Gewohnheiten, wusste, in welchem Sessel Frau Stange sitzen würde, wenn sie ins Wohnzimmer ging, wusste, dass sie den Tisch mit dem blauen Service gedeckt und eine schlichte Mahlzeit vorbereitet hätte, da sie immer erzählte, wie einsam sie sich fühlte, wenn sie allein essen musste.

Als sie eintrat, saß Frau Stange in dem niedrigen Polstersessel neben dem kleinen Kaffeetisch, aber ohne einen Imbiss oder etwas anderem, das sie anbieten könnte. Stattdessen hatte sie die Seefahrtszeitung auf den Tisch gelegt, als sollte diese serviert werden.

»Danke«, sagte Frau Stange, als sie Bertha erblickte. »Es dauert sicher nicht lange, aber ich möchte, dass du mir etwas vorliest.«

Bertha las Frau Stange manchmal die Zeitung vor, weil die einen dünnen Film, wie eine Haut, über beiden Augen hatte. Deshalb konnte sie die Buchstaben kaum erkennen. Sie sagte dann, die Schrift löse sich auf, sowie sie versuchte, sie zu entziffern. Aber man brachte ihr noch immer ab und zu einen Stapel Zeitungen an die Tür, wenn jemand aus dem Pfarrgemeinderat die viel gelesenen Nummern eingesammelt hatte.

»Natürlich«, sagte Bertha.

Sie sah anhand der die Überschrift, dass der Artikel von

Skudeneshavn handelte. Das interessierte Frau Stange bestimmt, da dort ihre Tochter wohnte.

Bertha setzte sich in den anderen Sessel und las im Licht des Fensters laut vor. Über schrumpfenden Fischbestand, über die Skepsis, die die Reeder von Skudeneshavn den neuen modernen Dampfschiffen entgegenbrachten. Dass fast jeder zweite Mann im Süden von Karmøy nach Amerika emigrieren wollte und im Vorjahr mehr als achtzig Bewohner aus Skudeneshavn ausgewandert seien, weil neue Akteure den Transport von Waren zwischen Norwegen und den Ostseeländern übernommen hatten.

Bertha legte die Zeitung weg. Sie dachte, Frau Stange mache sich sicher Sorgen, dass ihre Familie im Süden von Karmøy auch nach Amerika auswandern wollte.

»Danke«, sagte Frau Stange nur. »Danke. Danke.«

»Das war doch nicht der Rede wert«, sagte Bertha.

»Ich habe uns ein bisschen Schinken bereitgestellt. Und Brot«, sagte Frau Stange.

»Wie schön. Soll ich es holen?«

»Nein, das mache ich selbst. Und ich hole auch etwas Gutes zu trinken. Bleib du sitzen.«

Langsam bewegte Frau Stange sich durch das mit Möbeln vollgestellte Zimmer, wobei sie sich auf jeden Stuhlrücken stützte.

Dann zog Bertha eine andere Zeitung aus dem Stapel, denn eine Überschrift war ihr aufgefallen: *Liebe entfachen*.

Es ging in dem Artikel um ein Buch über Verlobung. Dort hieß es: *Das dritte Geschlecht ist das unverheiratete Weib. Gattin und Mutter zu sein ist auf überzeugende Weise auf ihr gesamtes System ausgerichtet. Erst dadurch wird sie zum vollständigen Weibe. Das unverheiratete Weib dagegen hört auf, wirklich ein Weib zu sein. Ihre weibliche Natur wird mit Gewalt vertrieben, sie wird zu etwas Neuem. Zu etwas, das keine Liebe entfacht.*

Sie hatte die Zeitung wieder in den Stapel geschoben, als Frau Stange zurückkehrte, gefolgt von dem Dienstmädchen Astrid, das ein Tablett mit Schinken und Brot trug.

25

Ende August 1888

Fast jeden Tag stellte Hanna einen Korb voll Pflaumen auf den Tresen. Sie pflückte die Früchte von einem alten Baum im Garten, denn sie meinte, wenn sich alle Kundinnen und Kunden eine oder zwei davon nehmen durften, würden sie mehr von den anderen Waren kaufen.

Hannas Plan ging auf. Die meisten, die den verlockenden Korb mit den blauen, ovalen Pflaumen sahen, griffen zu, wenn Bertha oder die Ladenmädchen sagten, das Obst sei gratis.

Dann folgte häufig ein kurzes Gespräch über den süßen, guten Geschmack, und die Mütter befahlen den Kindern, den Kern in die Hand zu spucken, und lachten, wenn den Kindern Saft, der wie Blut aussah, über das Kinn lief. Die Freigebigkeit steigerte den Umsatz bei vielen Waren.

Aber dann passierte etwas, woran Bertha sich später nur schemenhaft erinnern konnte, weil sie gleich darauf krank wurde.

An einem klaren herbstlichen Nachmittag, als viel Kundschaft kam und sie viel zu tun hatten, erschien der Schwiegersohn des netten Ehepaars Malmedal, das ein Stück die Straße hinauf wohnte. Bertha hatte ihn schon einige Male gesehen, immer waren ein oder zwei Kinder dabei. Er und seine Familie wohnten in Haugesund, kamen aber ab und zu Besuch nach Visnes. Jetzt war er allein, und er schien nicht so recht zu wissen, was er wollte, vielleicht hatte er auch nur sehr viel Zeit. Er blieb eine Weile am Tresen stehen und nahm sich Pflaumen.

»Lecker«, sagte er.

»Danke«, sagte Bertha. »Die sind aus dem eigenen Garten.«

»Ach was?« Er nickte, als ob er sich das von Bertha Gesagte erst überlegen müsste. »Eigener Garten«, sagte er.

Es hörte sich an, als ob er ihr nicht glaubte oder es für unwahrscheinlich hielt, dass eine junge Ladenangestellte Pflaumen aus dem eigenen Garten hatte.

Bertha lächelte ihn an und nickte zur Bestätigung.

Er nahm sich noch eine, und sie registrierte, dass er mehrere Pflaumenkerne auf den Boden fallen ließ. Den, den er gerade im Mund hatte, spuckte er aus. Sie hörte das harte Geräusch, mit dem der Kern auf die Bodenbretter auftraf. Aber der Mann schien sich nicht entschuldigen zu wollen, obwohl das Schild mit der Aufschrift *Nicht auf den Boden spucken* nicht zu übersehen war.

Bertha bediente die restliche Kundschaft, sagte, sie hoffe sie bald wiederzusehen, und dann waren sie nur noch zu zweit im Laden. Hanna und Fräulein Aarstad holten unten am Hafen Waren ab, die mit dem neuen Boot *Rapp* gekommen waren, und ein Ladenmädchen war nach Hause gegangen, weil sie sich nicht wohlfühlte.

»Kann ich Ihnen irgendwie behilflich sein?«, fragte Bertha.

Er schüttelte den Kopf.

»Die hier ist faul«, sagte er, spuckte die Pflaume in die

Hand und warf sie in einen Kartoffelsack. Dann steckte er die Hände in die Hosentaschen.

»Das tut mir leid«, sagte sie und spürte, wie ihr heiß wurde, obwohl sie es nicht war, die Grund hatte, sich zu schämen.

»Sagen Sie …«, begann er.

»Ja?«

»Eigener Garten?«

Sie nickte.

»Diese Pflaumen würde ich nicht einmal meinen Schweinen geben«, erwiderte er.

Sie bedauerte noch einmal und fügte hinzu: »Dann haben Sie wohl eine … eine schlechte Frucht erwischt. Sonst hat sich noch niemand beklagt. Fräulein Brummenæs passt genau auf, welche Früchte sie pflückt.«

Sein Lächeln war falsch und breit, zwischen einigen seiner braunen Zähne hingen Reste von Pflaumenschalen.

»Fräulein Brummenæs pflückt also keine schlechten Früchte«, sagte er.

»Nein.« Sie schüttelte den Kopf.

»Hat es etwas mit christlicher Moral zu tun, wenn man Leute dazu bringt, etwas zu kaufen, das sie sich nicht leisten können oder sie nicht brauchen, was meinen Sie?«

Seine Stimme klang plötzlich übertrieben freundlich. »Ganz ruhig«, sagte er, als er Berthas Gesichtsausdruck sah.

Sie bewegte sich nicht.

»Ich habe etwas für Sie.« Er öffnete seine große Jacke und suchte nach etwas in der Innentasche.

»Ein Traktat«, sagte er.

Es war seit einiger Zeit in Mode gekommen, kleine Karten mit aufgedruckten Bibelversen zu verteilen. Meistens ging es um die Bedeutung von Glaube, Hoffnung, Vergebung und Liebe. Bertha hatte eine von Frau Stange bekommen, aus der Johannes-Offenbarung, einige Wochen nach Herrn Stanges Tod. Die Karte stand zu Hause auf der Fensterbank, der Text lautete: *Er wird alle Tränen von ihren Augen abwischen: Der Tod wird nicht mehr sein, keine Trauer, keine Klage, keine Mühsal. Denn was früher war, ist vergangen.*

Nun legte der Mann eine solche kleine Karte auf den Tresen, neben den Pflaumenkorb. Diese Karte war mit der Hand beschrieben, mit großen, ungelenken Buchstaben, aber doch leicht zu lesen: *Oder wisst ihr nicht, dass die Ungerechten das Reich Gottes nicht ererben werden? Täuscht euch nicht!*

»Danke«, sagte Bertha.

Sie wollte sich nicht abwenden und fühlte sich vollkommen klar im Kopf. Der Mann knöpfte seine Jacke wieder zu und wischte sich unsichtbaren Staub vom Revers. Sie sah, dass er sich noch eine Pflaume nahm, und so verzweifelt sie auch war, sie wollte nicht die Fassung verlieren.

»Es ist schwer zu begreifen«, sagte er. »Dass manche Frauen so wenig Frau sein können. Trocken wie Zunder. Ganz anders als das hier.« Er hob die Pflaume hoch, als prostete er ihr zu, ehe er sie in den Mund steckte. Dann ging er.

Als Hanna und Fräulein Aarstad mit dem Karren voller Waren zurückkamen, putzte Bertha den Boden. Zwei Männer in Bergarbeiterkluft kamen gleich darauf herein und baten wegen ihrer schmutzigen Stiefel um Entschuldigung. Als Bertha unter dem Tresen sauber machte, schnitt sie sich an einer kleinen Scherbe eines Glases, das irgendwann zerbrochen sein musste, als sie gerade nicht im Laden war. Die Wunde im linken Daumen war weder tief noch gefährlich, sie blutete einfach nur. Bertha dachte, *trocken*. Das Wort legte sich wie ein mit Äther getränkter Lappen über ihr Gesicht. Sie atmete tief ein und merkte, wie sich in ihrem Kopf alles drehte.

Sie sagte Hanna nichts über den Mann oder die Wunde, die sehr schnell aufhörte zu bluten. Aber am Abend fühlte sie sich schlapp – und sie fror. Zum ersten Mal seit langer Zeit ging sie früher zu Bett als Hanna und schlief, als Hanna ins Schlafzimmer kam.

Irgendwann gegen Morgen erwachte sie und nahm draußen das kühle Licht der Morgendämmerung wahr. Dann schlief sie wieder ein und träumte, dass sich ihr Herz aus der Brust löste und Blut aus ihrem Schlüsselbein strömte. Als sie das nächste Mal aufwachte, fiel scharfes Sonnenlicht ins Zimmer, und auf dem Nachttisch lag ein Zettel, dass Hanna im Laden sei und Bertha einfach nachkommen solle. Sie hatte noch nie verschlafen, sie waren immer zusammen zur Arbeit gegangen. Aber Bertha war total erschöpft, als hätte sie am Vortag unendlich viele Säcke mit Mehl und Kartoffeln geschleppt. Wenn sie die Bettdecke betrachtete, schienen die gestickten Blumen auf ihr Gesicht zuzuströmen. Sie zog sich die Decke über den Kopf. In der Dunkelheit waren die Blumen verschwunden, aber als sie die Decke wieder zurückschlug, erschienen sie als weiße Lilien mit Madonnengesichtern. Jesu Mutter war das Schönste, was sie je gesehen hatte, mit der Lilienkrone auf dem Kopf, sie schwebte über den Boden, auf das Fenster zu, schloss die Vorhänge und sperrte alles aus.

Als Bertha abermals erwachte, sah sie zwei Menschen am Bett stehen. Sie zogen sie aus, und ihr war klar, dass der Mann sie aufschneiden musste, weil sie schmutzige und gottlose Gedanken hegte. Sie dachte, es sei nicht der

Arzt, obwohl er ihm ähnelte, sondern der Pastor, der die Sünden aus ihr hinauspressen sollte. Sie hielt den beiden die Hand hin. Natürlich konnten sie die abhacken. In diesem Moment schwebte sie zur Decke hoch. Von dort oben sah sie ihre einsame Hand, den abgeschnittenen Daumen, den Fuß, der unter dem Knie abgetrennt worden war, den Brustkasten mit den Rippen. Sie war zerstückelt worden.

Nach fast drei Tagen sank endlich das Fieber.

»Der Doktor hat dir eine schmutzige Glasscherbe aus der Hand geschnitten«, flüsterte Hanna.

Einige Abende nach ihrer Genesung stieß sie aus Versehen mit der verletzten Hand gegen den Bettpfosten. Der Schmerz schoss ihr in den Kopf und hinterließ ein Übelkeit erregendes Rauschen. Sie hatte sich das doch nicht ausgesucht, oder? Dennoch dachte sie, alle Menschen könnten sich für das eine und gegen das andere entscheiden.

Warum konnte sie sich nicht einfach für die Ordnung entscheiden, auf der die gesamte Menschheit aufbaute?

Sie waren alte Jungfern. Die Jammergestalten in allen Erzählungen, Moritaten und Familiengeschichten. Die Sitzengebliebenen, die ihr einsames Leben führten, einer unerfüllten Liebe treu. Viele Frauen wollten nicht mit einem Mann leben, da sie jetzt eine Ausbildung machen und sich selbst versorgen konnten. Und da sollte *sie* herumjammern, sie, die doch erleben durfte, dass ihr Körper sein eigenes pulsierendes Leben hatte, losgelöst von den Gedanken?

Es hatte in der Zeitung gestanden: *Man wird zum dritten Geschlecht.*

Vielleicht war es ja so.

26

1889

Am 7. April, als Bertha fünfundzwanzig wurde, hatte sie vielleicht nicht mehr solche Angst, dass alle die Blicke bemerkten, die sie Hanna zuwarf, oder dass sie eine zufällige Berührung deuteten. Aber obwohl sie beide einfach nur als zwei geschäftige Frauen auftraten, hatte sie Angst, *Brummenæs & Torgersen* könnte eines Tages die Fensterscheiben eingeworfen werden, wenn irgendwer einen Verdacht gegen sie schöpfte.

Die Vorsicht wurde zur Gewohnheit, die Angst aber nicht.

Ihre Liebe war unsichtbar. Sie wollte sich nicht schämen, weil es in ihr prickelte, wenn Hanna sie berührte.

Sie frühstückten schweigend. Das taten sie oft. Dann konnte man draußen die Vögel hören und den Wind, der die Hauswände ächzen ließ. Ab und zu leise Stimmen und Schritte aus dem oberen Stockwerk. Bertha hatte sich nicht daran gewöhnt, dass die Geräusche von Meer, Hafen und Bergwerk hier im Inneren der Insel nicht so gut zu hören waren. Sie lauschte noch immer auf das Meer, auf das Dröhnen einer Sprengladung und auf den Lärm einer Maschine, die Steine zertrümmerte. Geräusche von Laden und Löschen. Aber hier erinnerten die Geräusche aus Visnes eher an ein leises Brummen oder an ein fernes Donnergrollen.

Bertha dachte daran, dass sie fünfundzwanzig Jahre alt war. Und von dort wanderten die Gedanken zu ihrer Mutter, Karen Marie. Wie anders war deren Leben gewesen!

Hätte die Mutter verstanden, wer ihre Tochter war? Wäre sie – wie Tante Tomine geschrieben hatte – stolz darauf, dass sie eine Tochter mit eigenem Haus und Geschäft hatte? Oder wäre sie wie der Vater und Serine besorgt, weil Bertha noch immer keine eigene Familie gegründet hatte? Würde sie die gleichen Zeitungen lesen wie Hanna und Bertha und wäre beunruhigt, weil im Bergwerk jetzt eine Tiefe erreicht worden war, wo der Kupfergehalt abnahm? Würde sich Karen Marie wie Bertha ängstigen, weil in den vergangenen Monaten mehr Menschen Visnes verlassen hatten, als neue hinzugekommen waren?

Das merkte *Brummenæs & Torgersen* nun auch am Verkauf. Hanna sagte immer wieder, sie müssten vorsichtig sein, damit sie nicht auf Waren sitzen blieben, die schlecht werden könnten und dann unverkäuflich wären. Sie hatte zu Bertha gesagt, sie müssten ihren Warenvorrat reduzieren.

Obwohl Bertha die Buchhaltung machte, schien Hanna eine andere Übersicht und einen kräftigeren Verbrennungsmotor zu haben als sie. Kein Tag verging, ohne dass sie eine Verbesserung vorschlug.

Bertha war noch immer überrascht darüber, dass sie überhaupt Mitbesitzerin eines Ladens war. Jeden Morgen blieb sie vor der Ladentür stehen und sah das Schild mit den schön gemalten Buchstaben an. Sie war zufrieden mit dem kleinen Überschuss, den der Laden einbrachte.

Nach dem Frühstück gingen sie über die Landstraße nach Visnes und hinein in die Geräusche und Gerüche des Bergwerks. Als sie sich dem Laden näherten, entdeckte Bertha am Damm auf der anderen Straßenseite einen Mann. Sie erkannte ihn sofort, obwohl er ein anderer war als der, mit dem zusammen sie vor einer gefühlten Ewigkeit nach Bergen gefahren war.

»Das ist Jostein Olsen«, sagte Bertha.

Seine Haare waren dünn geworden, sein Körper magerer als in ihrer Erinnerung, und als sie näher kam, bemerkte sie, wie sein Blick hin und her irrte, als könne er ihr nicht in die Augen schauen.

»Bertha Torgersen«, sagte er und blickte an ihr vorbei.

»Jostein Olsen«, sagte sie.

»Ich schließe auf«, sagte Hanna und ging grußlos weiter.

»Ich komme gleich«, sagte Bertha.

Er fragte, ob sie einen Moment Zeit habe. Sie nickte.

»Aber nicht lange«, sagte sie.

Er sei bekehrt worden, erklärte er. *Ein anderer* geworden.

Bertha nickte und lächelte kurz.

»Deshalb habe ich Sie so lange nicht mehr gesehen«, sagte sie.

Sie wollte freundlich sein, aber nicht in ein Gespräch verwickelt werden.

»Ich habe mir selbst unrecht getan«, sagte er.

Sie unterdrückte ein Lächeln.

»Sie sind kein Untersteiger mehr?«

»Nein. Prediger.«

»Ach was«, sagte sie.

»Gott hat ein Wunder gewirkt. Ich bin jetzt glücklicher«, sagte er.

»Das freut mich.«

»Damals habe ich mich vor allem auf das Irdische konzentriert.«

Nun sah er sie an.

Sie nickte. Wollte er andeuten, dass auch sie sich wahrscheinlich eher auf das Irdische konzentrierte? Sie schwieg. Er sollte von sich aus sagen, warum er sie aufgesucht hatte.

»Ich habe nicht sehr viel Zeit«, sagte sie und warf einen Blick zu dem Laden hinüber, wo Hanna das Schild im Fenster umgedreht hatte, sodass jeder wusste, dass *Brummenæs & Torgersen* nun geöffnet hatte.

»Ich habe in Sünde gelebt«, sagte er.

»Sicher nicht viel mehr als andere auch«, entgegnete sie.

»Ich habe ein Kind. Einen Sohn.«

»Das ist ein Segen«, sagte sie.

»Erinnern Sie sich, Fräulein Torgersen, an die beiden Kinder, von denen ich erzählt habe? Die auf der Wochenstation vertauscht worden sind?«

»Ja.«

»Ich habe mich wider Gott vergangen und ein Märchen erzählt. Eine Lüge«, korrigierte er sich. »Das eine Kind ist von mir. Kein Kind wurde vertauscht. Aber die Mutter war sechzehn. Das ist wahr. Dafür habe ich Vergebung erlangt.«

Er bohrte die Vorderzähne in die Unterlippe, wie er es ab und zu machte, das wusste sie noch. Dadurch sah er ein bisschen wie ein Nagetier aus.

Jetzt begriff sie, dass es um Geld ging. Ihr wurde eiskalt.

»Ich muss gehen«, sagte sie und nickte.

»Er heißt Peder.«

»Ein schöner Name.« Sie trat einen Schritt zurück.

Er trat einen Schritt vor und packte sie am Arm.

»Er ist vier. Können Sie mir helfen?«

»Womit denn?«

»Und mutterlos.«

»Das tut mir leid.«

»Tuberkulose.«

»Wohnt er bei Ihnen?«

»Bei mir? Nein. Bei der Schwester seiner Mutter. Er soll bei ihr aufwachsen. In Visnes. Sie ist gut genug.«

»Aber Sie haben wenig Geld?«

»Ja.«

»Verdienen Sie nichts als Prediger?«

»Doch. Aber das reicht nicht aus. Ich schicke auch Geld nach Bergen.«

Bertha erinnerte sich an die ärmliche kleine Wohnung in Bergen.

»Sie sind die Einzige, die ich kenne, die etwas besitzt und die keine eigenen Kinder hat.«

»Ich betreibe den Laden zusammen mit Fräulein Brummenæs. Wir haben gemeinsame Kasse.«

»Würden Sie sich die Sache überlegen?«

»Ja.«

Jostein Olsen bedankte sich überschwänglich und sagte noch eine Menge Dinge, die mit Gott zu tun hatten.

Am Abend lag sie zusammengekauert in ihrem schmalen Bett. Hannas Kopf konnte sie nicht sehen, denn er wurde von dem Nachttisch zwischen ihnen verdeckt.

»Ich glaube nicht, dass er einen Sohn hat. Der will uns nur Geld abluchsen«, sagte Hanna.

Bertha hatte eiskalte Füße. Sie trug dicke Wollsocken und hatte die Knie hochgezogen, lag auf der Seite. Hannas Bett zugewandt.

»Er hat dir also von zwei kleinen Jungen erzählt, die vertauscht worden sind. Und das war einfach nur gelogen?«

Bertha lächelte.

»Das hat er gesagt. Aber damals klang es so überzeugend, dass ich dachte, ich sei vielleicht selbst auch vertauscht worden.«

Hannas tiefes Lachen hörte sich spöttisch an.

»Aber würde er lügen und das mit dem unehelichen Sohn erfinden?«

»Viele würden für Geld alles tun«, sagte Hanna. Und fügte hinzu: »*Ein anderer geworden.* Wie praktisch!«

»Du meinst, diesen vier Jahre alten Jungen gibt es gar nicht?«

»Das ist gut möglich. Das Land wimmelt von Vierjährigen, an denen man etwas verdienen kann.«

»Jetzt bist du zynisch.«

»Ich soll zynisch sein? Findest du, dass wir unser Geld für eine Ausgeburt der Fantasie hergeben sollen?«

Bertha stellte sich vor, dass Hanna mit ihrer Wortwahl zufrieden war.

War diese junge Frau damals schon von Jostein Olsen schwanger gewesen, als sie ihn an Bord der Nidelven kennengelernt hatte? Und was, wenn es diesen Jungen gab und er Hunger litt? Obwohl es von hungrigen Vierjährigen nur so wimmelte, hieß das ja nicht, dass sie einen Sohn von Jostein Olsen nicht unterstützen könnten. Vielleicht gerade diesen Jungen. Das Produkt von Sünde und Lügen, das Kind einer toten Mutter.

Vielleicht wollte Gott sie auf die Probe stellen?

»Angenommen, es gibt ihn«, sagte Hanna leise. »Warum sollten wir gerade ihm helfen, von allen armen, mutterlosen Jungen?«

»Weil wir von ihm wissen.«

Hanna bewegte sich im Bett. Bertha sah ihren Schatten, als sie sich aufsetzte.

Lächelte sie, da im Halbdunkel? Wenn Hanna wüsste, wie anziehend sie durch dieses Lächeln wurde, diese Andeutung von Lächeln, würde sie das häufiger tun. Dann dachte sie: Sie weiß es, aber sie tut es trotzdem nicht.

Fast flüsternd fragte Hanna: »Geht es dir um eine Art Buße?«

Bertha flüsterte zurück: »Nein. Aber alles ist wohl eine Art Rechnung.«

»Jetzt klingst du fast wie ich.«

»Vielleicht geht es um Nächstenliebe?

Nach einer Weile sagte Hanna: »Was, wenn wir kein Geld geben, sondern sagen, dass der Junge gern ab und zu bei uns essen kann? Dann erfahren wir, ob er wirklich existiert und der Prediger das Geld nicht für sich selbst ausgibt.«

Bertha machte kein Licht, sie streckte den Arm aus und fand Hannas Hand.

27

An dem ersten Sonntag, an dem Peder zu ihnen kam, wurde er von seiner Tante gebracht.

Er war klein und dünn, fast mager. Er trug eine verschlissene Hose und ein grobes, viel zu großes Wollhemd, und weil er Läuse gehabt hatte, war sein Kopf kahl geschoren. Er sagte nichts, verbarg sich hinter dem schwarzen, schmutzigen Wollrock seiner Tante. Ihr Rock war unten vom Straßenschlamm durchnässt und ihre Schuhe verschlissen, ohne Schnürsenkel und mit offen hängender Zunge, es sah aus wie ein aufgerissener Mund.

Die Tante versetzte dem Jungen mit ihrer großen Hand einen Klaps auf den Hinterkopf und schob ihn auf Bertha zu, die in der Tür stand, aber Peder verkroch sich sofort wieder hinter ihrem Rock. Das Gesicht der Tante war ausdruckslos, sie dankte Bertha und Hanna nicht und konnte den Jungen auch nicht damit beruhigen, dass sie ihn bald wieder abholen würde. Aber trotzdem wirkte sie auf gewisse Weise freundlich.

An diesem ersten Sonntag sagte er nicht viel, aber immerhin konnte er das Tischgebet: *Lieber Gott, wir danken dir für deine Gaben, die wir durch deine milde Hand empfangen haben. Komm, Herr Jesus, sei unser Gast, und segne, was du uns bescheret hast.*

Sie aßen Pökelfleisch und Kartoffeln, und Peder leckte seinen Teller sauber.

Er nickte, wenn sie ihn etwas fragten, und schlug die Augen nieder, wenn er nicht wusste, ob er nicken oder den Kopf schütteln sollte.

Bertha schlug vor, ihm etwas vorzulesen. Sie holte das Buch, das sie aus der Bücherei ausgeliehen hatte: *In Brunnen und Teich,* von Jørgen Moe.

Hanna erledigte den Abwasch, und Peter schob seinen Stuhl neben den von Bertha, damit er die Bilder sehen konnte, während sie ihm über die große Beate vorlas, die ungefähr in Peders Alter war und eine Puppe hatte, die kleine Beate, die mit der großen Beate sprechen konnte, wenn die beiden allein waren.

»Noch ma'«, sagte er, als Bertha das Buch zu Ende gelesen hatte. Das war das Erste, was sie ihn außer dem Tischgebet sagen hörte, und es war keine Frage. Seine Stimme war dünn wie ein gebrechlicher Zweig, aber sie verschaffte ihm noch eine Stunde auf dem Stuhl.

Als Bertha zum zweiten Mal das Buch schloss, sah er sie an und fragte, ob es die große Beate und die kleine Beate wirklich gebe.

»Ja, im Buch sind sie wirklich«, sagte Bertha.

Sie streichelte Peders kahlen Schädel. Kleine schwarze Haarstoppeln kratzten über ihre Handfläche.

Nach diesem ersten Besuch kam der Junge meistens allein. Zweimal brachte ihn ein Vetter, aber der machte kehrt, sowie er das Haus sah, deshalb lernten sie ihn nicht kennen.

Nach und nach wurde Peder ein Teil ihrer Sonntage. Anfangs kam er alle drei Wochen. Dann stand er in der Tür, schmutzig und schüchtern, Angst, ausgeschimpft zu werden, ohne zu wissen, weshalb. Dann kam er alle zwei Wochen. Und schließlich jeden Sonntag, nach dem Gottesdienst im Gebetshaus oder in Avaldsnes. Nun machte er selbst die Tür auf und rief selbstsicher: »Jetzt isser da!«, hängte seine Schirmmütze an den Haken, den Hanna unten an der Wand des Windfangs angebracht hatte.

Er wurde zu einem Teil von ihrem Rhythmus, und obwohl Hanna nicht wortwörtlich sagte, sie freue sich auf seinen Besuch, registrierte Bertha, dass sie ihren Werkzeugkasten aus der Abstellkammer holte, damit Peder ihn zusammen mit ihr durchsehen könne, und dass sie nichts mehr versteckte, aus Angst, er könnte etwas zerbrechen oder zerstören.

Er war ein eifriger Junge, der sich mit großer Geduld daran beteiligte, das alte Werkzeug zu reparieren. Wenn er kam, wollte er immer in die Stube und sich die Bilder des empfindsamen und bleichen Jesus ansehen, die Bertha von Frau Stange bekommen hatte. Aber vor allem wollte er viel über die vielen verschiedenen Vögel erfahren, die es auf Karmøy gab. Irgendwann gab es keine Vogelart mehr, die er nicht identifizieren konnte, entweder nach ihrem Aussehen oder ihrem Ruf.

Bertha lieh sich ein bebildertes Buch über Vögel aus, das sie zusammen lasen, und nach einem Jahr, als es Frühling wurde, erzählte Peder an einem Sonntag, dass der Große Brachvogel endlich aus England zurückgekehrt sei. Er hatte gleich hinter dem Haus einen gesehen.

»Kein anderer Vogel sieht aus wie der Große Brachvogel«, sagte er eifrig. »Der Schnabel ist gebogen und riesig lang. Und zwischen den Flügeln kann er *sooooo* groß werden!«

Er breitete die Arme aus, spannte seinem inzwischen

etwas größer gewordenen Körper an, um zu zeigen, dass die Flügel des Großen Brachvogels genauso lang waren wie er groß.

»Und das Weibchen legt die Eier in kleine Mulden im Boden. Wenn wir nach dem Essen hinter das Haus gehen, müssen wir vorsichtig sein, damit wir nicht darauf treten. Die Nester kann man fast nicht sehen. Stellt euch vor, dass die wirklich hier wohnen!«

Als Bertha ihn an diesem Aprilabend zu der Tante in die kleine und überfüllte Wohnung in einem der Arbeiterhäuser in Visnes brachte, erzählte Peder, beim Großen Brachvogel hätten Männchen und Weibchen die gleiche Farbe im Gefieder.

»Nicht wie bei anderen, wo das Männchen mehr Farbe hat«, sagte er. »Und beide brüten die Eier aus. Aber das Weibchen hat einen längeren Schnabel. Und es verlässt die Jungen früher, und das Männchen muss auf sie aufpassen, bis sie fliegen können.«

»Was du alles weißt«, sagte Bertha. Sie lächelte und drückte seine Hand.

»Wollen wir einen Umweg über die Hügel machen?«

Peder nickte.

An diesem Abend sahen sie einen Großen Brachvogel. Peder kannte ein Nest und glaubte, dass dort ein Weibchen auf den Eiern saß. Aber er war nicht sicher.

»Es ist nicht leicht, den Unterschied zu erkennen.«

»Nein«, erwiderte Bertha.

Sie blieben lange stehen, in sicherer Entfernung.

Leise fragte er, während sie beide den großen schönen Vogel im Nest beobachteten: »Glaubst du, Hanna ist ein bisschen wie so ein Männchen?«

»Das kann sein«, sagte Bertha.

28

Sie sahen Peder aufwachsen, die ersten Buchstaben lernen, sie hatten schlaflose Nächte, als er an Masern erkrankte, und sie waren entsprechend erleichtert, als er überlebte. Wenn er ab und zu auf eigene Faust in Haugen auftauchte, ließen sie ihn im Laden helfen, für etwas zu essen, das er mit nach Hause nahm.

Nur einmal in dieser Zeit begegnete Bertha Jostein Olsen. Es war im Spätsommer 1890. Er kam in den Laden, ungefähr wie damals während ihrer Bekanntschaft. Er zog die Tür hinter sich zu und wartete mit der Schirmmütze unter dem Arm, bis keine Kundschaft mehr im Laden war. Hanna saß im Kontor, und Fräulein Aarstad war unten im Keller. Sie hatten jetzt kein weiteres Ladenmädchen. Der Umsatz im Laden war entsprechend der abnehmenden Aktivität im Bergwerk gesunken.

»Ich war seit einem Jahr nicht mehr hier«, sagte Jostein Olsen. »Mein Amt als Prediger hat mich in viele Städte geführt. Wo die Sünde noch größer ist als hier.«

»Ach was«, sagte Bertha.

Sie sah, dass seine Kleidung an vielen Stellen geflickt war, aber keine Löcher aufwies. Die Schuhsohlen waren so dünn, dass er auf dem Unterleder zu laufen schien. Vielleicht ist er von einer Stadt zur anderen gewandert, dachte sie und schaute aus dem Fenster, wo ein Mann mit zwei Zinkeimern voller Koks vorüberging. Jostein Olsen schien eilig seinen Spruch aufsagen zu wollen.

»Peder wird mit seiner Familie nach Stavanger ziehen«, sagte er.

»Ach?«, entgegnete Bertha. Aber sie dachte: O nein! Das darf nicht passieren. Obwohl sie gewusst hatte, dass die Familie möglicherweise weggehen würde. Peders Onkel hatte seine Stellung in der Erzwäsche verloren, und die Tante konnte nicht wie bisher bei den beiden Fabrikantenfamilien putzen. Zwar hatte die Familie Anspruch auf Unterstützung durch das Werk, jedenfalls für gewisse Zeit, aber diese Unterstützung reichte nicht aus. Hanna hatte gesagt, sie müssten sich darauf vorbereiten, dass Peder eines Tages mit der Familie umziehen würde. Nun erzählte Jostein Olsen, dass Onkel und Tante beide Arbeit in der ersten Konservenfabrik in Stavanger gefunden hatten, die auch Frauen einstellte. Diese Fabrik spezialisierte sich auf Fischklöße, die sogenannten Stavanger-Eier.

Bertha nickte. »Wir hängen inzwischen sehr an ihm.«

»Dann war es ja gut und richtig, dass ich mich an euch gewandt habe«, sagte Jostein.

Er würde ihr niemals danken oder sagen, die Sonntage seien für seinen Sohn schön gewesen. Das wusste sie. Aber er war ihr auch nichts schuldig. Peder war eine unglaubliche Bereicherung gewesen.

Ihr wurde kalt.

»Werden Sie auch dort sein, ab und zu?«

»Nein.« Er schüttelte den Kopf. »Mein Leben spielt sich fern von Familienfreuden ab«, sagte er. »Aber wenn sich die Gelegenheit bietet, werde ich ihn natürlich besuchen.«

»Fehlt er Ihnen nicht auf Ihren langen Reisen?« Diese Frage rutschte ihr einfach so heraus, obwohl es sie ja nichts anging.

Jostein Olsen sah sie denn auch verständnislos an, als meine er, Bertha begreife einfach nicht, welcher Berufung er folge. Er beantwortete ihre Frage nicht, sondern zitierte aus einem Buch, das er gelesen hatte und in dem stand, je mehr ein Vater mit dem Alltagsleben zu tun habe, desto weniger wirkungsvoll sei er als Autorität.

»Peders Erziehung sollte von einem Vater übernommen werden, der ihm klarmacht, dass es im Leben darum geht, erwachsen zu werden, und dass Trennungen deshalb notwendig sind.«

Nach Peders letztem Besuch weinte Bertha, leise, denn Hanna sollte nicht denken, sie übertreibe. Aber sie konnte nichts dagegen tun. Sie hatte Peder lange umarmt. Er hatte gesagt, sie solle nicht traurig sein, denn bald könne er allein das Boot nehmen und sie besuchen.

Aber es kam nie dazu, dass er sie in Visnes besuchte.

Denn Berthas und Hannas Zeit folgte demselben Muster wie alle Phasen in aller Leben: Sie nahm ein Ende.

Weil immer mehr wertloses Gestein gefördert wurde, lohnte sich die Ausbeutung der Kupfervorräte immer weniger. Vielen wurde gekündigt, sie fanden Arbeit in anderen Bergwerken oder beim Eisenbahn- und Straßenbau. Jeden Tag wurden Häuser und Gebäude abgerissen, Brett für Brett. Dachziegel wurden aufeinandergestapelt, Bodenbretter wurden aufgebrochen und draußen aufgetürmt, um zu neuen Besitzern in Egersund, Haugesund und weiter südlich auf Karmøy verschifft zu werden. Die

Weberei wurde demontiert und in der Nähe von Stavanger wiederaufgebaut.

Im Herbst 1890 sank der Umsatz von *Brummenæs & Torgersen* immer weiter, und Hanna entschied, dass sie nicht dem Beispiel der Herren vom Bergwerk folgen und von ihren Reserven leben sollten, bis die aufgezehrt wären. Stattdessen würden sie ihr Geld anderswo in einem neuen Geschäft investieren. Und für sie gab es nur eine Alternative: Haugesund.

Ehe sie den Laden verkauften, erlebten sie noch mit, wie die Direktorenvilla, das schöne Fransehus, aller Fenstersprossen, bunter Glasscheiben und Schnitzereien beraubt wurde. Sie sahen, wie das prachtvollste Gebäude von Visnes auf ein Schiff geladen wurde, das das Material in den Saudafjord bis zur Stadt Sauda brachte, wo es neu errichtet werden und einem anderen Direktor als Wohnung dienen sollte.

»So brutal ist das Leben«, sagte Hanna.

ZWEITER TEIL

29

Haugesund, 1909

Einst hatte das Schild mit den schwarzen Buchstaben auf weißem Grund, *Brummenæs & Torgersen,* über der Eingangstür zum Kolonialwarenladen draußen in Visnes gehangen, aber die meisten Leute in Haugesund wussten jetzt schon nicht mehr, wann die beiden Damen es über den Eingang zum Laden in der Strandgate hatten nageln lassen, um dort ihre Manufaktur mit demselben Namen einzurichten. Jetzt war es immer dort gewesen, zusammen mit den beiden unverheirateten Frauen. Sie waren immer im Laden, so wie sie stets in der darüber gelegenen Wohnung gelebt hatten.

Bei der Volkszählung des Jahres 1900 hatten sie sich als *Manufakturhändlerinnen* aufführen lassen und mitgeteilt, dass sie an das Dienstmädchen Gina Økland und die Lehrerin Gerda Ellingsen je ein Zimmer vermieteten.

In der Spalte für den Zivilstand hatten sie natürlich angegeben: ledig.

Die Manufaktur war ein bekanntes und zuverlässiges Unternehmen. Dorthin ging man, um mit der Maschine genähte Hemden, Kleider und Hosen zu kaufen. Handschuhe, Hüte und Strümpfe. Keine Kleidung, die der aktuellen Mode zuvorkam, keine Kleider aus zu exklusiven Stoffen, die sich nur die Wohlhabendsten leisten konnten. Hanna, die noch immer für Einkauf und Bestellungen zuständig war, wollte unbedingt einen Laden haben, der mehrere Bevölkerungsschichten anzog. Sie meinte, die Stadt müsse so modern sein, dass Arbeiterfrauen im selben Laden wie die Damen des Bürgertums Kleider anprobieren dürften.

»Denen tut es allen nicht weh, wenn sie einander sehen«, meinte sie.

Bertha saß meistens im Kontor und war mit der Buchführung beschäftigt, während Hanna das Gesicht des Ladens war. Außerdem hatten sie immer mehrere Ladenmädchen. Und in dem Teil des Ladens, der sogenannten *Herrenkonfektion*, trug Herr Stangeland, ein Mann mittleren Alters und mit rötlichem Teint, die Verantwortung, dass Herren das Gesuchte fanden und vielleicht noch etwas, von dem sie nicht gewusst hatten, dass sie es brauchten.

Bertha war jetzt einundvierzig, und ihr gefiel die Vorhersagbarkeit, die ihr Leben prägte. Sogar die immer wiederkehrenden Kopfschmerzen waren zu einer Form von Routine geworden, wenn auch zu keiner wünschenswerten und nicht weniger quälenden. Als sie zum ersten Mal das ruckhafte Licht bemerkt hatte, das sich wie eine Schlange über ihre Netzhaut bewegte, gefolgt von einem dunklen, fast dröhnenden Schmerz hinter den Augen, hatte sie geglaubt, sterben zu müssen. Damals, vor acht, neun Jahren, als der Laden erweitert wurde. Oder vielleicht, als ihr Vater starb. Die Kopfschmerzen waren dann in regelmäßigen Abständen zurückgekehrt, ohne dass sie ein System darin erkennen konnte. Aber sie glaubte nicht mehr, dass ihr Kopf bersten müsste, sie wusste, dass der Schmerz für einige Stunden bleiben und sie danach erschöpft sein würde. Wenn die leuchtenden Muster am Rand ihres Blickfeldes auftauchten und sich weiß in das Blickfeld hineinfraßen, klappte sie ihr Rechnungsbuch im Kontor zu und stieg langsam und unbemerkt die Hintertreppe zur Wohnung hoch. Sie schloss die Vorhänge, zog eine Schlafmaske an, legte sich bewegungslos auf ihr Bett, damit sie sich nicht erbrach, und wartete darauf, dass sie vor diesem intensiven Unbehagen flüchten konnte und einschlief. Ab und zu, wenn die Schmerzen unerträglich wurden, nahm sie einen Löffel mit einem lindernden Pulver aus einer kleinen braunen Flasche, die der Arzt ihr verschrieben hatte, aber dann fühlte sie sich verwirrt, wenn sie Stunden später aufwachte. Deshalb versuchte sie, solange es ging, die Schmerzen ohne Pulver auszuhalten.

Nun war sie nach einem solchen Anfall soeben erwacht, hatte das Pulver jedoch nicht genommen. Es mochte gegen vier Uhr nachmittags sein. Sie trank einen Schluck Wasser aus dem Glas auf dem Nachttisch und bedeckte wieder mit der Schlafmaske ihre Augen. Schmerzen und Übelkeit hatten sich gelegt, aber ihr Körper kam ihr kraftlos und kalt vor, als ob sie sich eine Grippe geholt hätte. Sie wusste genau, so würde sie bis zur Dämmerung liegen bleiben. Vielleicht konnte sie für ein oder zwei Stunden aufstehen, um dann bis zum nächsten Morgen tief zu schlafen. Die Anfälle stellten sich nicht so oft ein, aber sie brauchte fast immer vierundzwanzig Stunden, um wieder auf die Beine zu kommen. Sie musste Geduld haben, durfte die Kopfschmerzen nicht reizen, sondern musste liegen bleiben, bis sie wieder gesund war.

Sie presste ihre Füße auf eine Wärmflasche, die Gina ans Fußende gelegt hatte, und blieb mit ausgestreckten Armen still liegen.

Eigentlich hatte sie keine Kraft, um an irgendetwas zu denken, aber ihre Gedanken wanderten zu dem, was Hanna beim Frühstück gesagt hatte. Oder vielleicht war es gestern gewesen, beim Abendessen. Die Zeit löste sich auf, wenn sie im Bett lag, sie konnte nur schwer die Stunden auseinanderhalten.

Hanna hatte mit der Zeitung dagesessen und ihr von der Zwangsversteigerung bei Odland vorgelesen, wo ein alter Heringsdampfer, die Goval, zusammen mit den anderen Wertgegenständen aufgeführt war, die unter den Hammer sollten.

»Das wäre doch was«, hatte sie gesagt.

»Was meinst du?«

»Wenn wir ein Schiff kauften.«

Hanna machte keine Witze. Das hatte Bertha ihr angesehen. Der erwartungsvolle Zug um den Mund, die aufmerksam blickenden Augen, die rasche Handbewegung über dem Kopf. Diesen Ausdruck hatte Hanna immer dann, wenn sie eine Entwicklung vorschlug, eine Veränderung, wenn sie von einem Plan oder einem Wunsch erzählte. Seit fast fünfundzwanzig Jahren kannte Bertha dieses Gesicht jetzt, und sie fühlte sich davon immer noch angezogen, war fasziniert. Hannas Eifer, der zu schlaflosen Nächten, aber auch zu Spannung und Zukunftsträumen führen konnte.

Die Aktien, die sie in der Schiffsindustrie erworben hatten, hatten zwar reichen Ertrag gebracht. Aber Aktien zu haben, war etwas anderes, als ein Schiff zu besitzen.

»Wie meinst du das?«, hatte Bertha gefragt.

»Ich meine, was, wenn wir ein Schiff kaufen? Einen Dampfer. Die Goval. Wir betreiben die Manufaktur jetzt seit einer Ewigkeit. Haben Kapital beiseitegelegt. Was, wenn wir etwas ganz anderes machen?«

»Mir gefällt dieses Leben«, hatte Bertha geantwortet.

Oder etwas Ähnliches. Sie war aufgebracht gewesen, aber nicht lauter geworden. Sie hatte in etwa gesagt, sie sei zufrieden mit ihrem Leben, so, wie es war, obwohl sie sich natürlich ebenfalls über wachsenden Umsatz und schwarze Zahlen im Rechnungsbuch freute. Sie hatte vorgeschlagen, etwas für die *Frauenbewegung* oder für die *Gemeinde* zu spenden, wenn Hanna unbedingt Geld ausgeben wollte. Hatte sie nicht auch gesagt, dass sich die Zeiten immer wieder ändern könnten, Hanna fast fünfzig sei, dass die Kinderschar der Nichten und Neffen bei jedem Besuch angewachsen sei? Dass Peder ein bisschen Hilfe brauchen könnte. Er war mit sechzehn von Stavanger nach Haugesund gezogen. Hatte sich mit allerlei Arbeit durchgeschlagen, war aber ebenso oft arbeitslos.

Sie wusste nur zu gut, dass Hanna kein Geld ausgeben wollte, wenn es nicht zugleich etwas einbrachte. Und weder der Frauenverein von Haugesund, wo sie beide Mitglieder waren, noch die Gemeinde oder eine politische Partei würden ihr Geld zinsbringend anlegen. Und Peder schon gar nicht.

Und dann hatte dieses ruckhafte Licht ihr Blickfeld erfüllt, und sie war nach oben gegangen und hatte sich hingelegt.

Frauen kauften keine Schiffe. Es gab keine Reederinnen. Vielleicht hatte sie irgendwann einmal von einer gehört, aber das war dann die Witwe oder Tochter eines Reeders gewesen.

Für zwei Frauen war die Landkarte weiß, ohne Leuchtfeuer, nach denen sie navigieren könnten.

Sie schlief ein, und als sie wieder erwachte, hörte sie Hanna und Gina vor der Tür flüstern. Und dann entfernten sich die Schritte der beiden.

Als sie das nächste Mal aufwachte, begriff sie, dass wieder Nacht war. Sie schaltete die Nachttischlampe ein und sah, dass Hanna nicht im Bett lag. Es war zwanzig nach eins. Es war Mai, und es wurde nie ganz dunkel. Wenn Bertha Kopfschmerzen hatte, schlief Hanna auf dem Diwan in der Stube.

Bertha dachte an Hannas Gesicht. Es hatte so gestrahlt, als sie vorgeschlagen hatte, die Goval zu kaufen. Kein neckender oder herausfordernder Ausdruck, sondern es war erfüllt von der glühenden Intensität, die Bertha an ihr liebte und sie so lange nicht mehr bei ihr erlebt hatte.

Ihre gemeinsame Zeit war geschrumpft, ihr Lachen schwächer geworden, immer öfter hielt sich jede in ihrem Zimmer auf. Arbeitete jede für sich im Laden. Abends ging Bertha zu Versammlungen der Gemeinde, während Hanna über den Papieren für den Stadtrat saß, wo sie die Freisinnige Linke vertrat und Anträge zur Einführung des Frauenstimmrechts vorbereitete.

Ihr Zusammensein reduzierte sich nun auf die Mahlzeiten.

Aber jetzt hatte Bertha Hannas lebendiges und eifriges, erwartungsvolles Gesicht gesehen. *Sollen wir das Boot kaufen?* Hatte sie diese Bemerkung einfach so hingeworfen, diesen Vorschlag gemacht, um eine Reaktion zu provozieren? Ein Gespräch oder einen gemeinsamen Traum?

Sie drehte sich im Bett um, legte sich auf den Bauch, die Hände über dem Kopf. Nach kurzer Zeit spürte sie, wie die Schmerzen aus dem Versteck hinten im Nacken hervorgekrochen kamen und sich pulsierend durch den Schädel bis zu den Höhlen hinter den Augen ausbreiteten. Nicht so stark wie einige Stunden früher, aber wie eine Erinnerung, dass sie sich nicht gar zu sehr darauf verlassen sollte, dass der Anfall zu Ende war. Sie drehte sich vorsichtig wieder auf den Rücken, um nicht das zu wecken, was auf der Lauer lag. Sie spürte die Übelkeit und dachte, sie würde Hanna sagen, sie könnten gern ein Angebot für den Dampfer Goval machen. Wenn nur die Schmerzen nicht zurückkehrten.

30

Die Stadt wuchs immer weiter, sie breitete sich aus über ehemalige Felder und über unbebautes Land, Brücken wurden zu den in der Nähe liegenden Inseln gebaut, Straßen führten vorbei an Villen mit reich verzierten Eingangsportalen, an breiten Anlegestellen, durch Alleen und neu entstehende Firmen. Vor allem wurde mit Schiffen gehandelt.

In der Zeitung *Haugesunds Avis* lasen Bertha und Hanna immer wieder von neuen Reedereien. Dort, wo Fische und andere Waren in die Welt verschifft wurden, kamen die Schiffe mit Produkten zurück, von denen die Menschen in Haugesund plötzlich nicht genug bekommen konnten. Bananen, zum Beispiel.

Vielleicht war Hannas Idee, das Geld von *Brummenæs & Torgersen* in einem Schiff zu investieren, doch nicht so verrückt?

Was wirkte an einem Schiff so verlockend?

Es waren natürlich nicht nur Hannas erwartungsvoller Blick, ihre Träume von Geschäften, neuen Angestellten und großem Verdienst. Es war auch etwas in ihr selbst. Eine Lust. Vielleicht eine Möglichkeit, Peder eine Anstellung zu verschaffen, nachdem er mehrere Jahre zur See gefahren war, sich aber immer wieder mit der übrigen

Mannschaft anlegte und seine Anstellung verlor? Nein, es war etwas anderes. Sie wollte etwas beweisen.

Sie, die nur einige Jahre zur Schule gegangen war, keine anerkannte Ausbildung besaß, die überzeugt davon gewesen war, dass sie damals, bei der Gründung der Manufaktur *Brummenæs & Torgersen*, Geld verlieren würden. Sie, die eigentlich nicht an sich geglaubt hatte, war diejenige, die Tag für Tag über den großen schwarzen Rechnungsbüchern gesessen, sich Notizen gemacht und gerechnet, die vorsichtig ihr Sortiment erweitert hatte, die Hannas Preissteigerung bei den exklusiveren Kleidungsstücken akzeptiert, die, wenn nötig, ihre Einwilligung verweigert hatte, die das Geld in der frisch gegründeten Haugesund Privatbank angelegt hatte, nachdem sie mit dem Direktor über höhere Zinsen gesprochen und sich durchgesetzt hatte. Die Erfahrung war ihre Qualifikation. Sie hatte gelernt, leise Schritte zu machen, die Stimme zu dämpfen und die Zahlen für sich sprechen zu lassen. Andere Frauen lenkten Aufmerksamkeit auf sich, indem sie große Eingangsportale mit weißen und roten Rosen schmückten, die Fertigkeiten ihrer Kinder vorführten oder sich exzentrisch gaben – wie Hanna mit ihrer Melone. Die kurze Haare hatten oder in der Öffentlichkeit rauchten. Einige Male hatte Hanna Dokumente sogar mit *Herr Brummenæs* unterschrieben.

Bertha selbst fühlte sich von Zahlen angespornt. Nicht nur von den Zahlen, die stiegen, es gab noch etwas anderes bei den präzisen Abrechnungen, das ihr Freude machte. Als ob die Ordnung in den Zahlenkolonnen auch Ordnung in ihre Gedanken brachte. Sie wurde ruhig und sicher, wenn eine Rechnung aufging.

»Vielleicht ist dein Vorschlag gar nicht so dumm«, sagte Bertha, wie zufällig, zwei Tage nach ihrem Migräneanfall nach dem Essen. Sie hatten in einem Restaurant in der Stadt gegessen und tranken nun zu Hause eine Tasse Kaffee.

»Wir können so oder so kein Angebot machen«, sagte Hanna. »Wir dürfen zwar ein eigenes Geschäft führen, Steuern zahlen, unser Geld auf die Bank bringen und Zinsen kassieren. Aber was glaubst du, was passieren wird, wenn wir ein Angebot für ein Schiff machen?«

»Wie meinst du das?«, fragte Bertha.

»Jemand anderes muss das für uns tun.«

»Jemand anderes? Wer sollte das denn sein?«

»Einer, der uns einen Gefallen schuldet.«

»Du kannst unmöglich an Krohn Haaland denken.«

»Doch. Genau an den.«

Hanna starrte sie erwartungsvoll an. Sie hob die kleine Tasse an den Mund, trank einen Schluck und stellte die Tasse wieder hin.

Hanna musste doch begreifen, dass ein Möbelschreiner, der aller Welt Geld schuldete und dem sie mit einem großzügigen Darlehen ausgeholfen hatten, als Käufer eines ganzen Schiffes nicht glaubwürdig wäre.

»Was sagst du, Bertha?«

»Nichts.«

»Nein, das höre ich. Aber ich habe dich gefragt, wie du meine Idee findest. Die Sache mit Krohn Haaland?«

»In einen Laden kommen ja oft Frauen. Aber wäre das nicht seltsam, wenn uns ein ganzes Schiff gehörte, obwohl wir an Bord nicht willkommen sind?«

»Du und dein Aberglaube!«

»Aber es geht hier nicht um *mich* und den Aberglauben. Sondern um *alle* und den Aberglauben. Wer würde denn auf einem Schiff arbeiten, das zwei Frauen gehört?«

»Ja, dann gehört uns immerhin unser eigenes Unglück.«

»Sieh dich vor, sonst werden deine Worte noch wahr!«

Hanna lachte. »Ich dachte, du hättest das hinter dir gelassen, Bertha. Aber du sagst noch immer ›toi, toi, toi‹, wenn du eine schwarze Katze siehst, und glaubst, ein einziger Blick, den du mir in Gegenwart anderer zuwirfst, endet gleich in der Zeitung oder mit einer Verurteilung des Pastors. Und ein kleiner Schritt mit deinem Fuß an Deck würde ein riesiges Schiff zum Sinken bringen.«

»Aber das sind größenwahnsinnige Gedanken, Hanna.«

»Du hältst es also für Wahnsinn, ein Schiff zu kaufen?«

»Nein.« Bertha schüttelte den Kopf. »Aber es ist beängstigend. Allein schon, darüber zu reden.«

»Aber auch verlockend, nicht wahr? Es kann sich als gute Investition erweisen.«

Hannas offenes, erwartungsvolles Gesicht, als sie ihre Hand nach Berthas ausstreckte und ihre Pranke liebevoll darauf legte.

Bertha wiederum bedeckte sie mit ihrer anderen Hand.

31

Juni

Bertha stand vor dem Badezimmerspiegel und sah sich an, so, wie sie es ab und zu als Kind getan hatte, in der Wohnung in der Strandgate. Ihre Haare waren nicht ganz grau, an den Schläfen jedoch fast weiß, und das ergab ein helles Spiralmuster, wenn sie hochgesteckt wurden. Sie hatte winzige Runzeln um den Mund bekommen. Die Haut der Lider über den etwas eng sitzenden Augen war schlaff.

Hanna sprach fast nie darüber, ob sie fand, sie sehe alt aus, oder dass ihre Haare, früher einmal glänzend und golden, nun starr und grau waren. Sie klagte auch nicht darüber, dass ihr Rock so eng um den Bauch saß. Als ginge sie die Veränderung ihres Körpers nichts an.

Jetzt hörten sie, dass Gina in der Küche schon hantierte. Sie kochte ein oder buk, putzte oder polierte Kupfer, heizte im Ofen ein oder leerte Asche aus.

Hanna hatte gesagt, sie werde den ganzen Tag im Laden sein, egal, was passierte. Bertha brachte das nicht über sich. Sie hatte Angst, dass die mit dem Angebot verbundene Spannung Kopfschmerzen auslösen würde, und sie konnte sich weder auf die Buchführung noch auf etwas anderes konzentrieren. Sie wollte baden. Für Hanna war das unvorstellbar, die badete nie im Meer. Sie hielt das für eine moderne und alberne Idee, diese sogenannten gesundheitsfördernden Seebäder, mit einem Badehaus in jeder Bucht, wie sie mit leichter Verachtung sagte.

Aber obwohl Bertha nicht schwimmen konnte, ließ sie sich gern in das kalte, salzige Wasser sinken. Das verdrängte alles andere.

Sie ging durch die Strandgate und über die Brücke nach Bakarøynå.

Unter dem Kleid und dem leichten Sommermantel trug sie ihren Badeanzug, und in ihrer Tasche lagen trockene Unterwäsche und ein Handtuch.

Hanna und Bertha hatten herausgefunden, dass sie bei einer Auktion durch einen Strohmann ein Angebot abgeben konnten. Sie taten nichts Ungesetzliches, aber alltäglich war es nicht. Wenn sie den Zuschlag für die Goval bekämen, wären sie die ersten Frauen in Norwegen, die ein eigenes Schiff kauften. Vielleicht die ersten in Europa.

Aber Bertha glaubte eigentlich nicht daran. Vorher würde irgendetwas passieren. Krohn Haaland würde alles verraten, dann würden sie ausgelacht und ihr Gebot als unseriös abgetan oder annulliert werden. Sie sah es vor sich; das schallende Gelächter, die Zeitungsschmierereien, die Blicke auf der Straße. Aber egal, was heute bei der Auktion herauskam, sie würde die letzte Woche nicht missen wollen. Sie war intensiv, fröhlich und erwartungsvoll gewesen. Und sie hatten diese Zeit gemeinsam erlebt. Gründlich hatten sie alles studiert, Statistiken, Zahlen und Informationen über jeden Quadratmeter des Schiffes, über jede Dampfturbine, jede Kajüte und jeden Kohleofen. Sie hatten sich beeindrucken lassen von Kapazitätsnutzung und Manövriervermögen der achtzehn Jahre alten Goval. Sie waren zum Hafen gegangen und hatten das gewaltige Schiff mit seiner selbstsicheren Länge von hundertsechzig Metern betrachtet. Es war an die fünfundzwanzig Meter breit. Sie hatten sich vorgestellt, wie es innen aussah, und über mehrere Kapitäne gelesen, die im Laufe der Jahre am Steuer gestanden hatten. Sie hatten sich über die Nachfrage nach Kohle und Eisen als Fracht informiert, nach Hering und Getreide und anderen Waren. Und abends hatten sie im Lampenlicht zum ersten Mal zusammen Seekarten studiert. Und über die Gewinne von Haugesunds immer noch wachsender Anzahl an Reedern gelesen. Die jetzt als *Fundament der Stadt* galten. Würden sie – zwei unverheiratete Damen – jemals als Mitglieder in dieser Gruppe akzeptiert werden, einer Gruppe etablierter und angesehener Männer, die noch dazu miteinander verwandt und verschwägert waren? Reeder wie Stolt-Nielsen, Staalesen, Knutsen und Wrangell? Die meisten hatten sich allerdings vom Handel mit anderen Waren hochgearbeitet. Genau wie Hanna und Bertha.

Bertha spürte, wie die Sonne wärmte, der Wind hatte nachgelassen, und die Luft war ungewöhnlich drückend und schwül.

Sie ging zu der Bucht, in der sie als Kind oft gewesen war.

Dort traf sie auf keine Menschenseele, obwohl es warm war und die Schulen Sommerferien hatten. Bei Killingøy lagen fünf oder sechs Boote, aber so weit weg, dass Bertha sich deshalb keine Gedanken zu machen brauchte. Sie zog sich im Schutze der großen, flachen Felsen aus und ging einige Schritte ins Wasser hinein. Die Kälte um ihre Knöchel lähmte sie zuerst, aber dann wurde sie erträglich. Sie ging weiter hinaus, spürte das Wasser an ihren Waden, den Knien, und unten am Badekostüm, das nass wurde. Unter den Füßen nahm sie die runden Steine wahr. Sie bückte sich und wusch sich das Gesicht. Sie hörte sich aufkeuchen, als eine Welle sie bis zum Bauch nass machte, richtete sich auf und ging zurück. Am Ufer waren ihre Füße noch eine Minute lang gefühllos, während ihr Körper pochend heiß wurde. Das war das Beste am Seebad, wenn das Blut sie wärmte.

Sie empfand wieder wie früher dieses intensive Gefühl, wenn Hanna sie umarmte. Wenn sie eng beieinander waren.

Wie sichtbar würde sie werden, wenn die Goval ihnen gehörte? Wenn sie wirklich Reederinnen würden? Natürlich hatten sie darüber gesprochen, viele Male. Allein schon dieses Wort, *Reederin*, war eine Unmöglichkeit an sich. Ein Wort, das es nicht gab. Auf einer Ebene mit anderen Dingen, die nicht existierten. Würde sie das ertragen? Und die Verantwortung, die mit dem Besitz eines Schiffes einherging, verglichen mit einem Laden, der an derselben Stelle stand, bei jeglichem Wetter.

Auf der Brücke lächelte sie einem Paar zu, das ihr Arm in Arm entgegenkam. Vielleicht waren sie in der Stadt gewesen und gingen jetzt nach Hause, oder vielleicht wollten sie in dieselbe Bucht, die Bertha soeben verlassen hatte. Was, wenn die wüssten, dass sie eine Frau passierten, die ein Gebot auf ein großes Schiff gemacht hatte? Sie, die immer so vorsichtig war, hätte plötzlich am liebsten laut irgendetwas gerufen. Als ob die Unsicherheit sie um den Verstand brachte.

32

Es war unglaublich. Egal, wie oft sie es laut zueinander sagten, schien die Wirklichkeit Bertha erst zwei Tage später aufzugehen, am 10. Juni, als sie die dünnen Seiten der *Haugesunds Avis* aufschlug und den Artikel mit der Überschrift *Aufsehenerregendes Geschäft* fand.

Sie las ihn mehrere Male. Hanna bat, ihn ihr vorzulesen.

»Noch mal, ehe ich nach unten in den Laden gehe«, bat sie.

»›Aufsehenerregendes Geschäft‹«, wiederholte Bertha. »›Hat die Stadt eine Schiffsrevolution erlebt? Diese Frage kann man mit Fug und Recht stellen.‹«

Dann las sie Hanna von der seltsam kurzen Gebotsrunde bei der Zwangsversteigerung bei C. Odland vor, wo der alte Heringsdampfer Goval unter den Hammer gekommen war. »›In vieler Hinsicht war es eine so ungewöhnliche Auktion, dass viele meinten, niemals so etwas erlebt zu haben.‹«

Bertha sprach mit tieferer Stimme als sonst, wie um zu betonen, dass mit *viele* vermutlich Männer gemeint waren, die sich zur Auktion eingefunden hatten.

Weiter hieß es, es sei erwartet worden, dass eigentlich mehrere Reeder aus der Stadt auf das Schiff hätten bieten müssen. Doch die Reeder Lindøe und Wrangell hätten auf ein Gebot verzichtet, weil sie einem der Bieter, dem Schreiner Krohn Haaland, eine Lehre erteilen wollten, indem sie ihn auf seinem Angebot sitzen ließen. »›Auf die Frage, ob er solvent sei, machte er zur allgemeinen Überraschung deutlich, dass er durchaus für das Schiff bezahlen könne, da er eine Vollmacht der Damen Brummenæs und Torgersen vorweisen könne, die eine Manufaktur in der Stadt betreiben und nun als Eignerinnen des Dampfers registriert sind. Man fragt sich, ob diese beiden die ersten Frauen auf der Welt sind, die ein Schiff besitzen, das sie mit ihrem eigenen Geld erworben haben.‹«

Ganz unten stand noch, wenn die Zeit reif für *Reederinnen* sei, dann müsse man auch bereit sein, dem schwachen Geschlecht das Stimmrecht zu gewähren.

Hanna ging hinunter in den Laden. Bertha blieb mit der Zeitung auf dem Schoß sitzen.

Wofür war die Zeit eigentlich reif?

Reederinnen. Es wurde hingenommen. Einige fanden das natürlich bizarr, modern. Aber niemand rief ihnen Beschimpfungen hinterher. Als ihnen einige Tage darauf der Reeder Erich Lindøe begegnete, machte er eine tiefe Verbeugung und verzog sein Gesicht zu einem Lächeln, das Hanna später als herzlich bezeichnete, das Bertha jedoch herablassend fand. Aber man wünschte ihnen viel Glück. Mehrere jüngere Bewohner aus Haugesund – Männer und Frauen – meinten, dieser Kauf weise auf die Zukunft hin. Zwei Frauen hielten Bertha auf der Straße an, machten einen Knicks und lächelten strahlend. Einige Frauen aus dem Debattierklub applaudierten sogar. Natürlich freute Bertha sich darüber. Sie freute sich wirklich. Aber sie musste immerzu daran denken, dass die anderen nicht wussten, dass *Brummenæs & Torgersen* noch etwas anderes miteinander verband … Hätten sie dann auch geknickst und den Hut gezogen?

Sie hatte von einem neuen Wort gehört, *homosexuell.* Als ob man ein Wort erfunden hätte, das sich in medizinischen Kreisen und vor Gericht aussprechen ließ.

Sie lebten zwar wie die meisten alten Jungfern, aber warum fand Hanna dieses Wort nicht gefährlich?

Hanna dachte anders über so viele Dinge. Als ob sie keine Zeit hätte, sich den Kopf darüber zu zerbrechen, worin Bertha feststeckte.

Hanna wollte aufs Meer hinaus, Bertha wollte dort vor Anker liegen, wo es sicher war.

Einmal hatte sie sich fort gewünscht.

Aber Wörter konnten wie Bleigewichte an ihren Füßen sein. In mehreren Gemeinden der Stadt sprachen die Prediger darüber, welche Sintflut einer Gesellschaft bevorstand, wenn sie bei Abnormitäten wie diesem die Menschheit zerstörenden Phänomen ein Auge zudrückte.

Sie hatte zudem mit Entsetzen in der *Aftenposten* über einen Vortrag bei der Medizinischen Gesellschaft gelesen, wo vor einem neuen Typus von abweichenden und krankhaften Frauen gewarnt wurde: defeminisierten Amazonen, die sich wie Männer verhielten.

Viragines. Dieses Wort klang schön, fast jungfräulich. Aber es bedeutete das genaue Gegenteil. Der Arzt in dem Artikel meinte, Frauen in Männerberufen löschten die weiblichen Eigenschaften aus.

Bertha wünschte sich, die Goval würde ihr Leben, ihrer beider Leben, wie die Manufaktur erfüllen. Dass die Reederei zu etwas heranwuchs, das ihnen gemeinsam gehörte und nicht versteckt zu werden brauchte.

33

1910

An Aufgaben fehlte es nicht. Im Gegenteil, es gab nur selten ruhige Augenblicke, die Bertha in diesem Herbst immer wieder überraschten.

Alles war so schnell geschehen. Die Manufaktur warf noch immer wachsenden Gewinn ab, die Goval verkehrte mit Kohle zwischen England und Frankreich und hatte im ersten Jahr gutes Geld eingebracht. Und als Bertha und Hanna zur Osterzeit von dem schönen Haus im Salhusveg hörten, das soeben errichtet wurde, aber leider bereits verkauft werden musste, weil der Besitzer des Grundstücks in Konkurs gegangen war, hatten sie sich innerhalb einer Stunde an einem Vormittag entschlossen. Und diesmal war nicht Hanna die treibende Kraft hinter diesem Kauf gewesen. Bertha war ebenso begeistert von der Vorstellung, in das schöne Einfamilienhaus am Stadtrand zu ziehen. Berauscht von Erfolg, von Veränderungen und vom gestiegenen Gewinn hatten sie außerdem zugeschlagen und Erich Lindøe die Geira abgekauft. Dieses Schiff war 1877 in Liverpool gebaut worden und hatte drei verschiedene Namen gehabt, ehe sie es in Geira umgetauft hatten.

Nun besaß die Reederei *Brummenæs & Torgersen* bereits zwei Schiffe, und Hanna redete von einem eigenen Geschäftshaus.

»Sollen die beiden ersten Reederinnen auf der Welt ihre Schiffe in einer Abteilung für Unterwäsche in einer Manufaktur verwalten?«, hatte sie gefragt. »Damit alle Welt höhnisch lächelt? Und die Reederei *Untertaille* oder *Die Unaussprechliche* nennen?«

Bertha lachte. Aber zugleich hatte sie Angst. Denn sie fand nie die nötige Ruhe, um zu glauben, dass sie es schaffen würden. Immer wollte Hanna noch mehr. Man konnte den Hals nicht voll genug kriegen. Die Leute würden sie für hochmütig halten und keine Kleider mehr bei ihnen kaufen, weil sie sich *für etwas Besonderes* hielten.

Aber Hanna besaß die Fähigkeit, überzeugend über die Zukunft zu reden. Sie sagte, gerade weil sie in den Jahren vorsichtig gehaushaltet, gespart und Zinsen angehäuft hätten, könnten sie nun weiter wachsen. Und Bertha wolle doch selbst, dass sie eine Reederei hätten, mit der man rechnen müsse.

»Die wirkliche Gefahr«, meinte Hanna, »ist, wenn wir nicht begreifen, wie *Brummenæs & Torgersen* schwimmen kann. Wir tun das doch alles ohne verborgene Absichten. Sind genügsam und machen niemals Schulden.«

Darüber hatte Bertha an jenem Abend nachgedacht. Ob sie verborgene Absichten hatte. Vielleicht hatte sie gar keine Absichten? Vielleicht wollte sie nur da sein, wo Hanna war, eifrig und froh, mit Zukunftsträumen, tatkräftig. Vielleicht wollte sie einfach von etwas umschlossen sein, das ihr ein geregeltes Leben garantierte? Aber ihr Motiv konnte doch wohl nicht nur die Angst sein, dass Hanna nicht zufrieden wäre? Als wäre sie das kleine Boot, das unfrei und willenlos hinter dem großen herdümpelte.

Sie hatte sich über sich selbst geärgert.

Einige Tage später hatte sie deshalb zu Hanna gesagt, sie sehe das auch so; es sei an der Zeit, sich für die Reederei ein eigenes Gebäude zu suchen.

»Dieses schmale Grundstück bei Apotekersmauet steht zum Verkauf«, sagte Bertha.

Als Hanna sie umarmte, war sie trotzdem nicht hundertprozentig glücklich. Es fühlte sich eher so an, als habe sie sich ergeben.

Der Kauf des Grundstücks in der Strandgate, die Zeichnungen und die Baugenehmigung waren in gewaltigem Tempo abgewickelt worden. Die Stadt schien sich nicht beruhigen zu können, die ganze Zeit musste etwas passieren, Erweiterungen, Abriss alter Häuser, Bau von neuen und moderneren. Neue Aktiengesellschaften, Debattierklubs, Banken und Firmen kamen in jeder Woche dazu. Nun war die Rede von einer Werft, in der Eisenschiffe gebaut werden sollten. Es gab Pläne, die Stadt um die danebengelegene Gemeinde Skaare zu erweitern, um Platz für alle zu schaffen, die sich in Haugesund niederlassen wollten, eine neue Heringsölfabrik, eine Blech- und Verpackungsfabrik, eine Konservenfabrik, eine weitere Werft, eine Schuh-, eine Nagel-, eine Mineralwasser- und eine Tabakfabrik. Wenn alle diese Fabriken in den Startlöchern standen, war es ja kein Wunder, dass es in der Stadt von Menschen wimmelte, die fremde Dialekte sprachen. Die bei *Brummenæs & Torgersen* Kleider kauften und die Kohle zum Heizen brauchten.

Der Architekt Steensnæs war schnell gewesen, und innerhalb weniger Vorsommerwochen hatte er für das Grundstück ein schönes, schmales dreistöckiges Holzhaus geplant. Bogenfenster, synchrone Jugendstilverzierungen, breite Eichentür und eine Erhöhung mitten auf dem Dach, die über den Etagen thronen würde wie eine Königinnenkrone.

Nun waren die Bauarbeiten in vollem Gang, und die Reederei erhob sich in zentraler Lage neben dem Zollhaus und den Hafenanlagen. Bertha und Hanna waren in das weiß gestrichene Haus im neobarocken Stil im Salhusveg gezogen.

Es war schon September, und Bertha konnte nicht begreifen, wie sie das alles geschafft hatte. Der Auszug aus der Wohnung mit Kisten und Kästen voller Gegenstände und Möbeln, die in zahllosen Wagenladungen durch die Stadt gekarrt wurden, die Planung der Reederei, der Kauf der Geira. Sie hatten Hilfe genug gehabt, aber schließlich hatte alles geplant und organisiert werden müssen.

Jetzt saß sie im Wohnzimmer und hatte einen seltenen Moment der Ruhe. Sie war allein im Haus. Es ging auf sechs Uhr zu.

Hanna war in die Strandgate gegangen, um dafür zu sorgen, dass »die Maurer sich nicht den ganzen Tag an ihre Spaten festklammerten«. Danach wollte sie zu einem Treffen der frisch gegründeten Reedereivereinigung von Haugesund, die Räumlichkeiten im stattlichen Repräsentationssaal der Sparebank gemietet hatte.

Fräulein Mæland, die sie eingestellt hatten, nachdem Gina Økland sie verlassen hatte, war zu einer Freundin geworden.

Bertha hatte den niedrigen blauen Sessel zu den Fenstern auf der Westseite des Hauses gedreht, damit sie auf den schräg abfallenden Garten und den Sund blicken konnte. Es war Ende September und überraschend warm, weshalb sie ein Fenster geöffnet hatte. Die rostroten Samtvorhänge regten sich nicht. Die Kartons, die zuvor zwischen Esszimmer und Wohnzimmer an der Wand gestanden hatten, waren leer. Das Porzellanservice stand in der Vitrine. Besteck, Schüsseln und Vasen befanden sich im Büfett vor der Küche. Es sah aus, als wohnten sie hier schon seit einer Ewigkeit.

Sie erhob sich, um auch auf der anderen Seite ein Fenster zu öffnen und ein wenig Durchzug zu machen. Als sie den Fensterhaken befestigte, sah sie Peder, der das Tor öffnete und die Hand zum Gruß hob.

»Peder?« Ihre Stimme klang laut und eifrig. Sie hatte ihn so lange nicht mehr gesehen, vielleicht seit dem letzten Herbst nicht.

»Geh einfach rein, ich komme gleich«, rief sie.

Sie stand so schnell im Gang, dass Peder noch nicht einmal die Treppe zur Haustür hochgestiegen war, als sie öffnete.

»Wie schön, dich zu sehen«, sagte sie.

Er lächelte und streckte die Hand aus, aber Bertha übersah diese Geste, stellte sich auf Zehenspitzen und umarmte ihn. Drückte ihn an sich, einen großen Mann von fünfundzwanzig Jahren.

Er hielt sie auch fest, wie damals, als Kind. Dann legte er ihr die Hände auf die Schultern, schob sie zurück und musterte sie, während er liebevoll lächelte.

Er war dünn geworden, und sie hoffte, dass er nicht krank war.

»Komme ich gerade ungelegen?«, fragte er.

»Natürlich nicht«, sagte Bertha. »Du kommst immer gelegen.«

»Was für ein schönes Haus.« Er sah sich ungläubig um.

Danach schaute er in die Küche, ins Wohnzimmer und in das Esszimmer, das sich durch das ganze Haus erstreckte.

»Unser neues Mädchen, Fräulein Mæland, ist nicht zu Hause, aber ich koche uns einen Tee. Möchtest du?«

Peder nickte und hob kleine und große Gegenstände hoch, als ob er sie noch nie gesehen hätte, weil sie neue Plätze im Haus gefunden hatten. Auf dem Büfett ergriff er den schweren, gläsernen Aschenbecher und einen kleinen Messingkrug, den er selbst von einer seiner Reisen mitgebracht hatte. Er stammte aus Antwerpen. Nun hob er den Messingkrug hoch, wie um dessen Gewicht zu ermitteln. Dann stellte er ihn vorsichtig zurück ins Büfett und ging ins Wohnzimmer, während Bertha Teewasser aufsetzte.

Als sie zurückkam, stand er vor dem Fenster und hatte eins der hohen grünen Weißweingläser in der Hand, wobei er das linke Auge zusammenkniff. Als ob er die Aussicht durch das grüne Glas betrachten wollte. Er drehte sich zu ihr um, noch immer mit dem Glas vor dem Auge, und lächelte. Sie sah, dass seine Zähne verfärbt waren und die Lachgrübchen, die er als Kind gehabt hatte, sich in zwei lotrechte Striche verwandelt hatten.

»Wie schön ihr es jetzt habt«, sagte er.

Die Nähe, die sie zu Peder empfand, war nie verflogen, auch nicht, wenn sie sich nur selten sahen. Er erfüllte sie mit Wärme, mit dem Wunsch zu lächeln, ihm etwas anzubieten. Einem innigen Wunsch, gute Neuigkeiten zu hören, dass er immer noch derselben Arbeit nachging wie beim letzten Mal oder noch im selben Zimmer wohnte. Oft war beides nicht der Fall. Dennoch wollte er weder Geld noch andere Hilfe von ihnen annehmen. Er war stolz, wollte allein zurechtkommen. Obwohl ihm fast immer etwas passiert war, was er ihnen erzählen wollte. Ein explosionsartiger Brand im Bootsschuppen, bei dem er sein Ruderboot verloren, aber zum Glück sich selbst gerettet hatte. Oder er hatte ein Mädchen kennengelernt, das er ihnen nur zu gern vorstellen wollte, er beschrieb sie wie eine Märchenprinzessin, so schön, und zu allem Überfluss liebte sie ihn, die sich dann leider als eine ganz andere entpuppte, als sie vorgab zu sein.

Er schmückte seine Berichte aus, um ihr und Hanna eine Freude zu machen, das war Bertha immerhin klar.

Hanna meinte, Bertha sei zu leichtgläubig, wenn es um Peder ging. Aber auch sie konnte ihm nicht widerstehen. Hanna bot ihm vor dem Essen immer ein Glas Bier an, und Bertha fand, sie mache sich wichtig.

Wenn Hanna ein Schiff inspizierte, ging sie mit ihren groben Stiefeln an Deck und verschränkte die Hände im Rücken, stellte kurze, aggressive Fragen, als vermute sie, dass alle an Deck sich vor der Arbeit zu drücken versuchten. Bei Peder dagegen zeigte sie ein ganz anderes Interesse. Als sei sie überzeugt, dass er stets sein Bestes gab.

Er hatte als Decksjunge auf verschiedenen Schiffen gearbeitet, aber nun war er häufiger an Land und arbeitete als Schauermann im Hafen oder suchte sich andere Beschäftigungen. Er war herzlich und offen. Hatte Freunde und Feinde, aber *Brummenæs & Torgersen*, wie er sie gerne nannte, gehörte seine ganze Zuneigung.

Bertha hoffte, dass er nicht arbeitslos war. Sie wollte nicht fragen, aber etwas kam ihr anders vor. Es waren nicht nur die mageren Wangen, er wirkte auch ernster, trotz des leichten Tons. Als sei er traurig oder ängstlich.

»Möchtest du ein paar Käsebrote?«, fragte sie.

»Gern. Aber nur, wenn du mitisst.«

»Wir haben vorhin schon gegessen, also habe ich keinen Hunger mehr. Aber wir haben noch Eintopf, wenn du möchtest. Fräulein Mæland hat einen ganzen Topf voll gekocht.«

»Da sage ich nicht Nein«, sagte er.

Als sie am Esstisch saßen, erzählte Peder, dass er einige Wochen lang eine Böttcherlehre gemacht habe, aber leider liege ihm dieses Handwerk überhaupt nicht. Er hatte die Fässer nicht so dicht gemacht, wie der Meister es verlangte.

»Und die Fassdauben erst!« Er schüttelte den Kopf und seufzte. »Als ob meine Hände sie nicht formen könnten. Meine Finger wurden steif und wollten mir nicht gehorchen. Und die Schilfhalme, die ich dazwischenschieben sollte, auch nicht. Obwohl ich auf die Dauben eingehämmert habe, als ob mein Leben davon abhinge«, sagte er und starrte seine Hände an.

Die Hände, die das Besteck hielten, sahen wie die eines alten Mannes aus.

Peder erzählte, die Fässer seien nie dicht genug gewesen, und deshalb habe er seine Arbeit verloren.

Deshalb wirkt er also so bedrückt, dachte sie. Weil seine Finger ihm nicht gehorchen wollen.

»Das findet sich sicher«, sagte nun Peder und rutschte auf dem Stuhl hin und her.

Sie dachte, dass er es nie schaffte, sich als ein anderer auszugeben als der, der er war.

»Als du klein warst«, sagte sie, »hast du behauptet, du könntest die finden, die dich brauchten. Weißt du noch?«

Peder schaute nicht auf, doch er lächelte, während er den Kopf schüttelte. »Nein. Hab ich das gesagt?«

»Ja. Du warst noch ganz klein und hast gedacht, kleine

Katzen und Vogeljunge kämen zu dir, weil sie wüssten, dass du dich um sie kümmerst.«

»So fromm bin ich wohl nicht mehr«, sagte er.

»Vielleicht hast du uns gefunden?«, erwiderte sie.

»Vielleicht.« Er sah sie über den Tisch hinweg an und streckte die rechte Hand aus. Sie legte ihre Hand über seine, streichelte die steifen Finger. Wie die Pfote eines Hundes.

»Wie geht es mit dem Neubau voran?«, fragte er.

»Mit der Reederei?«

»Ja.«

»Gut. Hast du gesehen, wie es werden wird?«

Er schüttelte den Kopf.

»Willst du dir die Zeichnungen anschauen?«

»Gern«, sagte er.

Sie ging zur Kommode und holte die Zeichnungen. Dann schob sie Teller, Gläser und Teetassen zur Seite und breitete die Pläne auf dem Esstisch aus. Sie schob ihren Stuhl neben seinen.

»Werdet ihr jetzt nicht ein bisschen größenwahnsinnig?« Er zwinkerte ihr zu.

»Ein bisschen, vielleicht«, sagte sie.

»Das sieht wirklich prachtvoll aus«, sagte er. »Mit Kreisen und Bogen.«

»Jugendstil«, sagte sie.

»So viel weiß ich auch. Die Stadt ist ja voll davon.«

Bertha ging zur Wohnzimmertür und drehte an dem runden Bakelitschalter, worauf die Lampe über dem Tisch ihr Licht auf die Zeichnungen warf. Der Architekt hatte auf die großen, gebogenen Reedereifenster gezeigt und gesagt, sie würden das Licht der Zukunft ins Haus lassen.

Peder murmelte etwas, das Bertha nicht verstehen konnte.

»Was hast du gesagt?«, fragte sie freundlich.

»Ach, nichts«, sagte er und fuhr sich mit der Hand durch die Haare.

Als er in der Tür stand und schon die Jacke angezogen hatte, erzählte er, er habe gehört, sein Vater habe sich einer der neuen pietistischen Gemeinden angeschlossen.

»Ach was«, sagte Bertha. »Beim letzten Mal war er bei den Anhängern von Peder Amlie aktiv.«

Sie schüttelte den Kopf.

»Er ruft wohl Leute wegen der allgemeinen Auflösungstendenzen und dem Chaos zusammen, das seiner Ansicht nach in Haugesund herrscht«, sagte Peder und hob resigniert die Augenbrauen, um klarzustellen, wie er über seinen Vater dachte.

»Da denkt er sicher an die viele Bautätigkeit«, sagte sie in aufgesetzt munterem Tonfall.

»Er spricht immer häufiger über den Konsequenzen von …«

»Von?«

»Von dem Chaos zwischen den Geschlechtern«, sagte Peder. Er schaute durch das kleine runde Fenster in der Tür, als ob er fürchtete, draußen könne jemand stehen.

Als Peder gegangen war, räumte sie den Tisch ab, schaltete die Wohnzimmerlampe und die beiden kleinen Lampen an der Wand aus. Draußen war es dunkel geworden. Sie trat ans Fenster, ohne die Vorhänge zu schließen. In der Ferne sah sie die Lampen der Schiffe und einer kleinen Gerberei auf dem anderen Ufer des Sundes.

Alles in dieser Stadt hat sich geändert, dachte sie.

Schwindelerregend schnell. Allein im letzten Jahr. Und bei vielen Veränderungen hatte sie mitgewirkt. Was sie sich niemals zugetraut hätte, wenn ihr das vorher jemand erzählt hätte.

Und dennoch konnte ein einzelnes Wort sie umwerfen, das vielleicht als Warnung gemeint war. Peder hatte sie warnen wollen, sie beide warnen, vor solchen wie seinem eigenen Vater. Der Menschenmengen zusammenrief, um den Kampf gegen ein bevorstehendes Geschlechterchaos anzuheizen.

Sie hatte gehofft, die Zeit würde großzügiger werden. Aber jetzt war ihr klar, dass bei Aufklärung das Gegenteil passierte. Es war wie mit der Elektrizität, die das beleuchtete, was man bisher nicht gesehen oder von dessen Existenz man nichts gewusst hatte.

34

Mai 1911

Der Anblick machte Bertha so stolz, dass sie lächelte, als sie mitten in der Strandgate stand. Vielleicht hätte sie eine Art demütiger Verlegenheit empfinden sollen, dachte sie. Weil der Pastor die Gemeinde immer daran erinnerte, dass man kein irdisch Gut anstreben solle. Aber es war einfach unmöglich, von diesem neuen Gebäude nicht bezaubert zu sein. Und alle konnten diesen Anblick genießen, man konnte nicht behaupten, die Reederei sei nicht auch für die Sperlinge auf dem Felde eine Freude. Die Farbe des Gebäudes erinnerte an eine gelborange Sonne über einem reifen Kornfeld. Sie betrachtete die blanke Eichentür, den Eingang zur Reederei und die großen Fenster auf beiden Seiten. Ließ ihren Blick zur nächsten Etage hochwandern, mit den schmaleren Bogenfenstern wie in einer Kirche. Und dann zum obersten, dem zweiten Stock, mit seinen acht noch schmaleren Fenstern, die sich zu einer halben Kuppel formierten. Wenn sie die Augen zusammenkniff, erinnerte das Gebäude sie an einen riesigen achtarmigen Leuchter. Vorn waren Kreise in Kreisen gegossen, und ganz in der Mitte stand die Jahreszahl 1910.

Doch, sie war stolz. Sie verlangte keinen Beifall, aber

die Leute sollten wissen, dass *Brummenæs & Torgersen* für Arbeit und Lohn sorgte, für Kapitäne und Schauerleute, für die Verkäuferinnen in der Manufaktur und die Näherinnen in der Textilindustrie.

Sie fühlte sich als Teil von etwas Größerem, von Angebot und Nachfrage, von Kauf und Verkauf, von Fachwissen und Ökonomie. Von allem, was die Stadt aus Krankheit und elende Wohnverhältnissen hinauswachsen ließ. Sie war schließlich selbst im alten Haugesund aufgewachsen, und sie konnte als Beispiel dafür gelten, dass sich die Verhältnisse für fast alle besserten.

Durch den Anblick der Reederei unten am Hang verschwand der Lärm der über den Kiesweg holpernden Wagen.

Durch ein offenes Fenster nahm sie den Geruch der gegerbten Häute wahr und erinnerte sich daran, wie sie als Kind genau hier gestanden hatte. Ihr Mieter von damals, Hans Fastingsen, hatte als Schuhmacher gearbeitet, er hatte sie hereingerufen, wenn sie vorbeigekommen war, und ihr einen Kampferdrops oder eine andere Süßigkeit zugesteckt. Und bis zur Konfirmation hatte sie nie ein mit der Maschine genähtes Kleid besessen. Sie hatte mit ihren Geschwistern in engen Betten geschlafen und die Schweine im Hinterhof gefüttert. Sie war sicher davon ausgegangen, eines Tages Ehefrau und Mutter zu werden, aber stattdessen stand sie nun hier und besaß zwei Schiffe, zusammen mit Hanna.

Hanna saß in diesem Moment im neuen Kontor im ersten Stock. Hinter dem Schreibtisch, den sie aus einem Nachlass gekauft hatten. Beim Frühstück hatte sie erzählt, sie wolle an diesem Vormittag einen Leserbrief an die Zeitung schreiben, über die Bedeutung von Privatinitiativen für die Entwicklung und das Wachstum der Stadt.

Manchmal stritten sie sich wegen der Sache der Privatinitiative gegen die Armenhilfe. Bertha glaubte, es wäre besser, wenn die Armen nicht so abhängig von Almosen und Hilfe durch die Wohlhabenden in der Stadt wären. Sie meinte, es könnte für die Armen von Vorteil sein, von der Stadt billige Wohnungen oder Zimmer zu mieten, damit sie nicht das Gefühl hatten, denjenigen, denen es so viel besser ging, Dank zu schulden.

»Das führt doch nur zu Faulheit«, meinte Hanna.

35

»Nein, die übertreiben nicht«, sagte Bertha, als sie Fräulein Mæland half, den Frühstückstisch abzuräumen. »Die arbeiten rund um die Uhr.«

Hanna war noch nicht aufgestanden, aber nun knallte sie ihre Serviette auf den Tisch und sprang auf. Sie sagte laut zu Bertha, die auf dem Weg in die Küche war: »Sie können jederzeit zu jemand anders gehen. Man erhöht nicht den Lohn von Männern, die rauchen und in die Sonne gucken, statt einige schlichte Platten zusammenzuschweißen.« Sie ging zum Fenster, verschränkte die Arme und schaute hinaus auf den südlichen Teil des Sundes und Risøya.

Als Bertha wieder ins Wohnzimmer kam, nahm sie Hanna als Silhouette vor der Landschaft draußen wahr. Vor dem Essen hatte sie eine gestreifte Bluse und einen schlichten knöchellangen Rock angezogen, aber sie hatte noch immer Maschinenöl am Handrücken.

Zuvor hatte Hanna die Arbeit der Männer an Bord der Geira inspiziert. Sie hatten sich über die Konstruktion beklagt, gesagt, die Platten am Bug ließen sich nur schwer schweißen, und aufgrund des teilweise verrosteten Stahls brauchten sie länger dafür als geplant. Die Geira sollte in zwei Tagen in Betrieb genommen werden.

Bertha wusste sehr gut, dass die Seeleute an Bord der Geira und der Goval Hanna als *Brumma* bezeichneten. Weil Fräulein Brummenæs für ihre schroffen Befehle bekannt war. Und sie waren beide für ihre Sparsamkeit bekannt.

»Als Reederinnen müssen wir unsere Angestellten anständig behandeln«, sagte Bertha.

»Als Arbeitnehmer müssen sie das tun, wofür sie bezahlt werden«, sagte Hanna. Sie schaute weiter aus dem Fenster.

Bertha ärgerte sich. Sie hatten schon früher darüber diskutiert: dass Hannas schroffes, strenges Auftreten sie in Verruf bringen könnte. Und um die tüchtigsten Angestellten. Vor allem um die Kapitäne, von denen sie doch abhängig waren. Es gab in kurzer Zeit eine zu große Fluktuation. Wodurch wiederum die Arbeitsverhältnisse unvorhersagbar wurden.

»Dir ist doch wohl klar«, sagte Hanna und drehte sich langsam um, »dass die Leute glaubten, sie brauchten bei uns nicht so hart zu arbeiten, weil wir Frauen sind? Weil wir wie Mütter für sie sein und ihnen Süßigkeiten zustecken sollen? Und ihre Kleider waschen?«

»Nein«, sagte Bertha und schüttelte den Kopf. »Nein, das wusste ich nicht.«

»Aber so ist es. Die glauben, uns geht es mehr darum, ob der Stoff vom Sofa rot oder schwarz und ob das Service unversehrt ist.«

»Hat das jemand zu dir gesagt?«

»Nein, aber ich sehe es ihnen an. Einige von den Männern können sich nicht zurückhalten, wenn ich auf etwas hinweise, was nicht richtig ist. Dann reden sie laut darüber, dass die Frau an den Herd gehört, nicht in die Kombüse. Deshalb muss alles, was ich sage, stimmen, bis aufs i-Tüpfelchen. Das macht mich wütend. Und dann kommandiere ich sie herum.«

»Aber du hast gesagt, sie glauben, es geht uns vor allem um die Inneneinrichtung.«

»Ja.« Hanna nickte.

»Bist du neuerdings hellseherisch? Weil du sehen kannst, was sie denken?«

Bertha merkte, wie Hanna sich zusammenriss. Dass sie eine spöttische Antwort geben wollte. Stattdessen sagte Hanna übertrieben langsam und deutlich, aber nicht mehr mit dieser Strenge in der Stimme: »Ich bekomme mit, dass sie glauben, wir hätten keine Ahnung von unseren Schiffen, obwohl wir mit ihnen Gewinn machen. Sie reden über Wetterphänomene auf See, die ich nicht kenne. Sie verwenden interne Ausdrücke, und ich muss nach ihrer Bedeutung fragen.«

»Aber Hanna, es ist doch kein Geheimnis, dass wir mit Kleidern und Unterwäsche angefangen haben.«

»Wenn die nicht begreifen wollen, dass sich die Zeiten geändert haben, dann können sie sich nach einer anderen Beschäftigung umsehen.«

»Das entscheiden wir dann aber gemeinsam«, sagte Bertha.

»Tun wir das?«

»Ja. Findest du nicht?«

»Nein. Das finde ich nicht. Weil ich an Bord bin, zusammen mit ihnen.«

Hanna ging zu einem Beistelltischchen neben dem Ofen, schob eine kleine Porzellanvase beiseite und ergriff die danebenliegende Zigarettenpackung.

Sie zündete ihre Zigarette mit dem kleinen Messingfeuerzeug an, in das *B & T* eingraviert war. Das hatten sie bei der Fertigstellung des Reedereigebäudes vom Vorarbeiter der Maurer geschenkt bekommen. Sie fragte jetzt nicht wie sonst, ob Bertha auch eine Zigarette wollte.

Hanna sog das Nikotin ein, und die Glut kroch auf ihren Mund zu, dann senkte sie den Arm und ließ den Rauch durch die Nase entweichen.

»Sag mir, welche von unseren Investitionen sich als falsch erwiesen, sich ökonomisch nicht gelohnt hat.«

Bertha wusste nicht, was sie antworten sollte. Wollte den gehässigen Tonfall plötzlich nicht mehr hören. Und hatte Hanna nicht auch recht? Sie nahm schließlich die Mühe auf sich und sorgte dafür, dass die Arbeiten ordnungsgemäß ausgeführt wurden. Sie kümmerte sich um Waren und Tonnage, um Preise und Häfen. Sie steckte eine Stecknadel in jeden Hafen, in dem eins ihrer Schiffe vor Anker ging, füllte sozusagen die Karte aus. Sie behielt im Auge, welche Waren jeweils gerade gefragt waren und in welche Schiffsaktien ihr Geld am besten investiert werden sollte. Denn sie hatten sich darauf geeinigt, das Verfügungsrecht über die Reederei zu behalten und so viele Aktien wie möglich selbst zu besitzen.

»Manchmal erinnerst du mich an Serine«, sagte Hanna. Dabei folgte sie, aufgesetzt gleichgültig, einem neuen Rauchfaden mit dem Blick.

»Was sagst du da?«

»Dass du mich an Serine erinnerst.«

»Wieso erinnere ich dich an sie?«

»Du hast immer gesagt, sie verdreht dir das Wort im Mund, damit das, was du sagst, dumm klingt.«

»Tu ich das, verdrehe ich dir das Wort im Mund?«

»Ja, du meinst, ich soll aufhören, von denen etwas zu fordern, die für *Brummenæs & Torgersen* arbeiten. Denn das könnte sie kränken! Hast du in deinem Leben je gehört, dass man so etwas über einen Mann sagt, der von seinen Angestellten etwas verlangte?«

Beleidigt und ohne ein weiteres Wort marschierte Bertha aus dem Zimmer und hoch in den ersten Stock.

Sie hörte draußen Möwen schreien. Sie kreisten über einem Boot, das in den Sund fuhr. Sie sah Hanna vor sich, breitbeinig an Deck, wie sie mit strenger Miene an Bord der Goval auf eine Schweißnaht zeigte. Bald würde die Goval nach England und Belgien fahren, nach Frankreich und Spanien. Länder, die sie oder Hanna wohl niemals besuchen würden. Bertha hatte eigentlich auch gar keine Lust auf eine so weite Reise, aber Hanna schon. Vielleicht träumte sie davon, zusammen mit den Seeleuten an Bord der Goval zu stehen und in fremden Häfen schönen, exotischen Frauen hinterherzurufen? Und grobe Reden zu schwingen und wie die Männer über die Reling zu pissen?

Sie könnte Hanna sagen, dass sie auch gern losfahren würde. Um zu johlen und sich gehen zu lassen.

Sie schüttelte den Kopf. Nein. Sie wollte doch nur, dass sie beide sich weiterhin auf denselben Ort zubewegten.

36

Freitag, 8. Dezember, 1911

»Wenn Frauen sich für ein anderes Leben entscheiden ... wenn Frauen sich dafür entscheiden, dann geht die ganze Gesellschaft zugrunde, meint er«, sagte Hanna.

Sie war außer sich, als sie da so in der Türöffnung zwischen Wohnzimmer und Esszimmer stand. Sie unterstrich ihre Worte mit einer zusammengerollten Ausgabe der Zeitung. *Norges Handels og Sjøfartstidende.*

»Wovon redest du?«, fragte Bertha. Sie klang zerstreut, denn sie beschäftigte sich mit einer Strickarbeit, die ein Weihnachtsgeschenk für ihre Schwester Josefine in Bergen werden sollte, während sie zugleich den neuen Roman *Jenny* von Sigrid Undset las.

»Du weißt«, sagte Hanna, »dass ich konservativ und liberal zugleich bin.«

»Das sagst du immer, ja«, antwortete Bertha, noch immer mit dem Blick ins Buch und auf den halb fertigen Fäustling.

»Würdest du freundlicherweise kurz aufschauen?«

Bertha gehorchte und erwiderte Hannas Blick.

»Hast du mal von Paul Winge gehört?«, fragte Hanna mit harter Stimme.

»Nein. Wer ist das?«

»Ein Arzt. Drüben in Kristiania. Du kannst es selbst lesen.« Sie reichte Bertha die Zeitung.

»Mal sehen«, sagte Hanna, beugte sich über Bertha und schlug für sie die letzte Seite auf. Sie zeigte auf einen Artikel in der linken Spalte.

»Das sind die Argumente eines Mannes dafür, dass verheiratete Frauen niemals Zugang zu denselben Positionen haben dürfen wie Männer«, sagte sie.

»Ich werde ihn gleich lesen«, versprach Bertha.

Dem Artikel zufolge war dieser Paul Winge ein einflussreicher Psychiater und Polizei- und Gefängnisarzt in Kristiania, der auch eine Abhandlung über *Die rechtsmedizinische Untersuchung des geisteskranken Gesetzesübertreters* verfasst hatte. Sein Artikel warnte vor dem Chaos, das entstehen würde, wenn die Gesellschaft die Unterschiede zwischen Männern und Frauen verwischte.

»Er meint sicher dasselbe wie Jostein Olsen«, sagte Bertha.

»Jostein Olsen schreit bei jeder Kleinigkeit los und faselt vom Jüngsten Gericht. Dieser Kerl ist Arzt. Und sitzt in der Wissenschaftlichen Gesellschaft, weil er angeblich so intelligent ist.«

Hannas Stimme zitterte.

»Lass mich in Ruhe zu Ende lesen«, sagte Bertha.

Doch, dieser Winge präsentierte seinen Leserinnen und Lesern wirklich allerlei Behauptungen. Frauen könnten niemals auf sämtlichen Hochzeiten tanzen, Familie haben und zugleich einen Beruf ausüben. Er schrieb zwar auch, solange eine Frau unverheiratet war, müsste sie sich mit aktivem und passivem Wahlrecht in Politik und Gemeindeleben einbringen dürfen, aber in dem Moment, in dem sie in den Ehestand eintrat, wo sie eigentlich hingehörte, müsste sie ihrem Mann untertan sein. Doch nicht das machte Dr. Winge so große Angst, wie Bertha begriff. Für ihn bestand die größte Bedrohung der Gesellschaft darin, dass Frauen sich gegen die Ehe entschieden. Sich gegen den Mann entschieden. Denn ein Fräulein in einer gut bezahlten Stellung oder eine, die eine Ausbildung machte, würde von ihrer weiblichen Umgebung bewundert und als Ideal betrachtet werden. Wonach auch andere unverheiratete Frauen streben könnten. Und *nicht nur eine Frau bedeutet eine Gefahr, sondern auch die Sexualität ihrer Freundinnen riskiert, abzuflachen. Diese sexuell abnormen Frauen werden zu Prophetinnen schlechthin für die Freiheitssuchenden.*

Das Telefon klingelte, und Hanna ging hinüber. Bertha hörte sie in die Sprechmuschel rufen: »Ja, bitte?«

Sie wandte sich wieder der Zeitung zu. Prophetinnen schlechthin. Das glaubte sie nicht. Aber wenn es stimmte, dass unverheiratete Frauen, die finanzielle Unabhängigkeit erlangten, für andere Frauen vielleicht zum Ideal wurden, dann wäre das doch wohl nicht so schlimm? Sie war fast ein bisschen stolz darauf, ein solches Vorbild zu sein. Das würde sie Hanna sagen, wenn diese von ihrem Telefongespräch zurückkehrte.

Sie konnte nicht verstehen, was Hanna draußen auf dem Gang sagte, wo der schwarze Apparat unten neben der Treppe angebracht war. Aber gleich darauf kam sie wieder herein, ernst und bleich.

»Wer war das?«, fragte Bertha.

»Die Goval hat einen Notruf abgesetzt.«

»Einen Notruf? Wo denn?«

»Das ist nicht ganz klar. Einige Stunden nach dem

Auslaufen aus Blyth in Northumberland. Bei schlechtem Wetter. Wasser läuft ins Schiff.«

»Sie ist auf dem Rückweg, nicht wahr?«

Hanna nickte. »Ja. Mit Kohle.« Sie stand mitten im Raum und spielte an einem Taschentuch herum.

Bertha erhob sich, ging zu Hanna hinüber und nahm ihre Hände. In fester Umarmung blieben sie stehen. Bertha konnte sich nicht daran erinnern, weshalb Hanna sich eben noch so aufgeregt hatte, sie erinnerte sich auch nicht an den Zeitungsartikel, sie hatte nur den Eindruck, dass die Uhr an der Wand so langsam ging, dass mit ihr etwas nicht stimmte. Wenn doch nur das Telefon noch einmal klingelte und dass eine Stimme sagte, das Meer habe sich beruhigt und der alte Dampfer sei absolut dicht.

Nach Mitternacht hatte noch immer niemand angerufen.

Sie hatten Fräulein Mæland, als diese nach Hause kam, gesagt, sie solle einfach schlafen gehen. Aber Bertha und Hanna brachten das nicht über sich.

Nun saß Bertha in dem blauen Sessel, den sie wie gewöhnlich zum Fenster hingedreht hatte. Hanna stand stumm hinter ihr und hatte ihr die Hände auf die Schultern gelegt.

Sie schauten hinaus in dieselbe Dunkelheit. Schnee wirbelte durch die Luft, das Thermometer zeigte null Grad. Wind wehte, aber es war nur eine frische Brise.

Bertha dachte an die Männer, einige noch Jungen, die an Bord der Goval waren. Neun von ihnen kamen aus Haugesund, auch der Kapitän. Die anderen fünf kamen aus anderen Orten in Norwegen.

Klammerten sie sich jetzt an Kanten, Bretter und Geländer? Oder waren sie an Deck, voller Todesangst, in den gewaltigen Wogen, umgeben von derselben Dunkelheit, in die Bertha und Hanna hinausschauten? Brüllten sie einander zu oder beteten sie? Wie die meisten Seeleute konnten sie wohl nicht besonders gut schwimmen. Vielleicht waren sie in eins der beiden Rettungsboote gestiegen. Oder dachten sie, sie seien so jung, dass sie unmöglich sterben könnten, dort draußen auf der Nordsee? Sahen sie ihre Mütter vor sich oder ihre Frauen? Die Kinder?

In Gedanken zwang sie den Dampfer weiter über das Meer. Sie betätigte die Kolbenturbine, sah die Mannschaft vor sich, die Wasser schöpfte, weil sie stark und seetüchtig geboren waren.

Sie wollte nicht daran denken, dass es etwas mit dem Alter des Schiffes zu tun haben könnte. Die Goval war alt und solide, hatte schon so manchen Sturm überlebt. Hatte tausend Mal Männer und Kohle heil über das Meer gebracht.

Plötzlich verfluchte sie das Telefon. Dieses Gerät, das alles so einfach machen sollte, war zugleich eine grausame Einrichtung, weil sie nun wussten, was passierte, *während* es passierte, ohne irgendetwas daran ändern zu können. Früher hatten alle erst viel später von den Katastrophen erfahren. Aber jetzt waren sie hier, in Berthas eigenem Wohnzimmer, während die Männer dort draußen um ihr Leben kämpften.

Hanna ließ Berthas Schultern los, stellte sich neben sie und verschränkte die Hände im Rücken. Bertha sah, dass sie ein unmerkliches Zucken zu unterdrücken versuchte, damit sie nicht zu zittern anfing.

»Wir wissen nichts sicher.« Das sagte Hanna nun schon zum x-ten Mal.

Und Bertha erwiderte jedes Mal: »Nein. Wir wissen nichts sicher.«

Während die Stunden verstrichen, schien sich das Schweigen des Telefons von einem Fluch in Trauer zu verwandeln.

Bertha dachte: Wenn die Goval morgen in den Smedasund einfährt, werde ich Hanna zeigen, dass ich sie noch immer liebe.

Gegen drei Uhr nachts kam der Anruf. Sie drängten sich beide um den Hörer und erfuhren, dass vermutlich alle vierzehn Mann an Bord ertrunken waren.

Bertha brachte kein Wort heraus, sie keuchte auf. Hannas Gesichtsausdruck machte ihr klar, dass sie sich zusammennehmen musste. Dass hier nicht sie, Bertha, Mitgefühl verdiente.

Die Männer hatten in dem peitschenden Wind gekämpft, hatten die unbezwingliche Kraft gespürt, die sie nach unten zog, hatten vielleicht aufgegeben und sich mit Meerwasser füllen lassen.

Irgendwie hatte sich Bertha ins Schlafzimmer geschleppt und sich hingelegt. Als sie einige Stunden später erwachte, blieb sie liegen und sah die Männer vor sich, auf dem Meeresgrund. Die Arme der Toten, die sich wie wehendes Seegras zur Oberfläche hinaufstreckten, zu dem Licht hoch oben, wo die Kohlenstücke wie dunkle Flecken auf und ab tanzten.

Die Männer lagen in der Tiefe. Wie auch das Schiff. Auf der Seite, wie ein riesiges Tier, ein Elefant. Die Kajüten, die Kombüse mit den Kesseln und den riesigen Töpfen, die Schotten mit den angenagelten Bildern. Sollte die Goval für immer dort unten bleiben, wie ein rostiges Skelett, das sich um andere Skelette geschlossen hatte?

Als Bertha das nächste Mal die Möglichkeit zum Schlafen fand, hatten sie einen heftigen und schmerzlichen Samstag in der Reederei hinter sich. Sie hatten quälende Telefongespräche mit ausländischen Geschäftspartnern geführt, Hinterbliebene über Lohnfortzahlungen informiert, beobachtet, wie sich verzweifelte Eltern im Erdgeschoss der Reederei versammelten. Bertha hatte eine Schwangere getröstet und in die Arme genommen, die außer sich vor Verzweiflung gerufen hatte, sie verfluche Gott, der ihren Mann nicht gerettet habe.

Und sie hatten mit Versicherungsgesellschaften gesprochen.

Sie hätte die Decke zur Seite schlagen, sich im Nachthemd durch das Zimmer schleichen, sich an Hanna schmiegen und sagen können, dass sie sich niemals wieder unschuldig fühlen würde.

Und Hanna hätte sie umarmen können und gesagt, dass dieses Erlebnis das Schlimmste sei, was man als Schiffsbesitzer erleben konnte, es sei einfach nicht auszuhalten. Sie hätten weiterreden und zu der Entscheidung kommen können aufzuhören.

Aber das taten sie nicht.

Jede lag in ihrem Bett. Sie hatten beide einen harten Tag hinter sich, und jede war dankbar für den Einsatz der anderen.

Niemand konnte ihnen dieses Unglück zum Vorwurf machen.

37

Sonntag, 17. Dezember

Bertha wollte den Gottesdienst in Avaldsnes besuchen. Die alte Kirche lockte durch ihre Beständigkeit, sie hatte so viele Tragödien miterlebt. Den Schwarzen Tod, dachte Bertha. Die Kirche von Avaldsnes hatte es schon gegeben, als die Pest fast alle Pfarrkinder verschlungen hatte.

Hanna wollte in die Reederei.

Im scharfen Morgenlicht nahm Bertha die Fähre hinüber nach Karmøy und dort einen Wagen. Sie fuhren über den holprigen Weg am Sund entlang. Der Kutscher lenkte sie vorbei an den kleinen Höfen, die dort schon waren, solange sie sich zurückerinnern konnte. Sie schaute über die vom geschmolzenen Schnee fleckige Heide und dachte an die, die im Meer verschwunden waren. Eltern, Geschwister und Ehefrauen hatten Besuch von einem Geistlichen bekommen.

Der Weg führte durch eine Allee mit dünnen, blattlosen Espen, und Bertha nahm den Geruch feuchter Erde wahr.

Die Kirche war an diesem Adventssonntag voll besetzt, und die Predigt sollte der Pastor halten, den sie am liebsten mochte.

Er trug einen violetten Talar, und ein violettes Tuch war

über die Kanzel gelegt worden. Die Farbe, die Vorbereitung, Abrechnung und – Trauer symbolisiert.

Auch der Pastor war älter geworden. Hatte zugenommen, sein Doppelkinn war noch dicker. Aber nach wie vor hatte er die alte, eifrige Stimme.

»Niemand geht ohne Sünde durch das Leben«, sagte er. Bertha hatte das Gefühl, dass er sie ansah, aber er sah alle an.

»Was kann der Sinn dieses ganzen Elends sein, fragt ihr vielleicht. Hätte Gott uns die Wahl nicht einfach machen und eine Welt ohne Sünde erschaffen können? Dann hätten wir uns auch nicht für Gott entschieden. Er hat uns mit freiem Willen erschaffen, und mit diesem Willen haben wir das Paradies verlassen. Aber er hat uns seinen eingeborenen Sohn gesandt, damit wir die Erlösung wählen können. Und er will, dass wir uns darauf vorbereiten und darauf warten. Die Erlösung, die Abrechnung und Trost zugleich ist.«

Sie hätte am liebsten geweint, riss sich aber zusammen. Vielleicht würden ihre Tränen als Hohn aufgefasst werden. Kinderlos und lieblos, wie sie nach Ansicht der meisten hier lebte.

Im Pelzmantel, mit Hut, Handschuhen und Schal stieg sie nach dem Gottesdienst in den Wagen. Aber als der Kutscher ihr eine Felldecke über die Knie breitete, konnte sie nicht Danke sagen, weil sie Angst hatte, ihre Stimme würde beben.

Der Boden knirschte unter den Wagenrädern, und sie hörte die Pferdehufe.

Sie öffnete die Tür zu dem gelborangen Gebäude. Drinnen war es still. Mit schweren Schritten stieg sie die halbkreisförmige Treppe in den ersten Stock hoch. Hanna war in die Arbeit vertieft.

Bertha schüttelte den Kopf und schaute auf die Zeitung, die vor Hanna lag. *The Shipping Gazette of Norway.* Bis an den Rand gefüllt mit Anzeigen von Juristen, die sich auf Seefahrts- und Assekuranzangelegenheiten spezialisiert hatten, sowie von Havarie-Agenturen, die ihre Dienste anboten.

»Zum Glück sind wir gut versichert«, sagte Hanna. »Das muss man sein.«

Bertha nickte. Versichert dagegen, dass Menschen ertranken, waren sie trotzdem nicht. Sie waren versichert, damit sie bei einem Unglück kein Geld verloren. Versichert sozusagen, um für den Tod der Seeleute bezahlt zu werden.

Bertha ging zu dem großen Fenster und blickte hinab auf die Straße, die weder sonntagsstill noch leer war.

Der Apotheker hatte einen großen Julbock aus Stroh unter dem Arm. Er verschwand aus ihrem Blickfeld, wahrscheinlich war er in die Apotheke gegangen, wo er und seine Familie im ersten Stock wohnten. Bertha stellte sich vor, wie er sein Schaufenster dekorierte. Tabletten, Flaschen, Verbandszeug, Seifen, Salben und Säuren, zusammen mit Strohbock, Weihnachtswichteln und rotwangigen Puppen.

Am Rand ihres Blickfeldes bemerkte sie den leuchtenden Fleck, das weiße, gleichsam rotierende Sägeblatt. Sie drehte sich um. Doch wenn sie versuchte, Hanna anzusehen, verschwanden Teile von ihr hinter einem Licht, aus dem bald unerträgliche Kopfschmerzen werden würden.

Hanna besorgte ihr einen Wagen, blieb selbst jedoch in der Reederei.

38

Draußen fiel Nieselregen aus einer grauen Wolkendecke. Es war Februar geworden, und sie saßen im Café im Erdgeschoss im Gebäude der Handelsvereinigung in der Strandgate und warteten auf das Tagesgericht. Klare Fleischbrühe und frisches Brot. Sie aßen oft hier, immer am selben Tisch, vor dem großen Fenster rechts von der Tür.

Hanna war in Gedanken versunken, und Bertha musterte ihr Gesicht. Das sie so gut kannte, das sie an jedem einzelnen Tag in ihrem Erwachsenenleben gesehen hatte.

Hanna hatte zwei dunkle Leberflecken auf der linken Wange, Runzeln am Hals und Tränensäcke unter den Augen. Ihre Haare waren jetzt grauweiß und dünn. Aber auf ihre ganz eigene Weise war sie immer noch schön. Bertha wurde bei ihrem Anblick von Zärtlichkeit erfüllt.

Sie stellte sich vor, dass Hanna an das Schiff dachte, von dem sie gehört hatten, das zum Verkauf kommen sollte, unten in Dänemark. Sie hatte in der vergangenen Woche mehrmals über die Visborg gesprochen. Das Schiff war angeblich in hervorragendem Zustand, auch wenn es bereits 1885 gebaut worden war.

Hanna war der Ansicht, sie sollten in ein neues Schiff investieren, das schuldeten sie der Mannschaft der Goval.

Sie hatten viele *Wir-schulden-es*-Sätze benutzt.

Bertha hatte den Eindruck, sie türmten sich in ihr auf.

Wir schulden es den Ertrunkenen, auch weiter Seeleuten Arbeit zu beschaffen.

Wir schulden es ihren Brüdern, dass sie die Familien versorgen können.

Wir schulden es den Menschen hier, müssen Kohle herbeischaffen, damit Häuser geheizt und Fabriken betrieben werden können.

Nun riss Hanna sich aus ihren Gedanken los, schaute auf und fragte: »Meinst du noch immer, wir sollten Peder eine Stellung anbieten?«

»Er will doch keine Hilfe von uns annehmen.«

»Aber niemand sonst wird einem Mann mit steifen Fingern und einem schmerzenden Rücken Arbeit geben. Alle legen ein gewaltiges Tempo vor«, sagte Hanna.

»Aber vielleicht könnte er auch ohne Ausbildung im Kontor arbeiten.«

»Nein.« Hanna schüttelte den Kopf. »Im Kontor kann er sich wohl niemals nützlich machen.«

»Dann müsste er wieder ganz unten anfangen. Er ist schon lange nicht mehr als Decksjunge gefahren. Und jetzt, wo er erwachsen ist … soll er da unter einem Offizier arbeiten, der viel jünger ist als er?« Bertha blickte Hanna fragend an.

»Er kann in der Messe arbeiten. Dann ist er nicht draußen in der Kälte, sondern umgeben von heißer Erbsensuppe und Grütze«, sagte Hanna.

Bertha nickte.

In der Messe arbeiten, dem Koch zur Hand gehen. Dazu war keine Ausbildung vonnöten.

»Aber er soll nicht glauben, dass wir das aus Barmherzigkeit tun«, sagte Hanna. »Es muss eine Stellung frei sein. Außerdem, alle anderen haben Söhne und Brüder und Verwandte unter ihren Angestellten.«

Bertha lächelte, was Hanna aber nicht bemerkte.

Nun kam die Serviererin, Frau Aaneland, mit dem Essen.

Hanna ergriff den Löffel, rührte die Suppe aber nicht an.

»Bertha«, sagte sie. »Wir werden immer Angst haben, dass es wieder passiert.«

Bertha nickte. Das wusste sie. Und wäre es nicht unmoralisch, sich größere Sorgen um ein Schiff zu machen, wenn Peder an Bord war? Doch, vielleicht. Aber dann war sie eben unmoralisch. Es wäre besser, ihm keine Arbeit in der Messe zu geben.

Die ganze Zeit fuhren in Haugesund registrierte Schiffe auf allen Meeren. Wegen der hohen Frachtpreise wurden in gewaltigem Tempo Reedereien gegründet und Schiffe gebaut.

Mehrere Zeitungen und Politiker jubelten über die *Spekulationen*, die hohen Verdienst ermöglichten.

»Wir machen es anders«, sagte Hanna mit leiser Stimme. »Wir kaufen weiter von unseren Ersparnissen. Die Versicherungssummen erlauben uns das. Wir sind kein Strohfeuer.« Sie blies auf ihren Löffel und schlürfte ihre Brühe.

»Heiß«, nuschelte sie, ehe sie schluckte.

Niemand möchte ein Strohfeuer sein, dachte Bertha. Es war, als ob die ganze Stadt um Aufmerksamkeit kämpfte. Nun wurden so große Häuser errichtet, dass es nur im Süden und Norden der Stadt und auf den Inseln Platz für Säulen, Erker, Veranden und schmiedeeiserne Tore war. Um einige dieser neuen Gebäude waren große Parks angelegt worden. In der linksradikalen *Haugesunds Avis* hatte Bertha gelesen, die neureichen Reeder wollten unbedingt, dass ihre Gärten altehrwürdig aussahen, und ließen für hohe Summen aus alten Bergenser Gärten Bäume und Hecken heranschaffen.

Zu Hause betrachtete sie sich im Spiegel auf dem Gang. Das nackte Gesicht, achtundvierzig Jahre alt. Das Dunkle unter den Augen.

Wie ich aussehe!, dachte sie.

39

1913

Je lukrativer die Reederei wurde, umso unvorsichtiger wurde Hanna. Briefe an Geschäftsverbindungen im Ausland unterschrieb sie jetzt hemmungslos mit *Herr Brummenæs*, und als sie und Bertha im September 1912 Besitzerinnen der Visborg geworden waren, war sie so energisch an Bord des alten Frachtschiffes aufgetreten, dass ein Karikaturist in einer Zeitung eine Witzzeichnung von ihr angefertigt hatte, mit ihrem bekannten langen Mantel, der männlichen Beinstellung und der strengen Miene.

Bertha sagte ihr, sie solle nicht wie ein Offizier an Deck stehen, auch wenn sie der Mannschaft klarmachte, es dürfe ja nichts verschwendet werden. Und sie dürfe nicht – mit ausgestreckter Hand –, von dem frisch examinierten zweiten Steuermann verlangen, ihr das Patent für die Küstenschifffahrt zu zeigen, eine höfliche Bitte sei ausreichend. Sie fügte hinzu, Hanna solle ihn nicht auffordern, ihre kontrollierenden Fragen zu wiederholen, über Schifffahrtsvorschriften und die vorgeschriebenen Kenntnisse über Krankenpflege.

Peder dagegen wurde vor jedem Auslaufen nach England oder Frankreich mit aufmunternden Blicken bedacht.

Er hatte nach Hannas Überredungsversuchen, die klangen, als tue er *Brummenæs & Torgersen* einen Gefallen, den Posten des Messburschen angenommen. Und das, obwohl die Mannschaft gar nicht so groß war, dass Kapitän, Erster Steuermann und Schiffsingenieur ihre Mahlzeiten in einem eigenen Salon zu sich nahmen.

Bertha hatte gedacht, sein dankbares Lächeln sei die Unsicherheit trotz allem wert gewesen.

Aber Hannas wiederholte Unvorsichtigkeit irritierte sie und machte ihr Sorgen. Als ob Hanna glaubte, durch ihren Sitz in der Gemeindeverwaltung, dem Debattierklub und der Reedereivereinigung geschützt zu sein. Wurde sie jetzt etwa noch herausfordernder, wenn es tatsächlich im Parlament eine Mehrheit für die Einführung des Frauenstimmrechts gab?

An einem Samstag im Mai waren sie wie fast die ganze Stadt nachmittags zu einem Basar zugunsten des Waisenhauses in der Haraldsgate eingeladen.

Vier der aktivsten Reedersgattinnen der Stadt hatten sich zu dieser Wohltätigkeitsaktion im großen Barnepark zusammengetan, der zwischen Haraldsgate und Kirkegate lag. Alle sollten alte Kleider tragen, gern solche, die 1882 in Mode gewesen waren, damals, als das Waisenhaus gegründet worden war.

Hanna schwärmte nicht gerade für wohltätige Veranstaltungen. Sie fand, von ihr werde Geld verlangt, wo sie auch ging und stand, sie sollte dauernd etwas tun oder an etwas teilnehmen, was ihr missfiel. Aber sie hatte Bertha versprochen, mit ihr zusammen hinzugehen.

Nun zog Bertha das alte, von Serine geerbte Kleid an. Der Stoff roch nach Mottenkugeln und Staub, aber alle

Nähte waren unversehrt. Beim Tod der Stiefmutter hatte Josefine gefragt, ob Bertha nicht das Kleid haben wolle, das Serine am Tag ihrer ersten Begegnung mit dem Vater getragen habe. Bertha hatte bisher noch keinen Anlass gefunden, es anzuziehen.

Sie stand vor dem Spiegel an der Kleiderschranktür und zwängte sich in das Kleid. Musste über ihr hoffnungsloses Spiegelbild lächeln. Das grüne klein geblümte Kleid saß viel zu eng über ihrem Bauch.

»Kommst du?«, rief Hanna die Treppe hoch.

»Gleich!«, antwortete Bertha und ging zum Treppenabsatz. Unten im Gang stand auch Fräulein Mæland und schaute zu ihr hoch. Sie schlug die Hand vor den Mund, wie um ein Lächeln zu unterdrücken. Hanna trug einen dunklen bodenlangen Rock, eine blaue Bluse und ihre Lieblingsjacke.

»Sagst du gar nichts?«, fragte Bertha.

»Hast du vor, so zu gehen?«

»Ja.« Bertha nickte. »Wir sollen uns doch verkleiden. Willst du so aussehen wie immer?«

»Es ist zu tief ausgeschnitten«, sagte Hanna. »Und sitzt wie eine Wurstpelle.«

Bertha fuhr mit der Hand über das Kleid, über die farbenfrohen Blumen. Sie fühlte sich von Hannas kritischem Blick gleichsam verraten.

Du gehst in diesem Kleid hin, sagte sie wütend zu sich selbst.

Keine sprach viel, während sie durch die Haraldsgate gingen, bei der Lillesundsgate nach rechts abbogen und sich in das lärmende Menschenmeer im Park begaben.

Beim Anblick von glänzenden Zylinderhüten und altväterlichen Gehröcken, von großen Damenhüten mit Schleiern, von Kleidern mit gewaltigen Schleppen, von Korsetts, Rüschen, Krinolinen und Hauben legte sich Berthas Zorn. Es war, als betrete sie ein Foto aus ihrer Kindheit, ja, vielleicht aus noch früheren Zeiten.

Im Park waren sicher mindestens zweihundert Menschen. Eine junge Frau und ihre Mutter passierten Bertha in identischen roten Kostümen. Zwei sehr alte Männer saßen gebückt wie zusammengesunkene Geier auf ihren Stühlen. Ein Mädchen und ein Junge liefen hinter einem Hund her. Sie trugen verschlissene Kleidung und wohnten vermutlich im Waisenhaus. Ein anderer Junge rollte einen Reifen vor sich her, obwohl der Boden aus zertrampeltem Gras bestand.

Das Glücksrad der Antialkoholikerbewegung war neu und aus verziertem blanken Holz. Man konnte kleine Puppen und Puppenkleider, Marmelade und gestrickte Kinderkleider gewinnen.

Bertha wollte mit Menschen reden, Lose kaufen. Zum ersten Mal hatte sie Lust, sich frei in der Menschenmenge zu bewegen, ohne Hanna.

»Bertha Torgersen?«, fragte eine Frau in einem geflickten Kleid. »Oder … Sie heißen jetzt sicher anders?«

Bertha wusste zuerst nicht, wer diese Frau war. Sie kam ihr vertraut und fremd zugleich vor.

»Alette? Aus dem Wurst- und Fleischladen?«, fragte sie.

»Ja.« Sie lachte laut und streckte bettelnd die Hand aus. »Ich wollte nicht damit protzen, wie gut ich es getroffen habe, deshalb habe ich mich als arme Kirchenmaus verkleidet.«

Bertha wusste nicht, ob das nur ein geschmackloser Witz war, aber sie freute sich zu ihrer Überraschung sehr über das Wiedersehen.

Als wäre sie daran gewöhnt, ihr Leben in wenigen Sätzen zusammenzufassen, berichtete Alette, dass sie jetzt Andersen hieß, zu Hause in Stavanger drei erwachsene Kinder und vier Enkelkinder hatte und in Haugesund ihre eine Schwester besuchte, Johanna, jetzt Frau Rossebø.

»Und Sie?«, fragte sie.

»Ich bin nicht verheiratet«, sagte Bertha. Aber sie lächelte. Und Alette sah nun auch nicht mitfühlend aus wie viele andere.

Im Gegenteil, genauso ungestüm wie damals im Laden sagte sie mit übertrieben dramatischer Stimme: »Eine von meinen Schwestern ist auch nicht verheiratet, aber sie ist überzeugt, dass die Ehe keine Bedeutung hat. Und dass Jesus das auch meinte.«

Sie band den Knoten in ihrem Nacken auf und nahm ihr Kopftuch ab.

»Es ist wirklich zu warm«, sagte sie und steckte das Tuch in die Stofftasche, die über ihrem Arm hing. Dann zog sie sich auch zwei Kämme aus den Haaren, die ihr nun auf die Schultern fielen. Sie waren nicht so grau wie Berthas.

»Sind Sie mit jemandem hier, oder wollen wir zusammen zur Wahrsagerin gehen?«

»Ich komme gern mit zur Wahrsagerin«, sagte Bertha. Hanna war ins Gespräch mit Lars Meling und Jacob Odland aus der Reedereivereinigung vertieft.

Alette hakte sich freundschaftlich bei Bertha ein.

Sie drängten sich durch das Gewimmel und stellten sich an der Warteschlange vor einem Zelt an, wo eine Angestellte des Waisenhauses ein Plakat mit der Aufschrift angebracht hatte: *Was wird die Zukunft bringen?*

Die Wahrsagerin saß auf einem Stuhl hinter einem

Tisch. Vor sich hatte sie eine Tasse mit Kaffeesatz, ein Kartenspiel und einen Stapel kleiner Pappkarten mit Kinderzeichnungen. Abgesehen von dem dunklen, eingerissenen Schleier vor dem Gesicht trug sie ein buntes, altmodisches Kleid.

»Bitte, setzt euch, alle beide«, sagte sie.

Die Besucherinnen setzten sich jede auf einen Schemel.

»Zuerst bezahlen«, verlangte die Wahrsagerin.

Bertha und Alette kicherten, weil die Wahrsagerin mit schriller, krächzender Stimme sprach, wie eine Hexe in einem Theaterstück.

Jede legte ein Fünfundzwanzig-Öre-Stück auf den Tisch. Das war viel Geld, aber es ging ja schließlich um einen guten Zweck. Die Wahrsagerin steckte die Münzen in einen Lederbeutel an ihrem Gürtel.

Obwohl Bertha wusste, dass es ein Spiel und nur Spaß war, obwohl sie weder an Wahrsagerei noch an Hellseherinnen glaubte, war sie zu ihrer Überraschung gespannt. Sie wollte für ihr Geld etwas Wahres und Schönes hören.

Die Wahrsagerin zeigte auf die Karten und bat Alette und Bertha, jeweils eine zu ziehen. Bertha zog eine, die ein gelbes Haus zeigte. Alette bekam eine schwarze Katze.

Sie hörte Alettes munteres Lachen, wie Taubengurren, als die Wahrsagerin verkündete, sie werde Großmutter von weiteren gesunden Enkelkindern werden.

»Und …«, fügte die Wahrsagerin hinzu und nahm die oberste Karte vom Stock, eine Kreuz-Fünf, »Sie werden ein hohes Alter erreichen.«

»Keine Krankheiten?«, fragte Alette keck.

»Es sieht so aus«, antwortete die Wahrsagerin.

Dann vergaß sie die krächzende Stimme und die ostnorwegische Aussprache und redete wie Fräulein Larsen aus der Gemeinde. »Aber es ist sehr wichtig, keinen Schnaps zu trinken. Und sich zum Wetter passend zu kleiden.«

Sie wandte sich an Bertha und sagte, nun wieder mit Hexenstimme: »Und jetzt zu Ihnen. Dann wollen wir doch mal sehen. Sie haben das gelbe Haus gezogen.«

Bertha nickte. Sie hatte plötzlich das Gefühl zu träumen, dass sie dort saß, auf dem Schemel gegenüber dieser Frau, die so eindringlich und selbstsicher erklärte, jede Frau müsse ihren Platz in der Gesellschaft kennen.

»Sie haben ein Haus gezogen.« Sie tippte mit dem Finger auf die Zeichnung.

Bertha sagte nichts dazu, sondern fragte: »Werde ich auch ein hohes Alter erreichen?«

Die Wahrsagerin zog langsam eine weitere Karte aus dem Stock.

Warum dauerte das so lange? Die Wahrsagerin schien eingeschlafen zu sein, und obwohl es nur wenige Augenblicke dauerte, verspürte Bertha eine wachsende Abneigung und fand es lächerlich, dass sie sich mit ihren Karten wichtigmachte.

»Danke«, sagte Bertha und erhob sich.

»Das werden Sie«, rief die Frau ihr hinterher. »Ein hohes Alter erreichen.«

Bertha schaute noch einmal in das Zelt und begriff, dass sie sich blamiert hatte.

»Danke«, sagte sie und lächelte.

Vor dem Zelt lachte Alette.

»Was für eine Séance!«, sagte sie.

Sie wartete nicht auf Antwort, sondern legte ihre Hand auf Berthas geblümten Ärmel und sagte, es wäre nett, wenn Bertha sie irgendwann einmal in Stavanger besuchen könnte.

»Mit der Fähre ist die Reise im Nu erledigt. Und nur, damit Sie es wissen: Es ist eine Ehre, wenn man zu mir eingeladen wird.« Sie lachte über ihren Witz, und Bertha dachte, wenn die Ehre aus der Einladung an sich bestünde, wäre es doch egal, ob sie hinfuhr oder nicht. Also lächelte sie.

Hanna kam zu ihnen herüber, sie nickte und wartete darauf, dass Bertha sie und Alette miteinander bekannt machte. Ganz bewusst ließ Bertha ein wenig zu viel Zeit verstreichen, ehe sie sagte: »Alette Andersen, Hanna Brummenæs.«

»Ach, natürlich, wie dumm von mir! *Brummenæs und Torgersen!*« Alette rief fast, erst jetzt hatte sie Bertha mit Laden und Reederei in Verbindung gebracht.

Eine Herrenstimme bat nun alle, die ein Los gekauft hatten, hinüber zu den Schaukeln.

»Ich habe eine Menge Lose«, sagte Alette. »Gehen wir rüber?«

»Gern«, sagte Bertha.

»Nie im Leben«, sagte Hanna.

Bertha verabschiedete sich von Hanna auf höfliche, fast unpersönliche Art. Sie hatte das Gefühl, sich am Rand von etwas zu bewegen, wobei sie nicht so recht wusste, ob das klug war, aber sie ging zusammen mit Alette über den Rasen auf die Schaukeln zu.

War Hanna eifersüchtig?

Sie verspürte eine beschämende leise Freude über Hannas verzweifelten Blick.

Sie konnte Hanna nicht finden, als sich der Park später leerte, und ging allein nach Hause. Aufrecht gehend in dem altmodischen geblümten Kleid dachte sie, dass Hanna ja wohl damit klarkommen müsste, wenn sie sich mit anderen amüsierte.

Es war, als hätten ihr der Vormittag mit Alette und das Versprechen der Wahrsagerin auf ein langes Leben eine ungewohnte Selbstsicherheit verliehen.

40

Ende August 1917

Das Grauen wollte kein Ende nehmen.

Auf dem Tisch vor sich hatte Bertha eine Kaffeetasse, ein Stück Toast, Rühreier und die Seefahrtszeitung. Sie fand, sie müsse diese Zeitung einfach lesen, aber nach einer Stunde mit Nachrichten, Reportagen und Leserbriefen hatte sie Angst und das Gefühl, in Gefahr zu schweben.

Das Norwegische Telegrammbureau versorgte die meisten norwegischen Zeitungen mit Artikeln die direkt von den Korrespondenten anderer Zeitungen in Deutschland, Frankreich und England stammten. Es war, wie den Krieg direkt auf den Tisch zu bekommen.

Die Menge der Gefallenen auf den Schlachtfeldern in Frankreich und Belgien war so gewaltig, dass es nur schwer zu begreifen war, was das bedeutete. Deshalb erschütterten Bertha die Beschreibungen der Zeitungen so sehr.

Sie sah eine kleine Gruppe englischer Soldaten vor sich, die in den Ruinen einer Schule eines französischen Dorfes in der Nähe von Rouen sieben Mädchen in blauen Schuluniformen gefunden hatten. Die Kinder lagen über ihre Tische gebeugt da, als ob sie sich nach einer anstrengenden Unterrichtsstunde vor Erschöpfung ausruhen müssten, aber in Wirklichkeit waren sie durch Genickschüsse getötet worden, ihre jungen Gesichter in ihrem eigenen Blut. Kleine Mädchen. Ein Geschichtslehrer in Peders Alter. Rouen in der Normandie, einer der Orte, den ihre inzwischen sechs Schiffe regelmäßig anliefen, wo ihre Seeleute Eisen oder Kohle luden und löschten und die norwegische Seemannskirche besuchten.

Peder war jetzt zweiunddreißig und arbeitete hart. Nachdem sie vor zwei Jahren die Venborg gekauft hatten, war er vom Servierer auf der Visborg zum Koch auf der Venborg aufgestiegen. Er hatte ihnen gesagt, im Scherz und zugleich voller Ernst, etwas Besseres als sie beide könne ein mutterloser Mann sich gar nicht erträumen. Bertha und Hanna hatten verlegen gelacht und waren bei dieser Liebeserklärung wie zwei junge Mädchen errötet.

Wo war die Venborg jetzt?

Sie dachte an die französischen Schulmädchen, die Rock und Bluse angezogen, sich am Morgen von ihren Müttern verabschiedet und gedacht hatten, in ihrer kleinen Dorfschule wären sie trotz des Krieges in Sicherheit. Waren es deutsche Soldaten gewesen, die genug von den Schützengräben hatten und voller Wut aus dem feuchten Schlamm geklettert waren, um auf alle loszuballern, auf die sie trafen, oder waren sie bösartig und gründlich zu Werke gegangen? Hatten sie die Mädchen gezwungen zuzusehen, wie zuerst der Lehrer erschossen wurde? Oder hatten sie die Mädchen zuerst erschossen, ihnen befohlen, die Köpfe auf den Tisch zu legen?

Was für eine endloses Entsetzen. Und wenn ihre Eltern nicht bereits tot waren – wie sollten sie dann weiterleben?

Ein Fenster zum Garten stand offen, sie hörte Vogelgesang und einen leichten Wind, der durch die Zweige der von ihnen gepflanzten Kiefer strich.

Auf einmal stand Hanna in der Tür und sagte, es lasse sich einfach keine Butter mehr auftreiben, und der Rest, den sie noch hätten, rieche ranzig.

»Na gut«, sagte Bertha. Sie drehte sich nicht um. Worüber sprachen die Seeleute auf ihren Schiffen beim Frühstück? Wonach roch ihre Furcht? Welche Angst eines anderen Menschen konnte sie sich überhaupt vorstellen? Die Angst, die lähmte, wenn die Kanonenkugel das Schiff traf und sie vor die Wahl stellte, entweder an Bord des sinkenden Schiffes zu bleiben oder in eine vor brennendem Öl siedende See zu springen? Oder den fast unwirklichen Schmerz eines jungen Mannes, der mit einem abgerissenen Bein in einer Koje unter Deck starb. Konnte sie, die weder Mann noch Kind hatte, wirklich die albtraumhafte Angst der Frauen verstehen, die zu Hause darauf warteten, dass ihr Sohn, Verlobter oder Ehemann auf einem der Schiffe von *Brummenæs & Torgersen* es mit heiler Haut schaffte davonzukommen, während immer wieder deutsche U-Boote an die Oberfläche glitten und das Meer mit Kanonendonner erfüllten?

Sie glaubte schon, das zu können. Denn sie dachte jeden Morgen an Peder. Und jeden Abend, wenn sie wussten, dass die Venborg den Tag überstanden hatte, fürchtete sie sich ein bisschen weniger.

Nicht alle Schiffe überstanden den Tag.

Hanna setzte sich ihr gegenüber an den Frühstückstisch.

»Ist ›na gut‹ das Einzige, was du zu sagen hast?«, fragte sie.

Bertha nickte. Ja, das Einzige in diesem Moment.

Sie lächelte Hanna traurig zu.

Hanna sah müde aus. Ihre Augenlider waren schwer, unter den Augen war die Haut dünn und blaugrau. Sie arbeitete fast die ganze Zeit, jeden Tag, obwohl sie fast siebenundfünfzig war. Bertha streckte die Hand über den Tisch aus, und Hanna nahm sie.

Allein in den letzten sechs Monaten hatte die norwegische Flotte zweihundertzweiundzwanzig Schiffe verloren. Sie selbst hatten seit dem Vorjahr drei eingebüßt. Zum Glück ohne Umgekommene. Aber wie lange würde das so weitergehen? Im Februar hatten die Deutschen mit ihrem uneingeschränkten U-Boot-Krieg angefangen. Bis dahin waren ihre Schiffe erst versenkt worden, nachdem der Mannschaft einige Minuten Zeit gelassen wurde, um in die Rettungsboote zu steigen.

Seit Februar waren auf den neunundzwanzig torpedierten Schiffen aus Haugesund fünfundsechzig Männer ums Leben gekommen. Vor allem Ausländer, aber auch viele aus Haugaland.

Dreihundertsechsundsiebzig norwegische Seeleute waren in diesem entsetzlichen Krieg bisher getötet worden.

Die Visborg hatte im Vorjahr das deutsche U-Boot UB 19 versenkt. Und am Neujahrstag war das Schiff Britannic, voll beladen mit Eisenerz, so sehr beschossen worden, dass es sank. Die Besatzung wurde zum Glück von der norwegischen Morild gerettet.

Brummenæs & Torgersen hatten Papiere aus Deutschland zugesandt bekommen, und deshalb wussten sie, dass ein deutscher Oberstleutnant namens Otto Lauenburg den Befehl zum Torpedieren der Visborg erteilt hatte.

Nun lag das alte Schiff, das sie im September 1913 für 139000 Kronen gekauft hatten, vor der portugiesischen Küste auf dem Meeresgrund.

Die Britannic war gut versichert gewesen, sie hatten also kein Geld verloren.

Auf der großen Karte in der Reederei hatte Hanna die Britannic mit einer Stecknadel mit schwarzem Kopf markiert. Auch die Geira hatte nun eine schwarze Nadel. Sie war am 24. Februar gesunken, nach einer Kollision mit einem anderen norwegischen Schiff, der Wilfred. Schwer beladen mit Kohle war sie zwischen Wales und Rouen im Meer verschwunden.

Wortlos legte Hanna *Haugesunds Avis* vor Bertha auf den Tisch und zeigte darauf.

Bertha las, dass Reeder Stolt-Nielsen sein vier Jahre altes Schiff Recto für die schwindelerregende Summe von 650000 Kronen versichert hatte.

Engländer, Franzosen und Russen waren auf den Transport von Eisen und Kohle angewiesen, wenn die Deutschen besiegt werden sollten. Dass die Reeder an diesem extrem gefährlichen Unternehmen auch Geld verdienten, war nur recht und billig. Die Mannschaft musste ja schließlich entsprechend bezahlt werden.

Hanna nahm die Zeitung wieder und las weiter.

»Wir spekulieren nicht!« Bertha sah Hanna empört an. »Wir machen es nicht wie andere, die alles auf eine Karte setzen. Ganz im Gegenteil. Wir sind ein entscheidendes Glied im Kampf gegen die Deutschen. Ohne Versicherung würde kein Reeder Schiffe und Mannschaften aufs Spiel setzen.«

»Du weißt genau, Bertha, viele halten es für unmoralisch, dass die Reeder für die Versicherungsgelder keine

Steuern zahlen. Martin Tranmæl zum Beispiel.« Hanna blickte nicht von der Zeitung auf.

»Wer ist das?«

»Ein sozialdemokratischer Politiker, der morgen auf dem Marktplatz eine Rede halten wird.« Hanna zeigte auf eine Anzeige in der Zeitung. »Er hält uns Reeder für Kriegsgewinnler. Aber er sagt nicht, wer den Engländern zu dem verhelfen soll, was sie brauchen, um diesen schrecklichen Krieg zu gewinnen.«

»Hm. Stolt-Nielsen hat über eine Million nur am Wiederverkauf von Verträgen für Schiffbau verdient. Ehe auch nur ein einziges Schiff die Helling verlassen hat«, sagte Bertha.

»Wir sind nicht Stolt-Nielsen. Wir sind *Brummenæs & Torgersen*«, sagte Hanna.

Am nächsten Tag stand die Sonne noch immer hoch am Himmel, obwohl es bereits auf halb sechs zuging.

Auf dem Weg in die Stadt dachte Bertha, dass alle Menschen ab und zu Dinge taten, die sie nicht erklären oder begründen konnten.

Als sie oben nach Torgbakken hin abbog, nahm sie unten beim Marktplatz einen bräunlichen Dunst wahr. Als sie näher kam, sah sie, wie Flammen aus einem Eisenbehälter mit brennendem Papier schlugen. Ascheflocken wurden hochgewirbelt und verbreiteten sich am Himmel wie schwarze Vögel. Ein Mann goss einen Eimer Wasser auf die Flammen, und dichter Rauch stieg auf wie eine Wolke, ehe er sich auflöste. Vor der Bühne unten auf dem Marktplatz fächelten sich die Menschen Luft zu und zeigten auf die schwebende Asche.

Sie wechselten einen Blick.

Es waren vielleicht vierzig, fünfzig Menschen, die sich hier versammelt hatten.

Bertha stellte sich ein kleines Stück höher am Hang an den Rand der Menge. Sie hob eines der Flugblätter auf, das nur zum Teil verbrannt war. ALLE MACHT DEN ARBEITERN, las sie, in Großbuchstaben.

Das Verfügungsrecht über viele Dinge konnten sie gern haben, da stimmte sie zu. Aber *alle* Macht? Sie, die so viele Jahre lang hart gearbeitet hatte, um Geld zu sparen, um einen Laden zu kaufen und zu betreiben, um eine Reederei zu besitzen – meinte dieser Tranmæl, dass die Seeleute bestimmen sollten, wo *Brummenæs & Torgersen* investierten?

Aber nun strömten weitere Menschen aus den Nebenstraßen. Die Leute drängten sich vor der Rednertribüne unten am Sund zusammen.

Um kurz nach sechs sah sie Tranmæl von rechts auf die Menschenmenge zugehen. Seine Gestalt war nicht besonders auffällig, aber er bewegte sich leichtfüßig und rasch. Er war ungefähr Ende dreißig. Ihm folgten zwei kräftige Burschen, jeder mit einer großen schwarzen Mütze, die das Gesicht beschattete. Die beiden würden wohl dafür sorgen, dass niemand nach ihm stieß oder ihn anrempelte.

Tranmæl ließ sich Zeit, tippte an seinen Hut, nickte, grüßte. Ab und zu lächelte er. Die Menschenmenge bewegte sich ehrerbietig, ließ ihn durch, und er stieg die beiden Stufen zur Rednertribüne hoch. Er packte den Rand, als fürchte er, alles könnte nach vorn kippen.

Er trug einen schmal gestreiften Anzug mit breitem Revers. Darunter hatte er ein weißes Hemd und einen Schlips an.

Vor allem hatten sich Männer eingefunden, die sich jetzt vor Tranmæl zusammendrängten. Ein Mann rief ihm etwas zu, und Tranmæl hob zwei Finger an die Stirn, wie zum Pfadfindergruß. Dann nahm er den Hut ab und legte ihn neben einige Papiere.

Er räusperte sich und rief: »Jetzt kann ich endlich selbst! Diese Zustände sehen! Norwegens Antwort auf den Klondyke!«

Er benutzte kein Megafon, aber seine Stimme trug dennoch weit. Er teilte jeden Satz in viele Rufe ein, als wäre alles, was er sagte, von gleicher Wichtigkeit.

»Auf einem Marktplatz! Umkränzt von schönen großen Häusern! Vor einem Sund mit gut ausgerüsteten Booten!«

Er hielt inne, und Bertha hörte einen Mann »Buh!« rufen. Aber mehrere applaudierten auch.

»In dieser Stadt sieht man deutlich!« Tranmæl schaute sich um, wie um es deutlich zu machen. »Wie prachtvolle Herrschaftshäuser! Sich erheben! Überall! Aber der Reichtum, auf dem Haugesund nun seinen Ruf aufbaut! Schickt andere in den Ruin! In Verzweiflung und Armut! Denn er baut auf Spekulation auf!«

Die Menschenmenge verstummte.

Die Welt veränderte sich so schnell. Was an dem einen Tag positiv war, war am nächsten verwerflich.

Immer häufiger musste Bertha Zuflucht bei der Bibel suchen. Die unterstrich, dass Gier und Wucherzinsen falsch waren und eher ein Kamel durch ein Nadelöhr ging, als dass ein Reicher in den Himmel kam.

Hatte nicht Jesus dem reichen Mann gesagt, er solle alles weggeben, was er besitze?

Aber dann gäbe es doch keine Arbeitsplätze. Es konnte unmöglich falsch sein, für die Seeleute für Arbeit und

Lohn zu sorgen. Und sie verliehen kein Geld, um die Not anderer auszunutzen. Es konnte auch niemand behaupten, dass das *Abhängigkeitsverhältnis zwischen Angebot und Nachfrage in deutlichem Missverhältnis zu dem, was geleistet wurde, stand,* wie das Gesetz es verlangte. Die Seeleute fuhren ja mit ihrem Leben als Einsatz zur See.

Nun musste sie sich darauf konzentrieren, was Martin Tranmæl sagte, denn mehrere Männer vor der Rednertribüne versuchten plötzlich, ihn zu unterbrechen. Sie riefen, er solle sich nach Russland scheren, wenn er eine Revolution wolle. Einer der beiden, die Tranmæl auf den Marktplatz begleitet hatten, sagte etwas, aber Tranmæl schüttelte den Kopf. Dann rief er: »Unser Ziel! Das Ziel der Arbeiterpartei! Ist! Norwegen zu ändern! Es zu einem besseren Land zu machen! Nicht nur für die Reeder von Haugesund! Die sich im Luxus wälzen!«

Noch andere johlten, klatschten und riefen. Stimmte die ganze Menschenmenge dem zu, was da auf der Rednertribüne gesagt wurde?

Tranmæl wurde lauter und fuhr fort: »Die, die ihre Schiffe zu Bomben und Granaten aussenden, träumen davon, als diejenigen in die Geschichte einzugehen, die die Gesellschaft aufgebaut haben. Als Männer, die Wohlstand für viele schaffen – mit ihrer Handelsflotte! Aber ist das die Wahrheit? Sie haben das Parlament dazu überredet, die Kriegsverlusterstattung von den Steuern zu befreien, solange sie das Geld für neue Tonnage verwenden.«

Das stimmte, aber warum klang es bei ihm so falsch? Die Politiker hatten die Reeder doch dazu ermutigt, in neue Schiffe zu investieren.

Sie sah, dass ein Mann eine Papierkugel auf die Rednertribüne warf. Sie war so leicht, dass sie langsam auf Tranmæl zuflog, und er streckte ruhig die Hand aus, wie ein Pastor, der die Gemeinde segnet, dann schloss er die Finger um das Papier. Er faltete es sorgfältig auseinander und las vor: »Reeder, schämt euch! Ihr stopft euch die Taschen voll, während unsere Jungs mit euren Schiffen untergehen!«

»Wollte hier jemand diese Botschaft verbrennen? Damit niemand sie sieht?« Seine Stimme war jetzt sehr laut. »Aber wir können mit eigenen Augen sehen! Und wir sehen auch hin, wenn es nicht um uns, sondern um andere geht. Denn es sind nicht in erster Linie wir hier in Norwegen, die in diesem Krieg leiden!«, rief er. »Durch unsere Valuta-Einnahmen hat das Land Geld, um im Ausland zu bezahlen, wenn es auf Staatsrechnung große Mengen Getreide, Mehl und Fleisch kauft! Aber der Reichtum, der in den letzten beiden Jahren nach Haugesund geflutet ist, wurde nicht durch harte Arbeit erworben, sondern durch Spekulation!«

»Was ist mit uns Arbeitern in der Werft?«, rief ein Mann auf Schwedisch. »Auch wir haben Familie!«

»Ich rede nicht von ehrlicher Arbeit!«, rief Tranmæl zurück. »Sondern von Spekulation. Und es gibt wohl kaum eine Stadt in diesem Land, wo so wild spekuliert wird wie hier! Und wie wir von diesem Mann hier hören, gibt es kaum noch Leute aus Haugesund, die an Land körperliche Arbeit leisten. Dafür werden Menschen aus anderen Gegenden und Schweden verwendet. Hier ist jeder dritte Steuerzahler Miteigner bei einer der Schiffsaktiengesellschaften der Stadt, und damit verteilen sich Unmoral und Geld auf so viele, dass es nicht einmal wehtun dürfte, die Wahrheit zu hören. Aber in diesem Krieg kommen auch viele Seeleute auf Schiffen aus Haugesund ums Leben!«

Bertha musste sich zum Zuhören zwingen. Sie hatte kein Recht, zornig wegzulaufen. Denn wenn sie sich umdrehte und ging, dann, weil sie seine Worte nicht ertragen konnte, oder etwa nicht? Egal, ob das alles gelogen war oder ein Körnchen Wahrheit enthielt.

Bertha stellte sich dichter vor das Gebäude, an dem sie stand. In diesem Moment sah sie eine Frau durch die Menschenmenge humpeln. In der Hand hielt sie eine Stofftasche. Sie blieb stehen, als sie die Rednertribüne fast erreicht hatte. Es war Frau Skretting, die Witwe des Maschinisten Sigurd Skretting, der im vergangenen Jahr mit seinem Schiff, beladen mit Kohle, auf dem Weg von Leith in Schottland nach Trondheim mit der gesamten Besatzung untergegangen war. Das Schiff kam nicht aus Haugesund, und Frau Skretting hatte deutlich gemacht, dass sie dem Reeder aus Ålesund die Schuld gab.

Nun trat ein Mann zu Frau Skretting, legte ihr die Hand auf die Schulter, aber sie schüttelte ihn ab und öffnete ihre Stofftasche. Sie griff hinein, aber der Mann packte ihren Arm und hielt sie davon ab.

Sie brüllte: »Heuchler! Aber niemand kann Gott täuschen!« Ihre Stimme wurde schrill und versagte.

Tranmæl verstummte mitten im Satz.

»Sie sollten nicht uns angreifen!«, rief ein Mann. Aber Frau Skretting fand, sie könne anbrüllen, wen sie wollte.

Die Menschen sahen zu ihr und dem Mann hinüber, der versuchte, sie aufzuhalten. Noch ein Mann kam dazu, und eine Frau. Bertha erkannte Karen Smedvik, die versuchte, Frau Skretting zu einer Bank zu führen. Aber die riss ihren Arm zurück, schob abermals die Hand in die

Tasche und warf etwas in die Menschenmenge; feuchte, faulige Birnen. Eine Birne nach der anderen klatschte auf Jacken und Kleider, Hüte und Haare. Und die ganze Zeit rief Frau Skretting, dass die, die gekommen waren, um Herrn Tranmæl Ärger zu machen, wissen sollten, dass für diejenigen, die jeden Tag jemanden auf dem Meer verloren, alles noch viel schlimmer war. »Diese elenden Kähne!«, rief sie. »Sie schicken die mitten ins Massaker! Warum sind die Söhne dieser Reeder nicht mit an Bord?«

Nun gelang es jemandem, die Tasche mit den Birnen an sich zu reißen, und ohne ihre Tasche schien Frau Skretting ihre Kraft zu verlieren. Sie verstummte, verließ den Marktplatz aber nicht.

Bertha rührte sich nicht, sondern starrte Frau Skretting an, die ganz dicht an die Rednertribüne herantrat, mit dem Rücken zu Tranmæl. Und während er seine flammende Rede fortsetzte, starrte Frau Skretting ihrerseits die Zuhörer wütend an. Nach dieser Szene gab es keine Buhrufe mehr.

Bertha ging, ehe Tranmæl zum Ende gekommen war.

Beim Abendessen fragte Hanna, ob ihr Martin Tranmæls Rede gefallen habe.

»Nein«, sage Bertha.

»Das überrascht mich nicht«, sagte Hanna.

Nach einer Weile fügte sie hinzu: »Er will eine kommunistische Revolution, weißt du das?«

»Nein«, wiederholte sie.

»Wenn Tranmæl und seine Männer zu bestimmen hätten, würden die Seeleute mit leeren Händen dasitzen. Er würde den ganzen Schiffsverkehr anhalten und nie und nimmer glauben, dass er ihnen irgendetwas schuldet.«

Bertha hatte das Gefühl, Hannas Stimme aus weiter Ferne zu hören. Die Stimme klang weder wütend noch empört, sondern sagte nur, dass Tranmæl sich irrte.

»Warum irrt er sich?«, fragte Bertha.

»Er meint bestimmt, wir sollten unser Geld in seine Bank einzahlen, es in seine Partei investieren. Denn alle anderen, die Geld verdienen, sind unmoralisch.«

»Das weißt du doch gar nicht«, sagte Bertha.

41

22. März 1918

Die ganze Woche schon regnete es aus den schweren Nebelbänken, die ununterbrochen vom Meer hereintrieben und der Stadt alle Farbe nahmen. Heute wirkte es allerdings ein bisschen heller, und man konnte kleine, zähe lila Knospen an den Bäumen erkennen, wenn ein seltener Sonnenstrahl darauf traf. Die Häuser der Skaaregate leuchteten in Weiß, Gelb und Grün. Alle wirkten sorglos, als der Nebel sich endlich auflöste. Als ob das Licht die Nachricht betonen wollte, dass Russland sich aus dem Krieg zurückgezogen hatte, nachdem es Land an die Deutschen abgetreten hatte. Würde das nicht dazu führen, dass der entsetzliche Krieg endlich ein Ende nahm? Bertha kannte nicht genau die Zusammenhänge, und sie redeten nicht mehr jeden Tag über den Krieg, wenn sie die Zeitung lasen.

Sie lebten wie früher, die Schiffe fuhren, die Mannschaften überlebten.

An diesem Morgen gingen Hanna und Bertha nach dem Frühstück zusammen in die Reederei. In der Strandgate waren viele Menschen unterwegs, die beiden nickten Bekannten zu und blieben bei einer Gruppe von Leuten stehen, die sich um einen ramponierten Kleinbus mitten auf der Straße zusammendrängten. Ein kleines Automobil mit Platz für einen Chauffeur und vier Fahrgäste. Der Chauffeur kratzte sich im Nacken und erzählte den Umstehenden, dass er mit Touristen unterwegs sei, mit zwei Ehepaaren, die eigentlich in Notodden wohnten, aber die Gegend hier kennenlernen wollten. Doch es hatte sich herausgestellt, dass der Benzinersatz, mit dem er den Tank gefüllt hatte, für diesen Motor nicht richtig geeignet war. Der Motor hatte immer häufiger gestreikt, und nun wollte der Wagen sich überhaupt nicht mehr von der Stelle rühren.

Ehe sie weitergingen, riet Hanna dem Chauffeur, den Motor bei der Firma Haugesunds Mekaniske Verksted reinigen zu lassen. Ein Mann seufzte resigniert und sagte, diesen guten Rat hätte Fräulein Brummenæs sich sparen können, da in der ganzen Stadt kein Benzin aufzutreiben sei.

Es war um drei Uhr nachmittags, als Hanna die Mitteilung erhielt, dass die Venborg aus dem Konvoi verschwunden war.

Bertha blieb für einen Moment im ersten Stock stehen, und die Angst zog ihre Brust so heftig zusammen, dass sie sich setzen musste.

Aus einem Konvoi zu verschwinden, musste nichts Schlimmes bedeuten.

»Da unten herrscht dichter Nebel«, sagte Hanna.

»Wo sind sie jetzt?«

»Auf dem Weg von Penzance nach Brest. Penzance liegt in Cornwall.«

»Das weiß ich.« Ihre Stimme klang schroff.

Sie wollte nicht auf Antwort warten, sie wollte nicht hier

in der Reederei sitzen und nichts wissen, sie wollte nicht mit Hanna sprechen. Das Einzige, was sie wollte, war zu erfahren, dass sich der Nebel gelichtet hatte und die Venborg in den Konvoi zurückgekehrt war. Dann würde sie Peder bitten, an Land für sie zu arbeiten. Er könnte doch jede x-beliebige Stelle ausfüllen.

Sie saß im Sessel vor ihrem kleinen Schreibtisch. Sie hasste den Krieg, hasste die Kohle, die transportiert werden musste, hasste die Deutschen und ihre U-Boote.

Sie warteten über eine Stunde. Keine von ihnen sagte etwas. Bertha brachte es nicht über sich zu fragen, was Hanna meinte oder dachte, sie wollte nur, dass Peder am Leben war, sie schämte sich, weil sie nur an ihn dachte und nicht an die anderen an Bord. Aber deren Mütter wussten noch nichts über den Nebel und den Konvoi.

»Ich drehe eine Runde«, sagte sie.

»Du drehst eine Runde?« Hanna wiederholte ihren Satz, als ob sie in einer fremden Sprache gesprochen hätte.

»Ja. Ich halte es nicht aus, hier herumzusitzen.«

»*Du* hältst das also nicht aus.« Hanna sah wütend aus. Aber vielleicht war es auch Enttäuschung.

»Es hilft niemandem, dass wir beide hier sitzen.«

»Nein, und deshalb finde ich, du solltest gehen. Denn ich will nichts anderes als hier warten. Auf Antwort.«

»Ich will doch nur, dass die Zeit vergeht«, sagte Bertha.

»Ja, dann lass sie eben vergehen.«

Bertha stand auf und verließ das Haus. Ohne zu wissen, wohin, steuerte sie die Brücke nach Hasseløya an. Vorbei an baufälligen Bootsschuppen, neuen Villen, alten, aber gut erhaltenen kleinen Häusern unten am Wasser. Sie ging bis zu einer der äußersten Felskuppen, wo man normalerweise nach Vibrandsøy hinüberschauen konnte. Aber jetzt zogen wieder Wolken auf, und abermals trieb der dichte Nebel vom Meer herein.

Sie betete: Lieber Gott, hab Erbarmen mit allen an Bord der Venborg.

Sie wiederholte diese Fürbitte wieder und wieder, während sie an den Strand hinunterging und sich auf einige Stücke blank gescheuertes Treibholz setzte.

Es war seltsam windstill, und sie fror nicht, aber ihr Körper kam ihr trotzdem steif und krank vor. Sie war ja auch nicht mehr jung, in zwei Wochen wurde sie fünfundfünfzig. Die Steifheit spürte sie nun schon seit einer Weile. Zusammen mit einem Schmerz in der linken Hüfte.

Bertha blickte zu dem Wrack hinüber, das seit einigen Wochen dort lag. Was für ein erbärmlicher Anblick, sie wollte nicht hinsehen, weil sie unruhig und leicht zu beeinflussen war. Sie wollte auf das Meer hinausschauen. Zugleich ärgerte sie sich über diesen dummen Aberglauben und die kindischen Fantasien, die sich schon ihr Leben lang ab und zu bemerkbar machten. Als ob der Anblick eines ausgebrannten Wracks irgendeinen Einfluss auf das Schicksal der Vendborg haben könnte. Sie wollte sich das stolze Schiff vorstellen und die Erleichterung der Mannschaft nachempfinden, wenn sie zurück zum Konvoi fanden und die Fahrt nach Brest fortsetzen konnten.

Sie hatten das Schiff 1915 gekauft, damals hieß es noch Dorothea. Aber Bertha und Hanna hatten beschlossen, sie in Venborg umzutaufen. Das Schiff war 1904 in der Eisenschiffswerft Fevig gebaut worden.

Bertha schaute trotzdem zum Wrack hinüber. Es war kein großes Fischerboot gewesen, hatte aber Decksaufbauten und ein Steuerhaus besessen. Es war in die Bucht gezogen worden und auf eine Seite gekippt. Vielleicht war es Brandstiftung gewesen? Bertha wusste nicht, wem es gehört hatte.

Sie erhob sich mühsam und ging auf das Wrack zu. Durch ein großes Loch in der Seite konnte sie in das dunkle Schiffsinnere blicken.

Wieder hörte sie ihre eigene Stimme: Lieber Gott, der du bist im Himmel …

Peder hatte sich zu einem tüchtigen und beliebten Koch entwickelt. Sein Rücken und seine Finger waren weiterhin steif, aber er klagte nie. Hatte sie ihm gesagt, wie stolz sie darauf war, dass er sich an Bord so gut gemacht hatte? Wenn sie sich das nächste Mal trafen, würde sie es ihm sagen. Dass sie an ihn dachte wie an einen Sohn.

Und wenn sie wieder in der Reederei angekommen wäre, würde Hanna gute Nachrichten haben.

Der Nebel ließ alles still werden. Bertha konnte weder das Hämmern von der Werft noch Möwengeschrei hören.

Sie konnte natürlich nicht einfach durch das Loch in den Schiffsrumpf klettern. Aber dann tat sie genau das. Als sie sich bückte und ins Wrack stieg, bekam ihr Mantel schwarze Flecken von dem verbrannten Holz. Drinnen war kaum etwas zu erkennen, und sie zog den Kopf ein, um nicht gegen die Deckenbalken zu stoßen. Aber dann gewöhnten sich ihre Augen an die Dunkelheit, und sie machte einige Querbalken und einen Stahldraht aus, der die Schiffsseiten zusammenhielt. Aber weder Material noch Gegenstände. Vermutlich war alles, was einen Wert hatte, entfernt worden. Es knirschte unter ihren Füßen, der Schiffsrumpf bewegte sich ein wenig. Es kam ihr zu ihrer Überraschung richtig vor, hier zu stehen, als ob die Angst um Peder hierher passte. Etwas leuchtete, und sie streckte die Hand nach einem weißen Blechbecher aus, der in dem trüben Wasser schwamm. Ein blauer Anker war darauf gemalt. Peder, dachte sie. Und danach: Ich kann nicht ewig hier stehen und warten.

Sie kletterte aus dem Loch und verharrte. Es wurde dunkel, und sie hörte die leichten Wellenbewegungen. Das bedeutete Wind, also würde sich der Nebel lichten.

Sie hatte sich in eine verwandelt, die voller Angst auf jemanden wartete, der zu ihr gehörte. Wie Tausende Frauen überall in Europa.

Gegen neun Uhr abends kam eine freudige, aber verwirrende Mitteilung vom Kapitän der Vendborg. Die Erleichterung war zuerst wie klares Licht. Sie fielen sich um den Hals, und Hanna redete so hektisch drauflos, dass Bertha lachen musste. Aber hatte nun die gesamte Besatzung überlebt oder nicht?

Die Venborg war in der Nähe der kleinen Insel Ouessant im äußersten Westen Frankreichs von dem deutschen U-Boot UB 55 in die Luft gejagt worden, 1345 Tonnen Kohle hatten sie an Bord gehabt, als das Schiff den beschützenden Konvoi verloren hatte. Der Nebel war dick wie Suppe gewesen. Die Venborg war allein weitergetrieben, und wie ein riesiger Hai war das schwarze U-Boot aus dem Meer emporgestiegen. Unter dem Kommando von Kapitänleutnant Ralph Wenninger.

Bertha merkte, wie ihr von den Bildern schlecht wurde, die sie nun vor sich sah.

Die Mannschaft hatte sich in die Rettungsboote begeben dürfen, ehe das Schiff torpediert worden war.

Zwei Rettungsboote. Bertha wusste, wie sie aussahen, wo sie an Bord hingen. Sie sah sie vor sich. Im Nebel nach unten gelassen. Rettung. Boote. Sie kam durcheinander.

Denn sie begriff nicht, dass die Boote sich aus den Augen verloren und ein Mann gefehlt hatte, als sie wieder zueinanderfanden; Peder Olsen, der Schiffskoch.

In den ersten Stunden nach dieser Mitteilung gingen unzählige Telegramme und Anrufe hin und her.

Wegen der anderen Angestellten der Reederei konnten Hanna und Bertha nicht über Peder sprechen. Was war mit ihm passiert? War sein steif gewordener Körper über Bord gefallen, hatte Peder Leine oder Rettungsring, die jemand ihm zugeworfen hatte, packen können? War er einfach im Nebel verschwunden?

Bertha versuchte, gefasst zu wirken. Sie konnte sich nicht weinend zu Boden werfen, als wäre sie Peders Mutter. Die übrige Mannschaft war gerettet worden. Und sie waren hervorragend versichert.

Peder hatte eigentlich keine Angst vor dem Wasser, aber er hatte auch nie davon geträumt, an Bord eines Schiffes zu arbeiten. Vielleicht war er auch kein Abenteurer.

Sie konnte sich nicht auf ihre Arbeit konzentrieren, sie konnte nicht mit Hanna reden. Ihr war schlecht, tief in ihrem Hals schien ein zäher Kloß festzusitzen.

Sie wollte nichts übereilen, wollte ruhig atmen und beherrscht wirken. Sie musste sich vorstellen, dass er zu ihnen zurückkehrte. Aber sie lief hin und her, rannte die Treppe ins Erdgeschoss hinunter, nahm immer zwei Stufen auf einmal, als es wieder nach oben ging, sie fragte, ob jemand angerufen habe und ob ein neues Telegramm gekommen sei.

Das Gefühl in ihrem Leib war nicht zu kontrollieren, sie ging auf die Toilette und bebte vor Weinen.

Danach sprachen sie fast nie über ihn. Und Peder wurde niemals gefunden.

Keiner von der übrigen Mannschaft konnte sich daran erinnern, ihn in dem Boot gesehen zu haben, in dem er selbst gesessen hatte. Alle hatten geglaubt, der Koch sitze im anderen Boot. Vielleicht war er ja in der Kombüse gewesen, als der deutsche Kapitänleutnant befohlen hatte, das Schiff zu torpedieren.

Hanna und Bertha machten sich gegenseitig keine Vorwürfe, aber es gelang ihnen nicht, gemeinsam zu trauern. Sie konnten ihre Trauer auch nicht öffentlich zeigen. Sie wussten nicht, als was sie auftreten sollten. Als Mütter? Als Reederinnen? Wäre es nicht seltsam, wenn zwei alternde, wohlhabende Frauen so sehr um einen einzigen Toten trauerten, in einem Krieg, der Millionen von Menschenleben gefordert hatte?

Als der große Krieg im November ein Ende hatte und die Reederei kein einziges Schiff mehr besaß, gab es eins, was Bertha mehr als alles andere bereute, und zwar, dass sie nicht über Peders Verlust hatten sprechen können. Und sie nicht zu der Trauerfeier gegangen waren, die die Familie für ihn abgehalten hatte.

Sie schickten einen schönen Kranz, bezahlten den Leichenschmaus, aber sie hatten den Wunsch von Peders Vater respektiert, sich nicht blicken zu lassen.

Damit Jostein Olsen ganz allein den trauernden Hinterbliebenen spielen konnte.

Aber Bertha hätte hingehen sollen. Sie hätte um Peder weinen sollen, sodass es alle sahen. Wie eine Mutter. Sie hätte neben Hanna stehen und einen Choral singen sollen, sodass es alle hörten.

LETZTER TEIL

42

November 1941

»Danke für den Besuch«, sagte Bertha. Sie umschloss die Arbeitsfaust des jungen Mannes mit ihrer alten linken Hand, während sie mit der rechten seinen Handrücken streichelte. Aber er war es, der sie tröstete. Das wusste sie zu gut.

Die Zeit. Sie schaute zu ihm auf, der vor einem Augenblick noch ein Kind gewesen war. Der Sohn eines Neffen. Nun stand er da und hatte zu Hause seine eigenen kleinen Jungen. Er bückte sich und küsste sie auf beide Wangen. Ein fremdartiger Abschiedsgruß, aber er war zur See gefahren und hatte sich französische Gewohnheiten zugelegt. Sie lächelte und griff sich an die Wangen. Die waren eingesunken, weich und mager. Sie war siebenundsiebzig, ihre Haut war dünn wie Seidenpapier.

»Dann gute Nacht, Tante Bertha«, sagte er. Obwohl sie nur eine Großtante war.

»Danke, danke«, sagte sie. Und: »Gute Nacht. Grüß zu Hause.«

Sie öffnete die Tür zu der breiten Außentreppe.

»Jetzt frier bloß nicht«, sagte er.

Sie lächelte, schüttelte den Kopf und schloss die Tür

hinter ihm. Sie konnte ihn durch das Fenster in der Tür sehen.

Danke, danke. Gute Nacht. Grüß zu Hause.

Solche festen Redewendungen taten gut. Aber immer häufiger gingen sie ihr verloren. Wörter konnten ganz einfach einen Abgrund hinabrutschten. Dieser Mann, zum Beispiel, plötzlich wusste sie nicht mehr, ob er Halvor oder Harald hieß. Aber was spielte das schon für eine Rolle? Er war zu Besuch gekommen und hatte ein frisches Brot mitgebracht, das seine Frau gebacken hatte.

Auch die anderen kamen, sooft sie konnten. Alternde Neffen und Nichten und deren Kinder. Obwohl der Krieg alles zur Ausnahme machte, Lebensmittelknappheit, Arbeitslosigkeit, verdunkelte Straßen. Aber sie kamen durch die Tür zwischen den beiden Säulen in dieses weiße Steinhaus in der Henrik Ibsensgate. In welchem Jahr waren sie hier eingezogen, 1926? Sie war sich nicht mehr sicher. Egal, es war lange her.

Nachdem Hanna krank geworden war, hatte die Zeit angefangen, in ihr zu zerbröseln. Manchmal löste sie sich auf, wie Brotkrümel in Wasser, dann wieder trat sie in überdeutlichen Augenblicken in Erscheinung, aber ohne Brücken zwischen den Geschehnissen. Oder sie strömte einfach dahin wie ein lebloser Fluss.

Am schönsten war es, wenn die alten Freundinnen aus der Gemeinde kamen, wenn sie Erinnerungen an das Leben von früher austauschten. Aber es war auch schön, in der Familie auf den neuesten Stand gebracht zu werden. Kleine Berichte über die, die nach ihnen gekommen waren, über deren Kinder und Kindeskinder. Wie viele es waren, darüber hatte sie den Überblick verloren.

Es war jedenfalls schön, mit jemandem sprechen zu

können über diese entsetzliche Gegenwart. Denn sie las noch immer Zeitung und hielt sich voller Entsetzen auf dem Laufenden. Ohne oft mit Hanna über alles sprechen zu können, was passierte. Hanna schlief fast immer, bekam Medikamente gegen ihre Schmerzen und warf die Zeit noch mehr durcheinander als Bertha. Vor Kurzem hatte sie geglaubt, Bertha stehe in Stanges Laden. Es war ein fröhlicher Augenblick gewesen.

Von den zahllosen Schiffen, die gegen die Deutschen kämpften, erzählte sie ihr nicht.

Auch nicht über die deutschen Soldaten in den Straßen, über Lebensmittelkarten oder den Bau von Luftschutzräumen in der Haraldsgate.

Sie wollte Hanna vor diesen schrecklichen Dingen beschützen.

Dafür erzählte sie ihr, dass sie ihren Garten im Herbst anderen überlassen hatte, damit sie dort Kohl, Kartoffeln und Möhren pflanzen könnten.

Sie blieb lange stehen und starrte aus dem Fenster. Die Dämmerung kam, jetzt im November wurde es früh dunkel.

Sie ging ins Wohnzimmer und setzte sich. Wie hatte sie ausgesehen, die Stube unten im Salhusveg? Plötzlich konnte sie sich nicht daran erinnern, als sei die alte Stube durch dieses neue Wohnzimmer verdrängt worden. In der Regel war es mit den Erinnerungen umgekehrt, die alten hafteten am besten.

Hanna schlief im oberen Geschoss.

Bertha konnte sich weder auf ein Buch noch auf eine Handarbeit konzentrieren. Im ganzen Erdgeschoss war die Heizung ausgestellt worden, abgesehen von der Küche, deshalb wurden ihre Finger rasch steif, sogar wenn sie Pulswärmer trug. Ihre Augen taten ihr zudem weh, wenn sie zu sticken versuchte.

Wie sollte sie leben, wenn Hanna irgendwann nicht mehr da wäre?

Sie schaute aus dem Fenster, zu den dunklen Umrissen der blattlosen Bäume hinüber.

Wie hatte sie sich in jungen Jahren das Leben vorgestellt?

Ohne einen neuen Weltkrieg.

Und aus ihr war nie eine Kämpferin geworden.

»Du machst dir so leicht Vorwürfe«, hatte Hanna einmal gesagt.

Sie wusste nicht, ob das stimmte.

Andererseits, wer würde nicht einiges anders machen, wenn ihm das Ergebnis bekannt wäre?

Sie hätte 1929 nicht die Eqvatore gekauft. Es war das drittälteste hochseetüchtige Motorschiff auf der ganzen Welt gewesen – und hatte nur 475 000 Kronen gekostet. Aber es hatte damit nur Probleme gegeben. Das Schiff war nach nur zwei Fahrten als Getreidespeicher an Land geendet und 1938 verschrottet worden. Damals war über sie und Hanna getuschelt worden. In der Zeitung hatte ein Reeder erklärt, so etwas müsse ja passieren, wenn *Frauen* die Herrschaft an sich rissen, sie hätten sich nämlich nicht die Mühe gemacht, den elenden Motor von 1912 zu überprüfen, da sie sich nur für die Farben im Salon interessiert hätten.

Bertha lächelte bei dieser Erinnerung, denn Hanna hatte laut über diese Kritik gelacht. Gesagt, zum ersten Mal in ihrem Leben sei ihr nun vorgeworfen worden, *zu* weiblich zu sein.

Aber dann war da noch die Salonica. Wäre das Schicksal der Salonica nicht so verlaufen, wenn jemand anderes sie gekauft hätte?

Es war auch nicht so unverständlich, sich Vorwürfe zu machen, wenn neun Mann umgekommen waren, als die Deutschen das Schiff im Herbst 1940 torpediert hatten.

Neun Mann, und ein Meer von Trauernden.

Geh hin, verkaufe alles, was du besitzt, und gib es den Armen, sagte Jesus.

Auch an Land starben Menschen. Dauernd starben Menschen. Bald würden Hanna und sie selbst an die Reihe kommen.

Sie sehnte sich nach Hanna, obwohl sie doch noch da war. Sehnte sich nach ihnen beiden.

Sie erhob sich aus ihrem Sessel und ging die Treppe hoch. Oben, am Absatz, stand die Pflegerin. Bertha konnte sich an ihren Namen nicht erinnern. Sie war etwas üppiger als die beiden und trug die Haare offen unter der gestärkten Haube.

Wie unendlich langsam ich diese Treppe hochgehe, dachte Bertha.

»Sie schläft«, sagte die Frau. »Und hat kein Fieber.«

»Gut«, sagte Bertha.

»Ich finde selbst hinaus. Sie brauchen mich nicht zu begleiten.«

»Gut«, wiederholte Bertha.

Bertha versorgte Hanna morgens und abends, während die Pflegerinnen beim Heben halfen, die Medikamente verabreichten, die Temperatur maßen und Blut abnahmen. Keine der drei war sonderlich gesprächig, aber Bertha verspürte auch keinen dringenden Wunsch, mit ihnen zu reden.

Hanna lag friedlich im Bett. Das Gesicht halb zur Wand gekehrt.

Bertha zog das Verdunklungsrollo herunter und setzte sich mühsam in den niedrigen Wohnzimmersessel, der immer hier oben stand, auf Hannas Seite des Doppelbettes. Auf einem Schemel lag Hannas zusammengefaltete Wollunterwäsche. Alle ihre Kleidungsstücke waren jetzt zu groß.

Ihr Körper, dachte Bertha. Als ob Krankheit und Alter das entfernten, was Menschen in Geschlechter aufteilte. Jetzt war Hanna keine Mannsdame mehr. Sie war der markante Kiefer, die Augenlider, die schwer über der bleichen, ehemals grünen und goldgesprenkelten Iris lagen. Die Nase war schärfer geworden, die Schläfen tiefer eingesunken. Sogar ihre Haare, die sie immer gepflegt hatte, waren nur noch Flaum. Wenn das Licht ins Zimmer fiel, konnte Bertha ihre Kopfhaut sehen, die bleiche Haut mit den kleinen Altersflecken.

Sie legte eine Wolldecke über Hannas Bettdecke und wickelte sich selbst in ein großes gehäkeltes Tuch.

Sie streichelte liebevoll Hannas Stirn.

»Das hat dir immer so gut gefallen. Weißt du noch? Nein, das weißt du nicht mehr.«

Bertha wurde müde, wenn sie zu lange vornübergebeugt dasaß und mit dem ausgestreckten Arm Hannas Stirn streichelte. Sie ließ sich im Sessel zurücksinken.

Hanna bewegte sich. Fand eine andere Stellung, kehrte Bertha den Rücken zu.

Bertha flüsterte so leise, dass sie es selbst fast nicht hörte: »Ab und zu denke ich an Peder. Es ist jetzt so lange her, dass wir über ihn gesprochen haben. Wir haben ihn nie mehr wiedergesehen. *Nie mehr.* Wir wussten damals nicht so recht, was *nie mehr* bedeutete. Es ist gut, dass man so vieles nicht weiß. Wie hätten wir es sonst ausgehalten, wenn wir immer gewusst hätten, wie die Dinge sich entwickeln? Dann hätten wir nicht einmal gewagt zu atmen. Und wären trotzdem zugrunde gegangen.«

Hanna Brummenæs starb am 1. Mai 1942 im Alter von einundachtzig Jahren nach langer Krankheit.

Bertha Torgersen starb am 25. März 1954 mit fast neunzig Jahren.

Sie sind nebeneinander auf dem Vår Frelsers Gravlund in Haugesund beerdigt.

Sie hatten ein gemeinsames Testament und hinterließen fast vier Millionen Kronen. Ein Teil des Vermögens fiel an Verwandte oder ging an wohltätige Zwecke. Der Rest wurde auf vier Legate verteilt: für Alte und Kranke der Gemeinde Haugesund, für Mittellose aus dem Kaufmannsstand, für bedürftige Seeleute und Witwen von Seeleuten und für junge Leute, die eine Ausbildung brauchten.

Im Zweiten Weltkrieg wurden bis auf eins alle ihre Schiffe von den Deutschen versenkt. Das letzte, die Thore Hafte, lief im Herbst 1945 auf Grund.

Damit erlosch die Reederei *Brummenæs & Torgersen.*

DANKSAGUNGEN

Ich danke Tone Hellesund, Ethnologin und Professorin der Kulturwissenschaften in Bergen. Ihr Buch *Kapitler fra singellivets historie* (2003) war für mich eine überaus wertvolle Quelle. Ich danke auch dem Historiker Mads Ramstad, Direktor und Konservator am Haugalandsmuseet, und Ole Erik Fylkesnes, die ihre Kenntnisse über die Bergwerksgesellschaft von Visnes mit mir geteilt haben.

Ich danke Harriet Karoliussen und Kari Marstein beim Gyldendal Forlag, und besonderer Dank geht an meine Lektorinnen Trude Rønnestad und Gro Hegdal, die unermüdlich gelesen, ermuntert, diskutiert und an den Roman geglaubt haben.

Ich danke außerdem Torger Aastad Aase für das gründliche Lesen des Manuskriptes.

QUELLEN

Hammerborg, Morten: *Skipsfartsbyen*, 2003, sowie ein Interview, das ich 2016 für *Dagens Næringsliv* mit ihm geführt habe.

Paulsen, Karl Johan, Dokumentarfilm über Brummenæs und Torgersen, *Mannedamene*, 2005.

Vormedal, Tor Inge: *Historien om Haugalandet, 1. Verdenskrig* (1914–1918).

Eilertsen, Grete: *En undersøkelse av rederstandens engasjement i Haugesund ca. 1870–1940*, Abschlussarbeit in Geschichte (2000).

Snørteland, Målfrid: *De kalte oss Visnessluk. En studie av rekruttering, sosial organisasjon og sosialt liv i gruvesamfunnet Visnes 1865–1940* (1984).

Osland, Erling: *Gruvedriften på Vigsnes, 100 år*, ein Heft.

Aufs Meer hinaus ist ein Roman, eventuelle historische Fehler dürfen den Fachleuten nicht zur Last gelegt werden, sie fallen einzig und allein unter meine Verantwortung.